U0901840

2017中国年度散文诗

王剑冰　选编

滴江年选■品质阅读■恒久珍藏

漓江出版社

目 录

contents

汤松波的散文诗

汤松波

南方唱给北方的情歌

1

春天，就是一种心情。

来自白山黑水的声音，将我拽进数十年前的记忆里。这个春天，注定是澎湃的，眼波里的渴望，像窗外的桃花，心情愉悦地灼灼绽放。

我就住在南方古镇的隔壁，无以言状的情愫，已深陷于贺江水的细沙当中。我的北方，你可安好？面对天堂鸟飞过岭南时留下的羽毛，我常常在挂念你玉立十八的年华，还有四月芳草碧连天的呼吸。

现在，月亮已穿过厚厚的云层，给我一个人的旷野带来了光芒。很多人都认为月亮的光芒是冷的光芒，而此时，月亮在我的内心，是一面滚烫的银鼓，散发的光芒亦是热烈无比。

2

你说，我就是姑婆山上睡在露珠上的花朵，纤尘不染。

回忆降临，所有的往事都被虔诚的诗歌一一擦亮，都被你的手，我的手，推远，又拉近，拉近，又推远。

属于我们悲痛的分别，已写成悲痛的剧目，而在这个阔大的春天，又终将以喜剧上演。

几十年的风霜浸染，几十年的苦涩煎熬，都可以忽略不计。

生命，本是一个不断疼痛的过程。

爱，也许就是疼痛的必然。

3

南方的雨，淅淅沥沥，漫过低矮的屋檐，就钻进了我的眼睛里。转瞬，又牵引出我淅淅沥沥向着北方的泪水。雨水和泪水缠绕的南方，婉约迷濛，烟波浩荡，连记忆也是湿漉漉的。

今夜，我多想搂着北方，让它为我烘干曾经的沉默，烘干冬眠久违的感动，烘干蝴蝶神秘而被雨淋湿的翅膀，烘干只属于我的良辰。

良辰里，风在掌心里发芽，花在梦境里吐蕊。我多想有一辆老火车从黄昏开过来，载着我们，缓缓地开进那些旧时光里。

此时，我该幸福得快要喊起来！

4

北方，想想我，就像我想你那样地想我！

我和母亲说过很多次，表达我想诞生在北方山谷的愿望。

当然，这只是日常生活中的一种冷幽默。但在现实中，我一直觉得北方是辽阔、光明的家园。我想在它辽阔的森林里无边无际地做梦，我想在它瓦蓝洁净的夜空里去追逐一颗划向天边的流星，我想在它大雪封山的季节里把自己打扮成一个可爱的雪人。

北方，我的北方，当你说出我是人间的天使，我就想叫醒月光，带着南方淡淡的忧伤飞向你了。那时我就在想，如果我真的去了，见到我的时候，你一定会暖暖地把我焐在胸口，让我听着雪落屋顶的声音，直到白雪覆盖我们，直到我的青丝也变成雪的样子。

5

南方的情歌，唱着唱着，红豆就红了。

北方的情歌，唱着唱着，白雪就下了。

雪白的爱情，让人衣带渐宽。

殷红的爱情，让人转身就看见乡愁。

南方唱给北方的情歌，唱着唱着，春江水就涨了。

南方唱给北方的情歌，唱着唱着，大地就丰盈了。

春水般的爱情，会让人在甜蜜里流淌。

丰盈的爱情，会让人拥有富足而快乐的一生。

（原载《广西日报》“花山”副刊 2017 年 4 月 20 日）

小东江的雾

蠕动着，蠕动着，小东江的雾，气定神闲，如苏醒的言辞，飘曳在资兴的门槛里。

思绪在高处行走，牵挂在江底扎桩。山雀子由远而近的乡音，以雾的清新和柔软，一遍又一遍地呼唤着我的名字。

是的，我已经回到了故乡。一片池塘，几棵杨柳，已从村口的方向，向我奔腾而来。

脚步，顿时缓慢下来了。时间，也在雾的邀约下缓慢下来。望着冒着炊烟的老木屋，我不敢喊出声来，只听见自己的胸口咚咚咚地敲着鼓。这也许就是古诗里描绘的“近乡情怯”的那种感觉吧。

哦，那薄如蝉翼、轻如棉花的爱，就在眼前，它们紧贴着我诗歌般脆弱、单薄的身体，紧贴着我即将从眼眶里蹦出的泪花。

当我走近老木屋前篱笆的瞬间，柴门半掩，一阵风吹来，夹杂着一股久违的温暖气息，让我一下子就悟觉到了生命与乡土的厚重。

泛舟东江湖

如鼓的东江湖，在九月擂响流淌的秋色。

别后相逢，渔歌缠身的东江人，为我，为一个归来的游子，酝酿着一场水的盛宴。

东江湖的水，这南方经典的丝绸，即使在空阔干燥的九月，也能保持一种雾状的，耐人寻味的潮湿情感。在这样的状态下，我乐于构筑自己理想的国度和爱人，乐于构筑蜻蜓贴着水面双双飞行的样子，乐于构筑诗歌迷恋的远方，聚集着今生降临的幸福和快乐。我知道，我在这湖水的牵引下，已不能再对你写下未知的约定，因为任何的等待，都会比光阴更催人老。

东江湖，是一面绿色的镜子。

我爱这面镜子。在这面镜子里，我以诗人的身份尽情泛舟，以歌者漂泊的优雅兴致，敬重资兴衣袂飘香的秋天。而橹声摇醒的水草，是信使，也是调皮的顽童，它们，一定会在阳光潜伏的江底，反复任性地，挥动我落花满肩的前生和来世。

游兜率灵岩

我以为，钟乳石相互倾诉的声音，就是时间相爱的滴答声。

我以为，在光线阴暗处耸立的岩石，就是你等待我千年后前来认领的前身。

那些不为人知的苦难和疼痛，早已被压在灵岩坚韧不移的底部，那些重生的幸福，也许就来自这深渊细小的歌吟。

锁在深秋里的兜率灵岩，我是带着虔诚来拜谒你的，不探寻你亿万年前显赫的身世，只为今夜，看你如何挑着月亮，在烟雾弥漫的东江湖，豪气洒下，只属于资兴的白花花的银子。

想不起是谁说的了，大意是有爱，就有了一切。

我尝试着爱，并把爱寄予这青山绿水之间。而此时，我多想牵着你的小手，在母语的交谈中，愉悦而从容地从黑发走到白首。如果这是真实的，那么，多少年以后，我会骄傲地告诉属于我们的孩子，那些值得怀念的日子，都是被爱的目光镀过金的。

今夜，当兜率灵岩下静谧的水面轻盈地升起一泓令人设法打捞的温柔时，大方爽快的资兴人告诉我，这银子，你都可以尽兴取走，他们只需要情到深处的诗歌换取。

我觉得，我想换取的银子，就是心里渴望已久的纯洁的爱。

汤市炎帝温泉

与炎帝交谈之前，我就沿他的身影，先沐浴了一回温泉。

温泉，尽管是我喜欢的意象，但这一笔一画都透着灵气的泪腺，令沦为游子的我，心潮起伏，泪流满面，也耗尽了我所有思乡的力气。

其实，就在我斜躺在温泉怀里的瞬间，我已把我自己的灵魂白描在一首返乡的诗里了。而我的心，也早已随着这首诗的节奏，抵达故乡左右顾盼的枝头。故乡，你可知道，在无数个虚构的太阳与月亮之间，我为你珍藏着无数个被泪水浸得透湿的夜晚？那些温泉一样溢出来的泪水，漫过了心灵和肉体，也漫过了伤疤垒起的沟沟坎坎，在明处或暗处，在别人无法感知的时间里，为你悄悄发芽、拔节。

此时，我不想大声说话，也不想低声倾诉。

静默，就是我最为深刻的表达。

我相信，一个人对生活偶尔的妥协的行为，绝不是危险的越轨。而曾经的选择离开，也绝不是背叛。

在资兴，在汤溪镇，尽管于温泉触之即痛的乡愁里被一遍遍淹没，但我惬意的心底，已升起了一股股前所未有的爱情般的荣耀。

狗脑贡茶

在资兴，有资格与天比画的，只有狗脑贡茶。

狗脑山，我没有时间攀爬。

狗脑茶，我却有机缘享受。

狗脑山有了飞翔的翅膀，狗脑茶就是它疯长的羽毛。山里人咬住光阴不放哦，那贡天贡地贡人的狗脑山，擦亮了村庄的眼睛，激活了水乡的心肺。从此，与狗脑茶有关的梦，在灵秀的山水间壮阔奔放。

茶，明心智。

茶，也浸心魂。

在资兴，有资格与天比画的，只有狗脑贡茶。

贡，为心生。

贡，服天下。

写给云玫

云玫，嫁给资兴的姐姐，我请求今晚东江湖上的月亮，插上你的云鬓。雾幔，如时间的针线，将把离别的距离缝补。

姐姐，让我们迎着秋阳的语言进发，在东江湖畔，你种下了你心中独有的七彩云南，种下了被岁月收拾得妥妥帖帖的日子，种下了头上盘起的明媚春光，也种下了比皮肤还嫩、比酥柳还细的诗词。

姐姐，这里已是你的故乡，我知道这里的雾会巧妙地把你藏好。我多羡慕你啊，我感觉，你就是躲在雾后面泊在湖上的一朵睡莲，梦里的桨声从不会停息。

姐姐，你该起来为我送行了。九月的大地，风吹年华似水。就让我们在这短暂的时光，静坐在一杯清淡的狗脑茶里，倚窗聆听远方，聆听初心，聆听伴亲人踏歌而来的山水潮音。

姐姐，我要走了，我要沿潇贺古道回到萌渚岭下种草养花，陪伴夕阳去了。我知道，哪怕你不挥手告别，就在我转身的瞬间，我就会遇见绵长、揪心的乡愁。

（原载《贺州文学》2017 年第 5 期）

万物生

贝里珍珠

你起初虽渺小，你终究必发达。——《圣经》

万物生

夜空浩渺，将一种自然之“道”，蕴藉、彰显。

这是一股无法抵抗的神秘力量，存在于无形，将尘世与苍穹连通。那迅速落往大地的雨露、种子、恩慈……迅速长成人间的模样。

大地还以万物生。

山川、河流、城市、乡村，植物、人类的身躯，都在同一时刻迸发出独有的气韵，将生长裸呈在太阳中心，即使消隐也无法遮蔽这瞬息的美妙，在生长里消逝，在消逝里成长。

神说：“不要恐惧死亡，死亡即是永生！”

听，用心倾听，万物生长的声音，正是天与地合奏的交响乐：松涛滚滚、浪花汹涌、蝴蝶振翅、植物拔节和人类呼吸的声音……

这是生命的礼赞，这也是生命的蓬勃。

烟雨蒙蒙，姹紫嫣红。万物深处诠释着生命的力量——永恒！

小即是大。

一粒种子、一泓水源、一簇星火、一声婴啼，都在传递这人间的生命，大自然延伸向远方的生息。

万物生。

人间四月天

人间四月天，雨水里散发出无数种声音，如大提琴的低音部，沉郁而凝重。仿佛来自远古，来自断途的分离与相逢。

桃李无言，山河不语，蒲公英的种子漂向远方。我们用夜色剪裁的黑蝴蝶于白昼放飞，祭奠我们走散的故人。

雨，落进我们的骨头；

风，吹进灵魂的缝隙。

招魂的灵幡飘扬，抖搂出朝阳、落日。并叩响墓室的门，唤醒沉睡的亡灵，与我们紧紧相拥。

黎明，第一声鸟鸣啄破黑夜的壳，光芒里有亡灵古老的回声。长风呼啸，时而豪放，时而婉约，仿佛此间已走出李杜，把酒言欢，散发，跣足，舞蹈，放歌。

生，何所幸？死，何所惧？

此刻，关闭在时间琥珀里的火焰睁开了尘世的眼眸，凝望故人沉睡的土地。

亡灵就在返回尘世的途中，在浓醇的烈酒，在飞翔的翅膀，在闪回的镜头，在燃烧的火焰，在汹涌的波涛……

看啊，那一只只曼舞的黑白蝴蝶，多像故人留在尘世的影子，澄明、绝美。

人间四月天，那些簌簌而落的柳絮杨花推开了死生的法门。

旧梦依稀，故人将身躯化成一座桥梁、一条河流、一簇火焰、一阵落山风……

最终，渗入大地的骨缝。

今夜，故人如约入梦。

我们走进故人的前世，故人走进我们的今生。

梨花雨，纷落。

此生辜负

转身，落地的不仅仅是尘埃，还有烟花、灰烬。

影子，是黑暗的。

光明的事物未曾到来。

或者还有更多的答案，只是你擦去了这场结局。上弦月，有更多的诗句要远行。你，并不求与岁月和解，让这一页页的纸掉出文字，或者一场暴风雨。

人到中年，钝去的刀子。

你不喜“美人迟暮”的说法。江山亘古依旧，何曾现美人？那些符号，在水中晃动。

哲学，来自黑暗。

你转身于灵魂的熹微，以僧侣情怀，去往云深不知处。

都灵之马

除了风声还是风声。

乱乱万象。

都灵之马就像一枚土豆，期待发芽儿或歌唱。

大风，一直在刮……

直到刮倒了人间六日。第七日，风终于停了。都灵之马走出马棚，站立在荒芜的草场。都灵之马开始怀疑，真的有第七日吗？

马的主人——父与女，都曾在一口井里汲水，都曾啃食一枚枚土豆，都曾坐在窗前空洞地遥望，也都曾有美好的幻想……

油灯之焰，跳跃着心脏的频率，微弱，且继续衰老下去。

也都曾倾听金币发出的声音，在梦中那些富人的口袋里。

都灵之马，灵魂的胃依然饥饿，能熬过冬天的仿佛只有风声。

撒旦对神说了什么？都灵之马没有听到；达尔文对马的主人说了什么？都灵之马没有听到；哲学家尼采对世人说了什么？都灵之马没有听到；拿着向日葵和耳朵满街疯跑的凡·高叫喊着什么？都灵之马没有听到；鲁迅于第六日写下什么？都灵之马没有听到……

都灵之马，于人间六日只记住了风声！这声音是神发出的还是撒旦发出的，它无从知晓，也因此而沉默。

风中传送着万物的呜咽……

都灵之马，望着这个陌生的逆世界，继续沉默下去……

呈 现

暮晚骑着白色马匹姗姗而来。

一只空杯子迎接了夜色的满。

一声暮归的鸟鸣惊扰了谁的尘世？有人慌忙出逃，如一朵秋菊的瘦削。

“我们只做黄昏的过客，然后渐渐沉睡。”你低语人间。

你——只是遥望远方，只是在河边汲水，煅烧细瓷。

一道岁月的裂纹，在低处呈现褶皱的灰色调。妆奁里的胭脂在风中举棋不定，左右皆是夜色。

镜子流淌瀑布。你沐浴，斋戒，展开典籍。

让月光缓慢地升腾，白瓷肌理和一泓思想。

你不缺少庸常的五谷，也不缺少信仰的瑰光。你沿着一个殉道者的足迹，走下海水，体味灵魂之盐。

当海水吐出珍珠，你隐形于其中，倾听灵魂的潮汐，波涛向远方扩散……

以植物之名

万物沉寂。

听，长风叩响大地之音，咚咚，咚咚……

一万只豹子在大野狂奔！一万只苍鹰飞向天空！

植物胚芽儿在迅速拔节，岁月之眼复明；一枚果核洞开一道闪电，刺破天空；这是个开焊的雨季，灵魂里的铁，苏醒。

长风吐纳龟兹的韵律、酒幌上的微醺。

一株植物清醒于大野，任凭风吹南北西东，任凭风沙战栗，任凭枝头无数次地撼动日出月落……

以植物之名，旷达生命。

不再饮泣一场凋敝、一阵落雪、一曲琴音和一袭水袖的婉转……

红丝绸的烈焰，打开植物之涵养、禀赋和美之绝望。

你站在秋水之畔，诵读《诗经·蒹葭》。

你化身植物，并以植物之名，风颂灵魂雅歌。

鸟鸣在黄昏里完成无垠

一枚琥珀倒置了黄昏。

一声鸟鸣使光阴残破。

你在老屋静坐，沉思，追忆？拒绝了黄昏的金子和一位画家的琥珀油彩。

棋局的楚河汉界，是岁月与村庄对垒的悬念，你做一位观棋不语的君子。

黄昏倾倒而来，鸟鸣翠绿，春天就来。

你不胜酿酒技艺，也不胜占卜术。

春天在一场盛大的仪式中进行，雄黄酒与动物骨是主角，昭告天下一个黄昏的兴衰史。

鸟的羽毛，沿途播撒种子，继而打开窖藏。黄昏沉醉下去，万物也开始摇晃，酒兴酣浓。

你捧出村庄的年代志，感受厚重的深耕过程。

你释放黄昏里的琥珀，就释放了光阴的断想。

鸟鸣在黄昏里完成无垠……

救活夜晚死去的事物

白昼，隐藏的秘密太多了，使夜晚无法安眠。

总有驱光者凿开光的原乡，让人间在神的注视中上升或者下降。驱光者也是昼与夜隐秘的一部分，他在向黑暗发出狼一样的嘶吼。

驱光者混迹人群，也在等待一场雨。

你目睹他挤过神的窄门，没有留下影子，只留下一道鲜红烙印，刻有他的命与痛。被他砍伐的部分，是倒下的身躯和大面积的土地，一个稻草人终生被放逐的灵魂。

你变成了昼与夜的旁观者。

你凭借祖传的医术，救治夜晚死去的事物。

打扫灵柩，扶起倒下去的影子。

使　命

神，一直注视着这片土地。

闪电，形成启示。

所以人类的诞生，必然遵从光纤与土地的纹理，遵从沟壑与蕨类的成长期。一个民族的历史已经化作符号。你无数次地透过灰烬去解析山河与家国。

因为有了光，才有了影子和黑暗。

阅读，就是在黑暗中孤独地行走，仿佛对一切依稀觉知，又仿佛未知。风，依然拍打着神的窄门，拍打出缝隙，光就渗透了过去。神，就在你身边，发出新鲜的呼吸。

你是一个不会向命运低头的女人。命运就像一块青石，你抚摸它的庄严与冷峻，红尘中发出它砸向世界的声音。尘埃里飞行着箭镞，拾得会继续念佛；鲁迅口诛笔伐，黑格尔则陷入沉思；鸟巢继续沉默，乌鸦则泰然处之；而你选择转身，避开尘埃的灰影子。

你已经完成人间战栗。

神，需要你完整地活下去。

步行去天堂

落叶，压低了呼吸，而渴望还在。

你隐身镜子，用果核一样坚硬的目光望向远方……远方一片混沌，你要做一位燃灯者！

飓风袭来。你体内的波涛汹涌，亿万只鲨鱼跳出海浪，捕捉太阳的狂血。

这时候的霜雪落下，你挣脱命运的潜网，向着黑夜发出惊雷般的咆哮、闪电般的光芒。

你屹立在绝顶，状如陶器。

那些翅膀，那些亡灵，还在忧伤。

你拥有所有人间的芒，去刺破黑！

你凝视着随风飘落的众灵，他们发出大提琴的声音。天空探出一双无形之手，打捞众灵——神散佚的羽毛。

一个黑天使对你说："第八日，我要你从孤绝中醒来。"

今夜，步行去天堂！

（原载《散文诗》2017年4月）

断章［十二章］

谢克强

音　乐

1

渴意，尾随灼人的阳光阵阵降临。

断弦的深处有日渐枯萎的岁月，失恋的土地与干裂的嘴唇，都在等一场雨。

一棵葱郁的树站不出风度，固守枝头的爱的叶子，耷拉着脑袋打不起精神。

风，喑哑无语。

站在旱原，我感觉着生命的渴意，而难耐的渴意从我的一个毛孔焦灼地呼喊。

天空，装聋作哑，一张被阳光灼烤得有些焦红的脸，似没有任何表情，无动于衷。

雨，似被时间彻底忘却。

啊，多想在一个多情的雨天，听淅淅沥沥的雨打在蕉叶上，看初绽的花瓣上有激动的泪珠在滚动，或者让干渴的小草、苦菜花和菩提树获得一次感情的淋漓。

突然，音乐响起。当我的指尖感悟着昨日的回忆，便情不自禁地捧起一捧清脆亮丽的音乐，就仿佛捧起一捧清新透亮的雨滴，滴进我的焦渴，给干涸的精神洒下一滴一滴甘霖……

我听见，从断弦的深处，有拔节的声音间歇地传来。

2

远山缄默。

遥对远山，没有语言，我默默坐在岁月的一隅，听音乐由远而近走来。

音乐啊，你是怎么知道我陷于无以名状的受挫的烦恼与不甘失败又不甘沉沦的悸动不安呢？当你飘忽的步履携着旋律的清风温馨而关切地拂去我满身的征尘，当你无须翻译的语言缀满音符的白云轻柔而动情地抚慰我心灵的创伤，我那昨日的故事便不再流血了。

窗外，阳光在枝头上开成花朵。

我不是花。沐浴在永恒的音乐之中，我庆幸自己像一头舔好受挫的伤口又吃饱了露水草的斗败的牯牛。

安静了片刻，又跃跃欲试……

迷　失

在风云诡谲的海上，搏击风云的海燕不会迷失；

在苍茫深邃的夜里，突破重围的蝙蝠不会迷失；

在冰雪覆盖的雪原，寻觅食物的野鹿不会迷失。

啊，你问我在风云诡谲的海上、苍茫深邃的夜里、冰雪覆盖的雪原会不会迷失?

我答不出。

梯　子

1

抬起头来，瞩目高处的高处。

从山里的树林里走来，这两个有些瘦削的汉子，携起手来，携成一种悬念，就匆匆闯荡世界来了。

2

墙是坚固的，且巍峨高耸。

依靠着墙，梯子趾高气扬地站了起来，不无骄傲地说：来吧，踩着我向上的肩膀，朝着另一个更高的地方，一步一步登高，无边的风景就在我的顶端哩！

墙不动声色，望着起自平地伸向高处的梯子。也许墙在想：要是没有我呢？

3

抬起头来，瞩目高处的高处，让每一个意象每一个欲求都葱葱郁郁、争先恐后向上攀登。

梯子默默地承受着这一切：欲求的疯狂、意象的重量。

当有些人，朝着更高的地方，沿着梯子的肩膀一步一步爬上去，爬到后来，竟从高处摔了下来。

我不知道是不是梯子的错。

遗　憾

面对黑暗，面对夜的黑暗，

几只鸟儿鼓起勇气抖开翅膀，从浓密的黑幕里钻出来，向着天边微露的熹光，发出一声声惊喜的叫声，那叫声如脆碎的晶体，尖锐地锯噬着夜的黑暗，

当然，也惊醒了我的梦。

如今，我窗前的那几只鸟呢？

没有人知道，我窗前的那几只轻轻地抖落翅膀上的露水，又用清脆的鸣叫惊醒我梦的鸟儿去了哪里？

也没有人知道，那曾经被鸟的惊叫惊醒的黎明，什么时候淹没在一声迭着

一声的汽车笛声里，而那一声压着一声的车笛，使黎明的颜色一层层加浓……

而我的梦，自然也在一层层颜色加浓的黎明里，

有些遗憾地浑浑噩噩不醒。

守护自己

什么都可以丢失，唯独不能丢失的，便是你自己。

这需要守护，就如同守护自己的生命。

守护自己，很难很难。

守护自己的天空，你才可以自由自在地放飞你的思绪，让它飞向思想的深处；守护自己的土地，你才可以播种你精心选择的种子，让它结出丰硕的果实；守护自己的脚印，你才可以在磨难与坎坷的征途，寻找自己的路；守护自己的眼睛，你才可以穿过红尘滚滚迷惘的云雾，明辨人生的走向……

然而，天空会有风暴雷霆，阻挡你的思绪飞远；土地会有雨雪冰霜，霉烂你的种子萌生；路途会有曲折坎坷，磨损你的脚印走远；红尘会有灯红酒绿，诱惑你的眼睛迷离……

所以，守护自己很难很难。

是的，守护自己很难很难。

但我坚信：只要把握生命的每一缕阳光，你的天空就会绽放思绪的绚丽，你的土地就会萌生智慧的新芽，你的脚印就会踏碎黑暗迎接曙光初露的黎明，你的眼睛就会闪烁金属的光芒读懂悲悲怆怆的人生……

从而你就紧紧地守护一个清醒的自己！

黑　暗

白昼以归鸟的歌声结束了自己最后的歌唱，一个辉煌的白天结束了，不管

你喜欢不喜欢，黑夜又如期而至。

独坐夜的门槛，一重浓一重的黑暗，比风还迅疾地将我淹没，也让大千世界在重重的黑暗里无声无息地悄然隐去。

隐不去的是我的眼睛。只因我不想在黑暗里沉醉，更不想沉沦，于是我抬眼默默遥对冥冥夜空，顿觉神清气爽，生命似获得一种无限延伸的快慰，思绪也羽化为一朵流浪的云向远天飞去，而心灵就要穿越时空的隧道，寻找目力与感觉所不及的无垠之境……

是的，有什么比黑暗更深刻呢?!

独步黑夜，让我的人生也愈加深刻。

假　如

在常人眼里，宇宙里最高最高的，自然是头顶的天空。

假如你把自己当作太阳举起来，

你便有了自己的天空。

在常人眼里，世界上最低最低的，自然是脚下的土地。

假如你把自己当作泥土撒下去，

你便有了自己的原野。

人生，在某种意义上说，关键在于你把自己当作什么!

远　方

绕过这个峡口，便是远方了。

远方，那是我日里憧憬的地方，也是我夜里放飞梦想的地方；因而，它会给我培养无穷无尽的丰富的想象，当然也会繁殖忧伤……

这不，当我上路远行，朝远方走去，崎岖坎坷的路留下我一个一个坚实的脚印，不仅把磨难写到极致，也把坚韧映得辉煌；若是再让汗水与泪水，还有血液的回响化作一场烟雨，那路就迷离成一部传奇。

又是霜风雪雨。

那远方的太阳呢，请站在那儿，用你热烈的目光迎我！

断　桥

三条路来自三个方向，汇聚一点，汇聚在这座桥头。

不幸的是，桥断了。通过桥伸向彼岸的路自然也断了。

站在桥头，伸手抚着断桥，我怅然远望，叹息与失望沉重地溅落河谷，汇入河水缓缓流远。

桥断了，断桥的故事也流得很远很远吗？

曾经，桥以独特的语言与我对话。

我从远方来，要到彼岸去，桥理解了我的心思，衔接起我断裂的相思……

桥啊，是岁月风风雨雨的剥蚀，还是为了让人们从此岸到达彼岸默默承受生活的重负？

你不幸累弯了腰。

怅然远望，隔岸的路伸向远方，伸向我的梦要抵达的地方。

路，牵动我的思绪，又向我暗示着什么？

是啊，生命的途中谁也难免遇断桥，然而在此岸与彼岸之间，面临断桥，你是惧怕生死临阵退却，还是绝处逢生泅过河去？

（原载《诗潮》2017 年第 10 期）

鸡年往后

周庆荣

烟花之夜

夜晚，北风呼啸而过。

留给这个庄园的是烟花绽放后的味道，总有一些特殊的时刻，人们聚在一起，制造硝烟。

时光如沙，它认真地与每个人发生关系。

指间漏走的成为往事，我一边看天空中烟花的绚丽，一边握紧右手，我要握住一点旧时光。

握住泛黄的照片，相爱的人牵手，街头的十字路口，不彷徨只期待，红灯总会变绿，青春定然一路走过来，走到这个夜晚，看天空的硝烟纪念真理。

硝烟是良药，专治麻木不仁。

一个人远离另一个人已经很久了。如果硝烟能够让我们集体地仰望，我会从此记住人性里的这一次火树银花。

广场是城市的自信，它反对人们在自己的灯光下各自为政。

烟花绚丽，我是人群中的一员。

北风想冷，我愿意热烈。

鸡年往后

鸡年往后，天就会是亮的。

仿佛黑了许久，仿佛从此光明，我在黎明时分踱步，看到庭院里的雄鸡飞上了树梢，然后它们啼鸣。

希望不能如此寄托，我向东方望去，天际正游动巨鲤，它翻了个身子，让人拥有信心的黎明被古训形容成鱼肚白。

时光以及时光里那些沉默不可言的部分，是巨鲤下面的水。

船与舵手属于光荣的叙述，礁石与波浪重复着游戏，水草随时都有，它们的方向与水流一致。

雄鸡一唱，一切都会好起来。

今后，人民的岁月不能鸡飞蛋打，因为祖国拒绝鸡犬不宁。

黎明踱步，原谅全部的黑，只为了相信光明会照亮我们热爱的田野。

在雄鸡吹响号角的时候。醒来的和梦中的，露水如霜，但我们一起不冷，因为光明正在被唤醒。

关系：蚂蚁和大堤

对蚂蚁的印象：身穿黑金铠甲，分散的时候就是一般的群众。

中午的阳光照耀着长长的大堤，庄稼、村舍和人，在左。

不断流下的水、水里的鱼虾和水面上的船，在右。

堤面身披柏油，四车道，中间是白漆画下的规矩。一切的前进总会遭遇迎面而来，而大堤待在原地，它是稳定的基础，结构天真。

我走在大堤上，我在阳光下脚踏实地，我喜欢前方金黄色的悠远。

对蚂蚁的继续关注，是在我走下大堤后。

兵团规模的蚂蚁，依次挤进大堤底部的穴。

它们如果放弃光明，它们的黑暗会产生什么样的力量？

它们穿越隧道，把守着大堤的两侧。

我重新爬上堤面，突然担心河水是否会发一次脾气。

当大川暂时不流向海洋，蚂蚁兵团的黑暗隧道将为它开路。庄稼以及边上的一切，谁是苦难的主角？

我想放弃速度地写诗，让速度尊重蚂蚁横穿大堤，让它们到大堤另一侧的广阔天地，让它们闻着稻谷的香，在炊烟袅袅的意境中大有作为。

领路的人和行走的人，给蚂蚁们画下斑马线，让它们的生活不转入地下，它们行走虽慢，但终于可以在土地上投宿。

关系：大堤和蚂蚁。

事关重大，它超越全部日常的爱情和道路在阳光下的伸延。

山脉 K 线图

我仔细地看这段山脉，左高右低的时候，我决定翻过一道山。

夕阳照向东边，飞鸟的翅膀被阳光镀红。

我在山的这一面再看。秋天的形状除去落叶，我看到红枫的表达。山形左低右高，关于未来的走势，突然发生转折。

有人在春天投资，持有成长性的树木；有人在夏天最热烈的时候撤退，他们误判山脉的坚定。

右边最高处，我看到一簇簇枫树红得让人惊喜。

只有会看山的人，才能忘记深渊。

投机主义者摘下金黄的柿子，他们走进谷底，在山溪边散步。

在山谷看山脉，峰峦叠起的景象使我警惕股票的 K 线。

岩石挺拔，这些土地中最坚硬的部分用一寸寸的身体买进高度；山形严重下切时，石头们没有团结在一起。这个时候，总有山溪流过，为了行人不遭遇悬崖的绝望。更多的情况下，山脉连绵、起伏，如同日常的人群。我在别处曾经看到大大小小的山洞和山体被剥削的模样，我痛恨老鼠仓和人为的灾难。让山脉自由，即使暂时的深渊，对面，依然是另一座山拔地而起的信念。

文字写到这里的时候，已是山谷的子夜。

我以酒代茶，走出房间，站在山谷安静的黑暗里。

一抬头，望见山脉省略一切色彩斑斓的气候，它黑魆魆的影像是夜晚里多么坚强的存在。我只看它的最高处，然后，看到满天的繁星。

真正的 K 线是山脉的脊梁，它在光明里，更在黑暗中。

它在牧夜人的心上。

治水之策

——给大禹

一般情况下，水自己安静。

用流动的方式走完它的一生，漫长或者短暂。这更符合一条河流的定义：有自己的规矩，偶尔也会用涟漪和波浪来表达态度。

它无法决定自己的清与浊，主要看它的路程所经过的地形和土壤的软硬。它甚至走不了捷径，常常一个弯又一个弯，它战胜曲折的方法因此被人们借鉴，一波三折之后，事态将会平息。

当人们为天道人心叹息，一条河同样会发一下脾气。庄稼和鲜花成为水草，牛羊仿佛波浪间最大的鱼。

洪水来了。

让一条大河听话，简单的训斥不够。

关键在于人间的套话解决不了连日的阴雨，好山的山头洪水泄下，谁是管理闸门的人？

初秋的黄昏，我一边喝茶，一边在大禹渡边看着黄河。眼前的黄河温柔腼腆，曾经的失态似乎凝固在凸起的河床上，河床是细细的黄土，它是万里江山开小差的那部分。

我继续关心的问题，假如训斥不够，应该如何治水？

大禹的策略：他首先理解水是谷子成熟的动力；允许天鹅在黄河的湿地自由恋爱；研究好水面的船与水的关系；河床要做默默无闻的深刻的英雄，它不能羡慕上面的长满油菜花的土地蜂蝶飞舞；大禹必须警惕蚁穴在大堤上的活动，当然，大堤本身不能存在类似渎职这样的偷工减料；最后，他清醒地动员青草、庄稼和树水呵护好每一寸土地，不让泥土轻易增加水的重量，并且，他说，水清兮，濯人间品格。

好的策略是让一条河正确地流动。

大禹治水后的结果是，五谷丰登，国泰民安。

我以沉默的方式歌唱

一

在雪山的寒冷中，雪莲正确地开放。

人间烟火缭绕在山脚，总有一些事物属于日常之外。

那些被忽视的坚持，雪莲花如果流泪，多少次雪崩会破坏山的沉默？

二

你擦亮自己的鞋，不允许灰尘黯淡你的前程。

沙漠、泥潭和真相的模糊，双脚收回它们的发言权，它们沉默。

沉默是不够的，我要以沉默的方式歌唱。

歌唱我瘦削的身体早已能够容纳人间，歌唱我一直珍惜爱情而省略了仇恨，歌唱春天里的第一只鸟和寒冬里的梅。

三

想安静了就沉默。

傍晚坐在湖畔，湖水不说话，它以涟漪的方式沉默。

一些人用网收获了湖里的鱼，一些人在技术地垂钓。

湖水沉默。

晚阳在沉默之上。

我在春天的黄昏，上午我被欺骗，下午我安慰了一个好孩子，而夜晚即将到来，我决定以沉默的方式歌唱。

四

多余的声音会破坏这个世界。

朴实的话语已经在民间省略，圣贤选择寂寞。

我一个一个地爱过来，麦苗拥抱着田野，柳丝甩动着春天，天空的表情正在晴朗，如果沮丧没有意义，我就歌唱。

五

歌唱啊。

我性格沉默，我为自己歌唱。

人间的春色刚刚走出冬天的协议，春光只能大好，我是春天的责任人。

我话语不多，主要是厌倦了长篇的说教。

我以沉默的方式歌唱，用犁片和冻土的斗争来歌唱；

我以沉默的方式坚定，祈祷麦苗四十天后会出现麦芒的态度；

我以沉默原谅往事，言多必失，一个人喝酒，酒后也不胡说，只歌唱。

歌唱夏天的荷，歌唱秋天的藕。如果稻谷飘香，我愿意是沉默的粮仓。

（原载《散文诗》2017 年 8 月）

馒头窑，那些记忆

栾承舟

夜宿原山

暮云向晚，千层万叠的波涛，如若天籁。

齐长城，古远之地。历经天崩地裂，风花雪月。

马蜂，鹳鸟和羊，自密林出，而后，是如冰河期一样久远的缄默。

波涛隐隐，两亿五千年了，至今，仍在奔突。

孟姜女的泪，将士的金戈和交迸的雷鸣，沉寂下来，无声。

李清照，吟者之姿清雅，像一位云中仙子，一片含羞草叶，欲语还休。

旷古未有的风，附在我的耳边，说出：一波波

盛开的潮涌……

齐长城听风

怒吼在风中咆哮。

齐长城，

每一块青石之上，碧血殷殷，至今，仍是热的。

干净的风吹，像一条长河，在流。一个个涡旋，仰首凝听着霜晨雁鸣。

每一条斜枝，铭记着乱世纷纷。

那些个雉堞、战车、城墓，均已废弛。山风暮霭之间，鸟鸣落满了原山、鲁山。

穿绿衣的女子，云中仙子，很美，像在梦里。

此时，整个齐鲁，鸟雀都已展翅。

而后，云岫轻响，遍野麦浪渐成燎原之势……

青州古道

越千年的明月，聆听着长空雁叫，古道虫鸣。

踵压毂碾，辙沟布满风尘。

古道商旅，绝响久矣。

山坡间松柏已老，再不闻范公吟哦之声。

时光濡染的碣石之上，苔痕青青。鹧鸪悠然斜飞。

忽地想到了一个词：英雄迟暮。

风，倏忽间绿了。

后乐桥边，垂髫小童书声琅琅。梦幻之光，宛如霓虹，持续闪烁。

一种沧桑浩渺之感，物我两忘之感，顿时，穿越了时空。

夹谷台之春

夹谷兰香，摩崖草碧。雷电之后，三弦奏绿了森森乐曲。

满山丛林，寒不浸衣。

那个六月，齐鲁会盟来到了夹谷山。

两军对峙，草，化为兵器。

满山故事，甚至，每一片树叶，每一棵野花，都心怀惊惧。

屈强国而正典仪。剑拔弩张的大国交锋，最终，在孔子手上，化蝶般地，铸剑为犁。

夹谷山，升斗小民福祉，祥和之地，

像一幅画，一场干旱之后的豪雨，美而神秘。

走进古窑村

五月，我和素妙的春天并肩，步入古窑村。

看清风中窑錾铺路，匣钵掩墙。时光之火，化大地沧桑为丰腴神奇。

古朴之美，如五彩鸟，绕村三匝。

一位老窑工，从家门走出。

他的心里，有一只蜜蜂，在飞，向往着某个时刻，炉火熊熊的森林。

需要达到摄氏多少度，陶泥，才会化茧为蝶，成就一件瓷器?

千头万绪的景象，无关化学品质，

传承着宠辱不惊，隐隐光华。

浮世沧桑，万千故事，窑们自己记着。

他是前生今世的史前。

是泥，是地之精魂，天之瑰宝。

在牛走碾转中，与水相融，与梦为伴。

有史以来，这土、水火、矿石，与仙有缘。

鸟的啼鸣，风的诉说，以及云白天蓝，陶土草木，

点着了梦想，一个泥火传奇。

电的洗礼，雷的冶炼，1400度的高温，火，这普罗米修斯请来的上帝使者，捧出了瓷。

一门古老，璀璨的艺术。

现在，陶瓷，幡然在非遗名录里熠熠生辉。

他的淘泥—烧窑—成瓷的工序，仍未解密……

炉神庙呓语

接文峰而临孝水，炉神庙，雕甍锈阔，耀金流丹。
四百年香火悠悠，燃过了多少兴衰枯荣？
最美的一粒沙石，熔炼而为文化，如朗月照临，娴雅静美。

乌云半掩的一轮明月，光照着炭火幽幽。
一串火，一团水，遽然相融时嗞嗞作响，瞬间直抵美之丛林。
须臾的惊艳，像闪电横掠，而后，便是轰隆隆的雷鸣。
痛苦，迷人，耀眼夺目。

女娲慈祥而庄严。
她的善，她的大度，水灵着鸡油黄，以及，古往今来，
所有存世或忘却的美……

（原载《山东文学》2017 年第 4 期）

是圣灵　是撒旦

赵荔红

一

真的。他们是圣灵，鸽子般纷纷坠落。
是撒旦，在天空张开乌云的翅膀，眼神如闪电。
我并不试探，只无法抵挡。

只抵挡不了：圣灵之诱，撒旦之惑。

二

布烈松说：影像，如音乐的抑扬。

风动叶子的节奏是水行进

如人的呼吸心跳与足音

如同我正在书写的汉语辞章

——这些花瓣无辜撒落满地

我捡拾起来，呵着香气，重组。

三

春天早上。雾霭的灰漫过来，漫过来……我因为生病，觉得愁闷，他就放勃拉姆斯来听，三重奏第一号，说是作者年轻时写的，改了一辈子。

“每次弹，听听不好，就改几下，譬如我们读年轻时的文章，总要改几个字的。”他逆光坐，笑盈盈的，光在眼睫落成毛毛的黄。

塔可夫斯基说，拍电影，就是在寻找时间的节奏，找到了，就剪辑好了。

勃拉姆斯找着了声音的节奏。小提琴大提琴钢琴大家一起找，伤悲的，喜悦的，迟缓的，跳跃的，犹豫的，果决的，喑哑的，明亮的，生涩的，柔滑的，微弱的，强劲的……那些不被语词说出的节奏。

我也在找节奏。那些字挨挨挤挤在那里，我的手指轻轻拨动，这个那个，聚合散开，停滞的，流动的，漫溢的，奔腾的……我不偏爱哪种，合适就好。

四

布烈松说：影像不是现成的。它在目光下逐渐形成。影像和声音处于等待与备用状态。

汉字也处于等待与敞开的备用状态，我走过去，它们在我的目光下聚合，如同光影闪动，水草起伏，溪流的迂回跌宕。

看纪录片《海洋》，被节奏打动：音乐的节奏，海水涌动的节奏，鱼穿梭翻转腾空跃出洋面炸开极大水花的节奏。

我听到了语词声音，顺从了语词意象，我跟随着语词的节奏行进。

五

文德斯拍的《皮娜》，色调、音乐、剪辑都好。

隔绝、断裂、碎片化、机械、强力下的穿越、抗拒，一丝轻盈，瞬间欢乐，苦痛之美，绝望之挣扎，被牵扯的自由，困境中的欲望。

重复。一个动作被一而再地重复，更快地重复，更机械地重复；一个人的动作，被几个人，十几个人，一起重复。之后，蕴涵的意味就显现出来了。卓别林也是如此。

皮娜的一切，无不充满韵律，眼睛，举烟的手指，瘦长脸面，枯瘦衰老的肢体，肢体语言，肢体的诗性意象。

六

这五月舒爽的风。紫藤花开尽了，香樟树周身散发浓郁香气，蓬着脑袋站在路边。白橘花伏在叶片中眨着眼睛，如同暗绿天幕的星星。竹帘半卷，光线暗弱，花树的香气忽隐忽现；他陷在蓝沙发中，半瞌着眼支着下巴。

肖邦的《夜曲》，好似一组诗，轻重、浓淡、明暗，无不恰到好处。气息、色彩、节奏，如此统一和谐，情绪变化又如此丰富。和弦奏出背景，神秘的、浪漫的、沉思的，右手弹出一个个独立音符，像人在森林中散步，一步一步，中间又有多少遐思呢？

“再没有比鲁宾斯坦弹得更合适、恰当了。”他说。

诗三百，曰辞达，曰无邪。辞达就是合适、恰当。文字如何抵达气息色彩节奏的恰到好处？如何既纯正无邪，又能蕴涵丰富、奥妙的思绪呢？

七

美是均衡。海顿的室内乐，钢琴、小提琴、大提琴之间的均衡和谐。

均衡的旋律如同绘画精确结构、代数完美等式、教堂穹顶弧线，如同星体无声运行、潮汐忽涨忽落，如同叶子有时发芽有时坠落，如同翔鸟迁徙、群鱼涌动。

科学与艺术，统一在至美上的。一切均衡，则一切完美，一切符合神意。

巴赫、莫扎特音乐如有神助。牛顿、哥白尼信神如神在。

凡人不能抵达至美。只有神，令世界和谐、均衡、完美。

八

万花都谢了吧？这浓荫深重的午后，白纱帘因风飞扬，骤雨般的蝉声涌进窗户，和着他的睡息，起伏，如雪浪拍岸。

在窗前读里尔克，《马尔特手记》中写："为了写出一行诗，一个人必须观察很多城市，很多人和物，他必须了解各种走兽，了解鸟的飞翔，了解小花朵在清晨开放时所呈现的姿态。他必须能在沉思默想中回想起异域他乡的条条道路，回想起各式各样不期而遇的相逢，和各式各样长相厮守之后的分离，还有那些迄今依然难以言说的孩提时光……只有当它们转化成了我们体内的血液，转化成了眼神和姿态，难以名状而又跟我们自身融合为一，难分彼此——只有到了这个时候，只有在这种极其珍贵的时刻，一首诗的第一个句子才会从其中生发出来，成为真正的诗句。"

那些鄙视细节、在观念间倒腾的诗人们，听听吧。

九

"一个城市、一处乡村，远看不外是城市和乡村；但随着你步步走近，就有房屋、瓦片、树叶、草、蚂蚁、蚂蚁的脚，以至无尽。"帕斯这样说。

世界是细节汇聚的。写作是要剥开概念坚硬的壳，将那丰盛诱人的果肉呈现出来；是要将万象一一剖分，捣碎，翻晒，漂白，重组，再现；关键是要找到此与彼之间秘密接头的暗号。

我抽到了那丝隐秘的、闪光的、精确的线了吗？

十

读到一本好书，譬如遇见一个美善的人。就像风吹落了叶子，一般都是缘分。

群星璀璨的夏夜，仰望天空。呼吸。刚巧遇见了属于你的那一颗。

譬如一本好书，刚巧就在你的手边，从前，你居然不认识它。

十一

街面静下来，桂花的甜香便更浓些。早起一场大雨，刚刚开的，就散落地上的点点，叫人好不心疼啊。文科楼前倒还有几株，密密的金黄，我们在树下走，慢慢走，走到最后一株，又折回来，来回走着……他骑车带我去校园，桂的香魂游荡着，从我们身边，一闪而过……

“我记录下你的话呢。”坐在他的自行车后座，我是只呆头鹅。

“话是记录不下来的。”他答，“一句话正在讲的时候是有生命、有意义的，一旦被记录下来，生命就消逝了。因为记录者会漏掉说这句话时的背景、情绪、态度，等等。很难从孤立的一句话，判断当时说这句话是郑重其事呢，或不过是一句反讽，一个玩笑，抑或仅仅是瞬间的感觉。”

“记录者肯定是有自己的主观选择和判断吧？”

“那么，它被记录后，即有了新的意义、独立生命，与言说者关联不大了。”

十二

离海洋最远的地方。异域的干燥气息，高原上群星闪烁，白杨树落光了叶，光光的白枝干笔直向天。斯文·赫定、马可·波罗、玄奘的身影在沙枣树丛闪闪灭灭。

木窗户漏进灰白晨光。陌生不引动好奇。

昨日的白杨叶片已干脆，垂着细脖颈在木桌上抄写几世纪前那个长胡子马赫穆德的诗句：

爱情感动了我

思念涌向了我

我的心专注于他

我的脸枯黄了

十三

十一月的巴黎，树木色彩如此富丽，如多变的天空，忽而浓云密布，忽而阳光鲜亮，又忽然一阵大雨都来不及躲。如同街面上的彩虹皮肤、五色石眼睛、巴别塔语言，以及众多岔道、弯曲小巷。

我经常被岔道上的风景吸引、停伫、流连，一不小心走进岔道，有时我折回来，有时就顺着原先不曾料想的，一直走了下去。不确定的，是美的。

一个人的旅程，不是直线的，也并不一定要抵达某个目的地。写作也是如此。

布烈松说：“你意料之外的，无一不是你暗中期待的。”

获得意外，尤为幸福。

十四

鲁昂大教堂前，支起白色小木屋子，各样圣诞货品，颜色鲜艳。童声合唱仿如天籁，步出教堂，我们歪在大酒桶边，喝一杯热葡萄酒，寒风清冽中，暖热、浓甜，好似上海冬日晚暮，饮几杯浓酽，温热花雕。

从大教堂直穿城市，走到福楼拜纪念馆。买了本法文版《一颗淳朴的心》，写一个女仆圣徒般的一生，晚年与一只名叫露露的鹦鹉为伴，鹦鹉死后，将其制为标本。这部晚年作品，是福楼拜的自我写照吧。纪念馆内有一个壁橱，橱门开得很小，从门缝向内费劲张望，一只鹦鹉标本，模糊地隐在橱柜深处。据说是福楼拜为写这部小说，特意向鲁昂博物馆借的。

鹦鹉能学人说话，是灵鸟；作家写作，是模仿上帝言说，试图接近真理。神秘的语言能力，不可轻易获得。

十五

冬日的阿姆斯特丹，下着小雨，无法见到印象派画家迷恋的荷兰之光，怅怅。冬日的阿姆斯特丹是褐色的，褐色房子倒影河中，运河是一大块深褐色冻糕，闲置的空游艇，散放的自行车，黑鸭子浮游着。在凡・高博物馆挤了一天，方觉不虚此行。二百多件凡・高画作，一千多份手稿，各时期与凡・高相关的画家作品，真是一场盛宴！为何一个人在半疯中，能呈现如此明净、纯粹、火热的色调，自由之精神，狂喜的热情？同时展出的蒙克画作，则是沉闷、压抑、阴晦的。晚上到博物馆对面的阿姆斯特丹音乐厅听了场舒曼艺术歌曲，出来时，雨已住了，风夹着水汽，冰冰冷扑面而来，毛毛地沾满全身。远处的博物馆，薄薄浮在水汽中，枝丫枯干伸向夜空，离凡・高那杏花绽放的春天，还很远呢。

十六

柯罗说，一要诚恳，二要自信。

《杜埃市政厅》，他每天画四个小时，画了十八次。哪位艺术家像他那样单纯而智慧呢？他一生清白，心地善良，像只蚂蚁，从早到晚忙个不停。他像年轻人那样向往正当的荣誉，不搞阴谋诡计，唯恐没有画出杰作，就离开人世。

他逝于 1875 年 2 月 22 日。临终前三天还在作画。

“哦，这么红的蜜酒啊！”柯罗快乐地说，“我真想一饮而尽，可是又怕使医生发愁！”隔了一会儿，他又说道：“这橙红色蜜酒色调多美呀！它一定是格拉斯彼利德园艺场的饮料，我敢打赌，准是格拉斯彼利德园艺场的看门人酿造的。”过了三个小时，他就与世长辞了。

十七

散碎光线。羔羊的眼睛。掉落深潭的珍珠。寒枝上浮动的羽毛。冷风中挺立的小草。跌跌撞撞的路人。薄薄的暖，小小的美，躲在紧闭的窗框门扉内……

这是旧年的最后一天。简朴大堂，木头椅子，大家裹着大衣紧紧挨在一起。颤抖的琴弦，跳荡的键盘，手指翻飞舞蹈。旧年即将过去，新年就要来到，我们一起听了：勃拉姆斯，德彪西，最重要的是，舒伯特的《降 E 大调第二钢琴三重奏》。感谢，黑暗时日，三个年轻的名字带来的温暖与感动。就算预言中的世界末日来到，还有音乐……爱……云彩……花朵……书……

新年第三天，再次听舒伯特这支三重奏，那是鲁宾斯坦的钢琴、谢林的小提琴、福尼埃的大提琴。三位大师默契、深挚的合作，让一整个下午的房间流动着忧伤的喜悦。

他说："但凡能写好三重奏的，无不是最伟大的作曲家。尤其舒伯特，深入到你的内心。"一整个下午，他都在那段旋律中摇晃、沉思。他的背因过多重负微微弓着，时间在头上撒些白雪，额头有了皱纹，但他的眼神，虽常常带一丝忧郁，却一如年轻时清澈透明，他的手，交叠在一起，除了书写，也是可以弹奏琴弦的。

十八

除夕夜，零点鞭炮才过，浓重火药味渗入纱门，我深深嗅闻着。漆蓝夜空，不时炸开一两朵礼花，依旧有鞭炮声，此起彼伏，炒豆子般。客厅里插着银柳、玫瑰，两盆水仙恰好开了九朵，满室生香。

我们一起听古尔德弹奏贝多芬。他说："古尔德太有风格了。他让所有的人，贝多芬、莫扎特全染上他的独特风格，有点玩耍、游戏味，弹巴赫就好许多，也有游戏味。"古尔德、卡拉扬这样的风格大师，听众容易辨析，市场效应好。

但最高的不是风格大师，而是那些隐身人，比如俄罗斯一些演奏家，绝对献身给作曲家，尽可能贴近原作，我们听到的是贝多芬、莫扎特、巴赫，而非演奏者自己。

刻意学习某种风格，总不能超越风格的开创者；而努力去贴近大师和经典，即使不能抵达最好，也能得着好的东西。

十九

立春时节，一候东风解冻，二候蛰虫始振，三候鱼陟负冰。

天空阴沉沉的，到傍晚，竟飘下几点雪花，落地即化去了。这样天气，只合饮杯梅子酒，即上床，裹在被子里读书。我读的是安徒生。《雪女王》有这么一节话：

“这面镜子摔得粉碎，可是却比以前带来了更多的不幸，因为有些碎片还没有沙粒那么大，可以在全世界到处飘飞，只要它们飞进人的眼睛里去，它们就粘牢在眼珠子上，于是这些眼珠看到的每件东西都改变了模样，或者只着眼于事物坏的一面，因为每一粒碎片都具有那整面镜子的魔力。有些人的心里掉进了碎片，那就更糟糕啦，因为那颗心就变成了一坨冰。有些碎片大得可以用来做窗玻璃，可是透过这样的窗玻璃去看人，连自己的朋友都认不得了。有些碎片做成了眼镜，可是戴了那样的眼镜就无法正直地看待事物。”

假使人的眼睛或心，被那种魔镜的碎片给蒙蔽了，只要取出那一小片碎片，他就一定会变回来，他的心就会喜悦而安宁了。

二十

我们骑车环海而行。苍山与洱海是墨绿调，越近午，水色越蓝；二月田畴呈赭黄色，房舍皆白，一切是年轻、透亮、刚刚苏醒模样。浸入水中的褐色干硬胡杨，湖蓝海边一抹金黄油菜，墨黑山羊斜挂在黄土坡上……

他不像我那么好新奇，每到一个新地方，总是心怀疑虑，他是如超现实主义电影大师布努艾尔一般，只愿意去熟悉的地方，走相同的路线，在同一个地方停下来休息，看相同的风景，吃一样的菜。

老布努艾尔说：“若有人胆敢提议去陌生地方，一定会遭到拒绝，因为我不知道要去那里干什么！”

第二次来，双廊就不再是陌生地方了。

二十一

只有美能令我心碎。爱也是美。

所有我爱的，都是美的。

二十二

二次到梅园，访梅不遇。一次梅期已过，此番红梅白梅又未开。且喜游人稀少，随性走动。天高气清，收潦水清。万树消减，而百色不灭，更兼枝头孕育细碎蕾芽。草坡林间，阳光明灭如碎金，枯枝横斜，姿影随意投掷天空、水塘、石子路上。风动叶落，闲鸟起降林间，不停鸣啾。误入芦花丛中，听脚下石子脆响。荷塘寂寞，上有薄冰，阳光反射如镜面。独自穿行，觉物已不是，心也早非。转念万事万物，原是晦极而明，枯尽逢春，冬日终究过去，春之生意已勃然在枝头了。其实蜡梅初放，拢着蜜色小身子，怯怯抖擞于寒风中。

二十三

啊，时间！就是这样如布朗尼蛋糕被烘烤出来，又被消耗掉了。我每咬一口布朗尼，就咬掉了一角时间。

时间凝结，无所不在：门框，窗台，树间，花丛，方的，长的，铜的，铁的，木质的，不锈钢的，固体的，流质的……

我的一生，就是由一只淌着汁水的苹果，变成一枚干硬的核桃。

（原载《广州文艺》“实力榜”栏目 2017 年第 7 期）

彼　岸

阿　土

一

清理落叶的秋风，一不小心触了雷，声响平地传来，整个季节火花四溅！

我知道，这浮世的喧哗不过是缥缈的云烟，过眼即逝。但我终究是一介凡夫，偏听于他人的传言，习惯用质疑责难！

我不解。你擎着撕裂的手掌，是为了宣泄内心的大寂寞，还是在唤醒世人前生的记忆？

我不解。你捏紧手指在头顶燃烧的姿势，究竟是为了展示自由的向往，还是为了在苍穹之下，亮出狂欢的歌喉？

叶落方可花开，花开叶已落尽。这悲伤的一幕究竟爱得镜破钗分，还是爱得恩断义绝？

美好的时光终将过去，你一如既往地红着，红得细腻，红得孤独，红得苍凉！

是置之死地而后生的凛然，还是生命已经看透繁华得到皈依的通达？

想来，我更应该尊重你作为草本的生命，赞美你不管不顾、不愧不怍的生长。

我一直以为，自己喜欢维护他人，却不知道其实是在维护自己。

唉，我已经陷入玄想太深了，以为自己怀揣一颗出世的心，便不再是俗子！

二

谁说，你只生在三途河边，忘川彼岸？

谁说，你自佛教中来，是天界的接引之花？

我否认，在这箫声响彻的季节，我否认那些情节荒诞的神话，它们玄幻而脆弱，不值一提。

怀着一颗热情奔放的心，到哪里都会盛开得肆无忌惮。你想来就来，由着性子，在想落之处落下，扎下根，无论春秋，在该开花的日子自然开放，在该枯萎的时候无声谢去，这是否也是一种大彻大悟的释然？

我本没有刻意赞美的心，却不知不觉开了口，泄露了一些为你准备的词汇。

谁说，你的花和叶永生无法相见，便是绝情，便是得不到加持的爱？

聚是一种缘分，散也是一种缘分，不聚不散不也是人生需要的一种大智慧吗！

你一生只钟情于惊艳的红，要知道，惊艳到了极致便是妖，妖到了极致就是绝，绝到了极致便是灼。你的红恰是惊艳的极致，妖的极致，灼人灼己的极致！

这极致，只有真正看透了人间的生死悲欢，才会对幻化的万象如此淡泊，如此决绝！

当淡泊和决绝达到极致，生命便可以轻松地抵达彼岸了！

我们的生命依旧紧张，在得不到沉淀的熙攘里，在自以为饱满的空虚里，如梦浮华。

三

有今生，没来世？

风一吹，满地的灯光恍惚不定，世界恍惚不定！

恍惚不定的还有我的震惊，以及我突然觉得所有的描述都显得词不达意的惶恐！

唉！原来，对待一种植物的最好方式，不是用玄想的美丽夸赞，而是用属于她的色彩叙述！

彼岸花，我要用你最鲜艳的红，用你如血的红，用你妖冶与不祥的红，点燃我的诗句，打开我的想象。我要在希望和失望之间，为走遍天涯的生灵祈祷，记录它如何被传言一片片撕碎；我还要在黎明和黄昏之间，唤起被挤压的时光，看清它前世和今生的记忆，如何被设置得如此丰满。

彼岸花，或许我该为你写一首诗，写一首与缘生缘灭有关的诗，写一首与悲喜交集有关的诗，写一首与遗忘和铭记有关的诗，我要在这首诗里看到生命的柔软与刚烈。

我知道，为你写诗也是为我自己。就像我一次次把隐藏在枯叶下的魂魄喊醒，用他们的灵性为我的偏执进行辩解，让平凡的人看到我与众不同的举止！

我知道，我手上的光芒其实有限，但我会试着，光亮的时候照向他人，光暗的时候置于自己脚前！

四

用挺拔的生命撑一把耀眼的伞，让众草投来羡慕的目光。

时日很长，我的思索却奇短无比，这焦虑谁能和我一起体会？

我开始渴望像一只候鸟，在新的季节到来之前飞离枝头！

开一千年，落一千年，互不相见，也互不触及，在这样的因果里，还会有动人的爱情？

谁让我脉络的河流改道，又让我头顶的阳光色彩尽失？

思维凌乱的小径上，我开始理解那些可以卸下记忆的人为何会有福了，明白了他们拥有一颗豁达的心是多么重要，人只有能容能舍才会高大。

我一生追求遗世而独立，却怀揣着入世的念头，在执着的泥淖里越陷越深。

彼岸花，轮回的过程太过艰苦，涨潮的秋风里，你就是汹涌的大海，从山谷的腹地开拔，以裹挟和覆灭的方式，穿过白昼，穿过黑夜，让我从一朵冥想的花里听到人类的呼吸！

我知道，我会试着像一只蚂蚁，用它的姿势，以触手照亮道路，扶正回家的方向。

（原载《青岛文学》2017 年 9 月）

远处不远［组章］

何小龙

大　风

大风起兮，宇宙的情绪很激动。

尘埃趁机飞起来，追逐着一只疾飞的鸟，好像比鸟飞得快。

纸片趁机飞起来，好像达到云的高度，在努力地讨好天空。

大风止息，天地恢复宁静的秩序。

尘埃落下来，纸片落下来。尘埃还是尘埃，纸片还是纸片。鸟还是鸟，继续在飞。云还是云，洁白在蓝蓝的天上。

关山素描

层林尽染的色彩褪尽。

像我青春斑斓的画卷，被时间卷起，带走。关山，陷入巨大的寂静。

浓雾漫起，若帷幕拉合。

风，弹枯枝为弦，演奏萧索。

一些红红的果实显露，如一场大火燃烧后留下的火星，在灰烬里埋下复燃的希冀。

如同晚霞退隐，留下星星，做光明的种子，在暗夜的土壤，孕育曙色。

希望没有走远，就在腐烂的落叶里涅槃。

每一棵大树恪守的年轮，都是季节轮回的路线。

春天，会噘起花朵的口唇，吐一缕清新的风，将埋伏在灰烬里的火星催旺。

羞于说爱

羞于说爱。

正如，我没有翻越过一座高山，羞于谈论山的高度。

我没有穿越过一片沙漠，羞于谈论沙漠的浩瀚。

我没有泅渡过长江，羞于谈论长江的磅礴。

只有当我们慢慢变老，才有资格谈论

——爱的滋味，爱的内涵。

郊外，雪之欢舞

广阔的田野，广阔的爱，田埂很低，不会碰伤雪花洁白的羽毛。

它们飞翔的姿态多么舒展、优雅。

它们的白不会被谁弄脏。

它们蓬松地偎在田野的怀里，就像婴儿睡在母亲的臂弯，那么安静。

远方不远

逃离城市，逃离围城，我把自己交给一辆快客带走！

心已插上翅膀，比向后闪过的白云飞得快！十万座大山，千万条河流挡不住我投奔你暖怀的渴望！

远方，因你的呼唤，如此楚楚动人地贴近我的心跳！

此刻，哪怕经受无尽的颠簸，跳荡在眼里的太阳，也依然笑靥灿烂！

哦，多么清爽温柔的风迎面吹来，仿佛你飘香的发丝轻拂我的脸颊！

（原载《辽西风》2017年1月）

仁庄纪事［组章］

晓　弦

父母的罱泥船

那是我人生最早遇见的一条船——仿佛来自童话的、吃水很沉的罱泥船。

船头，爸爸用两支竹节粗粝的竹竿，在河心罱起一坨坨乌金般的淤泥；而船尾，一个5岁的孩子挣脱妈妈缆绳般的目光，从船舱的淤泥里捡拾起一枚枚陈年的菱角，嚷嚷着要吃掉它里面又脆又甜的白。

这是在20世纪70年代末的阳光里，我在水乡一条颠簸劳作的罱泥船上，宛若进入人生最生动也最无奈的学堂。

不错，父亲的罱泥船是我温暖的摇篮，那欸乃的橹声，是摇船的妈妈哼给我的最最朴素的谣曲。

我与形影不离的小花猫一起，在船舱寻觅鲜蹦活跳的鱼虾，寻觅童话般的五色螺，寻觅那启蒙我人生智慧的宝藏。

在父亲的罱泥船上，我学会了打赤脚丈量船舷，做到了在暴风骤雨袭来时绝不晕船，锤炼了浪里白条的果敢和患难与共的意志。

我以为，船儿的摇摆与人生的动荡有着某种必然的联系——那些在生活的船上晕了头、把心肝哗哗吐出的人，那些因贪得无厌而频频制造人生翻船事故的人，当初一定缺少这一课。

鱼儿在蓝天和白云间穿梭，时间在流水和劳动的艰辛中穿梭，要是船儿穿过桃花坞，栖息在竹影婆娑的梅花洲，我便与船上的小花猫一起，跳将着离开这神奇的幼儿园。

这样的幼儿园，是我，今生上过的名牌大学。

捅灶灰者说

我是乡村炊烟忠实的守望者，手握竹条，打马串村。

我有包公的黑脸和火焰的心情，爱用烟灰色的暧昧，涂抹村姑好奇的心。爱将自己比作乡村欲望勤劳的清道夫，排除岁月淤积的疼痛；

爱把灶膛比作男人的最爱，比作旧年花事奇痒无比的耳朵。

爱在竹子开花时，摘一束晃过童年屁屁的青竹条，做日子耳顺的耙子。

我还喜欢调侃那些目不识丁的女子，并告诉她们：一灶洞的灰烬，可做十筐墨水，可做千筐天下文章，被一代又一代书童优美地挑着，陪伴万颗秉烛夜读的书生的心。

年关将至，我用粗糙的手，如痴如醉地把乡村的炊烟，一遍又一遍地抚摸。

挥舞铁锨的人

闪烁其词一番，他亢奋地说：

“为了不辜负肩膀上那柄铁锨，得照准地上一个小土包，硬生生挖掘出了一个坑。”

看倾塌深陷的那一丛墨绿，和一窝儿慌乱四窜的蚂蚁，他激动得像发了一笔横财的地主。

是的，他是地主，他能改变一片野草的长势。

可这野性的一锨，村庄的脸儿变了，要是雨天，远处奔跑过来雨水，便找不到这个已经散开的小土包。

冬天的雪花飘洒过来，也会迟疑片刻，才肯缓缓降落。尽管，有缘无缘的雨或雪，最终会埋没掉挥舞铁锨的人。

这随性的一锨，这发情般的一锨，让天空与大地的距离越发地远了。

一生蜗居在这里的蚂蚁，再也找不到，那个早已倾圮破败的家园。

（原载《伊犁晚报》2017 年 8 月 28 日）

蒙古高原礼赞

鲍尔吉·原野

河水流进骏马的血管

祖先给河流赋予吉祥的名字，读起来回声遥远：乌力吉木伦河，通拉嘎河，额尔古纳河，昆都仑河，白音高勒——这是吉祥的河，清澈的河，突然拐过来的河，横过来的河，富足的河——河流灌满了福气，奔流在蒙古高原。说起河的名字就重复着祖先的愿望和这片土地当年的样貌。

傍晚，奔马像鹰群一样飞到河边饮水，河岸像栽种了一排杂色的树林。河水流过牛羊的嘴巴，水里混合了草的汁液。

河流里，如蛋壳一样洁白的卵石和头发一样的水草眷恋水，水带不走它们，像流云带不走牧羊人。

平静流淌的额尔古纳河奉献了黄金家族，历史由这条河而改变。额尔古纳河比人们想象的更平静，如生育伟人的母亲那种安详。

河水流进草的根须，流进骏马和牧民的血管里，流过牛羊清洁的胃，跨越千山万壑，像一个网，包裹着蓝色的蒙古高原。

（歌声：泉水如花瓣一层层盛开）

像孩子一样跳出地面，透明的花瓣一层层开放，泉水来了。

山顶的泉水比山顶还高，山脚的泉水比月亮还亮，泉水来了。

泉水遇见今年的青草，抱住山丹花的腰。泉水倾听大河的喧哗，十里之外，浪涛奔跑。

树林传来泉水的响声，像蝴蝶扇动空气。泉水来了。

泉水的名字叫富裕，叫金子，叫长高（蒙古语中泉水的名字）。泉水的溪流这样稚嫩，比站在山顶俯瞰江河还要细小。泉水来了。

泉水来了，泉水咕嘟咕嘟、咕嘟咕嘟冒出地面。泉水去见鹿群、野黄羊群和小鸟。牛羊肥壮，人畜安好。

一条条哈达献给你，煮好的肉食献给你，请泉水收下我们的心意。

群山注视着草原

草原的山峦缓缓上升，展开父亲的怀抱，注视着草原。

在内蒙古、新疆和蒙古国，有蒙古人和山的地方必有一座名叫“博格达”（宝格达）的山。它是天派下来的山，人们视如圣山。所有的博格达山只是一座山，如可汗，遥遥地俯瞰着草原。蒙古人的民歌唱到博格达山，会变得空灵，思绪渐渐遥远，好像他们的匍匐和沉默的思念。

蒙古高原的山上没有财宝，矿藏也不是财宝，山是神住的地方。草木长成神的衣衫，动物是神的子孙和伙伴。奔跑的鹿和小兔在为山神跳舞，神冠上的树叶子被风吹起，化为小鸟。蒙古黄榆从峡谷排列而下，是山的卫兵。神在哪里？神就是祖先的遗训，珍惜大自然，一草一木都是宝。

站在高高的兴安岭，山下只有云和树。秋天来了，落叶松把群山铺满黄金。入夜，山的翅膀合拢一体，大地黑暗，星星布满山顶的穹庐。它威严的头顶悬挂尊贵的北斗七星。大雪覆盖的罕山上，鹰的影子多么寂静。

（歌声：两棵树在露水里走路）

大山领着小山，走在茫茫的地平线，小山睡在大山胸前，一起度过了多少年。

黄铜色的大草原，大树领着小树，在余晖里影子变成了一条。

羊羔思念山坡的花朵，却不愿离开母羊身边。马驹想看河岸的青草，却不愿离开母马的视线。

父母老了，他们的恩德在儿女心里长成了花园。父母走不动了，眼泪动不动挂在腮边。

抬头看见两座山，看见两棵树在露水里走路，看见羊羔和马驹蹦跳，儿女躺在父母的臂弯。

草原是蒙古人的家园

草原在夏季鲜花盛开，秋日百草肃杀，冬天风雪肆虐。它是它自己，大自然的严峻让人望而生畏，但牧人要承受这一切，这是造物主不可违犯的意志。忍受与顺应是蒙古人的品格之一。

草原不是长满草的广阔地域，它永远不是可耕地，不是矿石之上的覆盖物，它是牧业生产的基础与蒙古人生存的家园，它不为攫取者而生存。

草原是一个谜，没有人知道它无穷变化的理由。草原不过是地表薄薄一层长草的土，它脆弱到不可挖掘。然而大规模的采矿早已开始，从卫星地图看，开矿和开垦造成草原的毁伤。工业化无节制地使用地下水，造成草原荒漠化，这与放牧过度并无关系。在呼伦贝尔，在锡林郭勒，羊群不再洁白，它们身上披挂黑色的煤灰。

如今对草原的诗意描绘已如讥讽，当下唱《美丽的草原我的家》令人茫然。草原消失之后，蒙古文化会像青草一样被连根拔除。不只草原，无论在何处，对大自然的毁伤都是对文化的毁伤，把人变成没有文化的、同质化的生物，与工业快餐饲养场里的肉食鸡没有两样。

草原若不保护，会风干成一个陌生的词，藏身于词典与图片里，歌声就此喑哑。

（歌声：万物比你想象的更柔软）

拉盐的人啊，把你们支铁锅的三块石头拿走，扔向四面八方，烧过的石头要休息。

石头为你们忍受火焰的灼烤，煮熟了奶茶羊肉，石头要休息。

万物的身体比你想象的柔软。它们像水一样活泼，像旱獭皮毛那么光滑。

你看不到石头和沙子的血肉，但它们有血肉。你看不到树和土壤的伤口，它们的痛苦深如峡谷。

唱歌的人啊，你告诉别人：石头在休息，云在天上护卫它。河水在休息，花在岸上护卫它。

民歌的节奏在母亲面前慢下来

蒙古族血液的源头是骆驼一般的母亲，她们像树一样沉默。

民歌唱到母亲，节奏慢下来，像老母亲的脚步那样慢，像叩拜苍天那样慢。蒙古人在童年看到了羊羔跪乳，看到牛犊跟随母牛吃草，学会歌唱母亲的歌。没有母亲的形象就没有蒙古文化。

母亲是大地，柔软的、长满青草的、泥泞的、布满车辙和马蹄印记的黑色潮湿的大地。母亲对儿子、对羊羔和牛犊有一样的爱，她脸上的慈祥一如大自然的慈祥。

（歌声：诺恩吉雅的歌声比海青河水更长）

你的悲伤比老哈河水还长，出嫁的诺恩吉雅，什么时候才能回到家乡？坐牛车要走上三个多月，青青的牧草渐渐萎黄。

你路过九条没名字的河流，都比不上老哈河水清亮。河边的大雁飞回南方。诺恩吉雅，你回家的时候，已经认不出父母的模样。

海青河的岸边，海青鹰翅膀下有睡觉的小鹰。海日苏树的阴凉底下，海骝马为什么低头彷徨？

美丽的姑娘诺恩吉雅，为什么要出嫁到远方？远方没有比父母更亲的人，你思乡的歌声比海青河水更长。

榆树在榆树叶里眺望你，河水在宽河床里默念你。诺恩吉雅，你带走了云彩的温柔，花朵的颜色，你连影子都没留给家乡。

老哈河水长又长，流走了你的芳香。海青河水长又长，流走了你的目光。茫茫草原像大海一样宽阔，你睡在哪一座毡房？诺恩吉雅，你再也没有回过家乡，没见到自己的爹娘。

云影缓缓覆盖河流

牧民的目光离不开成吉思汗，看到他的画像，榆木一样粗糙的脸上会自然地露出笑意，露出向往。在牧区，所有蒙古人的房子里都挂着成吉思汗的画像。成吉思汗，他们说起这个名字就说出了自己的思念，这个名字的音节和语境刚好符合他们的心意。如果蒙古语当中没有“成吉思汗”这个词，牧民仿佛少了筋骨，感到孤单。成吉思汗是祖先，是神祇，是从苍天之上注视而来的眼光，是所有白马的主人，仅仅他的名字就可以安抚人心，他代表着一切吉祥。

蒙古长调里，能听出一种颂扬。配得上如此追念的，只有成吉思汗。蒙古人把他视如神，更视如血肉相连的家人。蒙古人用长调颂扬心中的怀想——成吉思汗心爱的白马，他的黄金训词，像云影缓缓覆盖河流，簇拥着走向天边。晨雾散了，山脚的白马抬头谛听。河水满了，像端坐着的黑天鹅在水里嬉玩。

蒙古人觉得成吉思汗离开的时间并不久，他们自豪地说起成吉思汗的陵园。农耕王朝的君王只是朝廷家族的首领，蒙古人认为成吉思汗属于所有蒙古人，他们像树叶一样长在名为成吉思汗这棵大树上面。

（歌声：北方的天空是站立的大海）

北方一直位于正北，草尖能够住下天神。

北方的天空是站立的大海，重叠的山峦是琉璃的天门。

九层云彩的莲台海水环绕，菊花的浪头白马飞奔。

北方的夜空灯火千里，马车穿过宝石的星辰。

神的指缝洒下雨水，手里酒杯波涛滚滚。

神灵坐在敖包的正位

人们肃穆地围拢敖包，脚下的夜色四处流淌。他们在夜里穿戴华丽，马的鼻息划破了潮湿的空气。敖包降临了所有的神灵——从树上、从泉水里、从火里、从岩石上、从毡房里、从摇篮上、从马鞍上、从佛像里、从金器和银器里，吉祥聚集。呼来——呼来——（蒙古语：来吧）

神灵熟悉夜色里的每一条河流和每一株草，知道鸟身上羽毛的花纹。神灵稳稳地坐在敖包的正位。敖包里面装着各个村子的泥土，各个河流里的水，装着五谷、装着金银珠宝。石块是敖包的铠甲。呼来——呼来——

敖包长宣读祭文：愿长生天保佑大地丰饶，保佑人畜平安，保佑河水清洁，保佑山在山的位置上巍峨矗立，保佑鲜花年年盛开，保佑说蒙古语的儿童和老人心中安稳，保佑燕子年年回到牧民家里筑窝，保佑所有人孝敬自己的长辈，保佑蒙古歌声像云彩一样川流不息，保佑蒙古文化不受到歪曲和损坏，保佑大自然完好如初。呼来——呼来——

愿长生天保佑山上的草木生命力旺盛，保佑泉水高出地面，保佑牲畜生产顺利，保佑我们像岩石一样诚实、像河水一样纯洁。呼来——呼来——

黄油、炒米、点心、酒和哈达——请神灵收下我们的礼物，我们跪下领受神灵赐福。呼来——呼来——

山川肃穆，敖包神圣，天色从最远处一点点变亮。

（歌声：火苗有数不清的脚在舞蹈）

你从哪里跑到柴上，火的脚爪碰碰撞撞。

看啊，数不清火有多少只脚。火的肩膀在抖动，火的腰身像蛇摆晃。

火在攀升，火在找什么？火手掌与夜色相握，人们看不到火的面庞。

火在火里端详人们，瞳孔里有两片火光，脸膛熟了。

跳舞的人们回到童年，像陀螺转起圆圈。火苗高过肩头，火星跳进黑夜，再无踪影。

喝茶的时候火在茶里，烤火的时候火在血里。火的家在锅里，在牛粪饼里。火种住在明亮的星辰里。

五种颜色的绸缎捆住羊的胸脯肉，献给火神，酒和黄油献给火神。平日里沉默的诗歌，今天念给火神。请接受我们的心意。

黑夜里的大地，火的钻石在闪。沉默的火啊，你什么时候为我们唱一首歌？

马把蒙古人变成雄鹰

因为马，蒙古人成为世界上第一个打通欧亚联结的民族。没有马就没有世界史记载的蒙古帝国。马是蒙古人的翅膀，鼓动了他们的雄心，让他们放眼世界。马带着他们穿越蒙古高原，穿过喀尔巴阡山，穿过富庶的欧洲平原，穿过中亚与西亚的崇山峻岭。他们从经过的地域吮取到新鲜的文化养分，壮大筋骨。马不仅是蒙古人的工具，还是他们的心灵朋友。就像他们的视线里要有草原一样，草原上有了马，他们心里才安详。马的身躯与草原和谐，它的鬃发与风中的草叶一并摇摆。牧人说马认得自家的毡房，认得炊烟，认得主人的气味，而主人也能看懂坐骑的眼神。蒙古人相信马与人心心相印。

蒙古马矮小坚韧，吃苦耐劳。马在风雪里，在暴雨骄阳下，忠诚于主人。蒙古文学从史诗到民歌，一直在赞颂马。蒙古语有繁多的词语形容马的毛色、脾气、行走与奔跑的状态。这个民族的词语如此倚重马，马是他们文化的根基之一。

马改变了蒙古人对于时间和空间的认知，马改变了他们对速度的理解。马勇敢而安静，是人类驯化动物最成功的案例。马在奔跑与静立时都呈现雕塑的美感。所谓一座山又一座山不过在马蹄嘚嘚中消逝。海一样的草原上，有马就有岸。月色下，蒙古包前拴着的马如玉石一样洁白，马的背后河水流淌，星斗满天。

蒙古语里，马和好运是同一个词根。

（歌声：炊烟在毡房顶上等我）

小兔子，你打一个滚能有多远？如果我是兔子，要打多少滚才回到东蒙古的家。

小兔子，你打一个滚能有多远？如果我是兔子，要打多少滚才回到西蒙古的家。

小兔子，你打一个滚能有多远？如果我是兔子，要打多少滚才回到南蒙古的家。

小兔子，你打一个滚能有多远？如果我是兔子，要打多少滚才回到北蒙古的家。

炊烟站在毡房顶上等我，松树站在山峰顶上等我，马鞍在白马的背上等我，新娘在嫁衣的丝线里等我。

小兔子，你打一个滚有多远？我才擦了擦眼睛，你已经没了踪影。

长生天安详

古代的游牧民族无所谓村庄故里，也没有宗庙祠堂。他们的宗庙在辽阔的天空，大地无处不可成为家园。他们眼里没有欧亚的界限，没有种族的界限，只有四季、草场和远方。蒙古人在世代迁徙中，最深的领悟来自大自然，他们称之为长生天。

所谓蒙古是无数部落的集合，多种文化聚合成为以长生天为信仰，以成吉思汗为统领的游牧文化中，核心价值观是尊重并匍匐于大自然的脚下卑微生长，豪迈、细腻、单纯、寡言、坚韧、忠诚、歌唱与敬畏天地是蒙古人的集体文化特征。历经过所有的苦难，长生天让蒙古人保护自己的土地，吸吮着自己的文化成长。长生天让蒙古人的思想纯朴，让他们懂得节制与尊重是立身之本，古老而又天真。

（歌声：吉利到了）

佛灯爆出灯花，吉利到了，长生天安详。

狂飙一般的马群不知从哪儿跑过来，不知跑到了哪里，长生天安详。

莫尔格勒河拐了无数的弯，如竖写的蒙古文字，长生天安详。

毡房里降生的孩子开口会说蒙古语，长生天安详。

母驼用奶水哺育驼羔，牧草按季节返青，长生天安详。

蒙古人的眼睛从火里看到火神，在泉水里看到水神，长生天安详。

（原载《人民日报》“大地”副刊 2017 年 5 月 22 日）

南方，南方

柴　画

过香蜜湖

巴士车上，乘务员面无表情地报站名：白石洲、民俗文化村、世博园、欢乐谷。司机面无表情地停靠站，按动电闸开关门继续前行。这南方城市的夏天，烈日如炉火

像要煮尽那些马路上修理马路人刚喝的水，修路机器轰鸣，路边工业区机器轰鸣。车内冷气徐徐吹，有人昏睡，有人高谈阔论，有人发呆，有人在觊觎某女的脸、丝质衣裙

有人在摆弄苹果 6，玩微信。我，很无聊，没头没脑思考一些无聊问题，车又靠站，上来位挎绿环保袋的老太、一个抱婴儿的母亲，乘务员白她们一眼，撕票，找零

巴士过了世界之窗，过了锦绣中华，停在，特区报社站，又上来个大肚孕妇，她额淌细密汗珠，老太慌忙起身，小心扶着她，让出座位。老太站在通道，手抓车厢的铁壁

我揉揉站得酸痛的腿，无奈把视线移向窗外，我下车，老太也下，还有那

位抱婴儿的母亲。老太走着说，记得给崽换尿布，回去别吵，他做生意、应酬也不容易，能凑合就过吧，当初说过你，嫁外省男人要慎重，像买香蜜湖的房子，哪能说换就换。钱不易赚

上天桥时，抱婴儿的母亲往桥下西香梅北方向，老太和我同行，我们聊刚才的事和北方的亲人。她笑起来，极像我老家的母亲，见桥上卖唱残疾人，她蹲下，把一枚硬币，凝重地投进那碗里

在报刊亭，我买份《香港商报》，还想找份诗歌刊物，老板说，三年前就不进这类书了，没人看，亏本，卖不出去。我苦笑，把投在那些心灵鸡汤、励志类书籍上的目光，收回，老太有点不解

你还看这种书啊？她说，没退休前，在任教的大学，有学生也很喜欢看，她喜欢她们读诗时娴静的脸

她谈到她的小女儿，不看书不看报，但喜看电视、手机。饭桌上，家人在一起的时候我有点脸红、羞愧，和亲人、朋友在一起，我也是手机控电脑控，这个下午，我不停责备自己

车内，乘务员和司机，还是面无表情，车门，一开一合，上车的人机械复制下车的人的动作。一心一意摆弄手机、平板电脑，我苦笑，又想到腾位让座的老太太，想到她的环保袋

葱茏般的绿，森林般的影子扬动在物欲横流的钢铁都市。年底若回乡，我一定要多住些日子

半盏灯

此人，是我多年的兄弟，河北人，没事，或有事，我们经常，去市民广场草地坐坐

偶尔也会去上岛咖啡、广府酒楼下午茶市，而我总喜欢，吃辣，红的、绿的、干的、酸的全上，他滴辣不沾

有时我们也会在大厦楼道静坐，他总伸手，关掉，灯，他说他喜欢黑，很

多东西只要开灯就没有了

来深圳多年，尽管早是深圳户籍，但他从没把自己当，正宗的广东人，他说，这是没法子的事，骨子里就是改变不了，他说了很多次，为自己滑稽的身份

其实这座海滨城市，是许多人心头的纠结，我劝他，也许孩子们长大就不会这样了，毕竟是这里土生

土长，所以，很多时候，在家，他也总经常性关灯，漆黑时光里，像拥有座另外的屋子，屋子里有高龄的父母，及他们身上好闻的泥土、亲人味，妻子拧亮灯，那另外的屋子就消失了，只是这些

他从不在妻子面前说起，他知道，在妻子的眼里，他硬汉一条，一米八五的身块，声若轰雷。所以

每次他电话约我，无论多忙，我都会和他去某处，关掉灯。我也像拥有另外一个空间，或屋子

炸雷雨

炸雷雨如注而来，我毫无准备，其实我为这毫无准备的事高兴。走在地铁站下的水泥马路

我能感觉到，这一生，太多事，不会给人预设好的发生，譬如节外生枝

虽有时我是悲伤或巨大的喜，但，因为，人，活着，才如此美好，难以割舍，避雨的地方没有，绿化带矮灌木丛也藏不了身，这条路，宽敞、笔直。车流犹如过江之鲫

原来这路叫深惠路，只因大运场馆：水晶之城建此处，城市重新规划，不仅修了悬空的地铁，四处栽种名贵树木，路也改名，现名龙岗大道，此时正夏季。人工花坛里那些我叫不出名字的花

开得正红，也是，它们能拒绝很多事物，像秋风来，挺直腰杆，就不会摇摆，但找不到理由

不开放花呀。就像，这条路被易名。我想到这里时，雨水已经滂沱，积水暴涨路面、排水沟了，那些钢筋水泥的楼，和广告牌正酣畅地与雨水交织在街道上，这种感觉让我词尽，失语地哑笑。那些撑雨伞的人，那些坐车里隔着玻璃看雨的人，我真切感受到他们诧异的眼神，他们一定以为我是个疯子，要么就是一个不正常的人，不然怎么一个人，慢慢走在这铺天盖地的大雨里？记得这种情节在某些好莱坞电影大片或韩剧里经常性发生

我理解他们。这种违背常规的事件，换作是我，也会如此判断，像那林阴丛里的天然小植物

其实在这个世界，它与我们没有区别，就像你和我可以拒绝自己不喜欢的东西，但我们能拒生老病死吗？想到这里，我开始微笑起来

世相画

不知在你眼里，标志性东西是什么，如果说城市，我和你一样，想到的一定是地标性建筑物

例如深圳，像赛格、京基100大厦、世界之窗，像华强北，或者东门老街，这些我们耳熟能详的地方

除了这些呢，生活在沿海这座四季如春的城市，很想问问那些上下班挤公交、地铁的人，希望能找到一个令我满意的答案，但是，他们的脸上似乎找不到结果，和我一样，都是忙得忘记自己了，只有在拥挤的地铁上才想起自己是哪个省的，而此时，车厢人头攒动、拥挤，想事物只能凭粗糙断续的记忆花絮进行，艰难中多半是故乡的大幕

比如说到下雷了没，比如说到割禾了没、保重身体，在那些南腔北调嘈杂电话声里，那么多强装的笑

僵硬挂在胖的、瘦的脸上，被包装过的高音、低音通过手机传送到电话那头，表示着一种满心喜悦

我极喜欢这真诚说善意谎言的人，而且是和最亲的人，我不由恍然大悟，

这些就是我要问的

是我内心里标志性的东西，也许在他们眼里，我亦被如此析解，经常，我也是如此给娘电话

水做的骨头

爹病危，我返湖南，他是头个拥抱我的人，他啊，逢人便说自己老了，其实他并不老

虽隔壁邻里、杀羊的、宰狗的见面就老瘪老瘪喊，其实去年他才刚办场五十岁生日宴

在自家堂屋里摆了几十张铺红绸的桌子，但噼里啪啦的鞭炮声里，来祝贺的也就几人

那是爷爷的爷爷，那是死了男人的寡妇刘美丽，他喜欢一生却嫁给别人最后又成为寡妇的女宾

还有他兄弟的兄弟再加离了婚的他那瘸脚小妹，他说，这是一个人的节日，不需要太多局外人掺和，在稀拉祝贺声里，他声嘶力竭地唱着刘欢的《从头再来》，吓得满地公鸡母鸡尖叫着跑得远远的，此时的村庄刚收割完谷子，阳光晴朗，大片白云蜂拥而来，像为他敬生日酒，他从乡长位置退下不到一年

这一年他觉得像第二个五十年，以前，别人跟他路上招呼，现在他和别人招呼。他还喜欢刮脸

他认为男人应该有张干净的脸，所以从来不留须，所以，他喜欢洗脸，多次告诉那不想娶，后来

又娶了的婆姨，水里加些盐，这样洗脸防皱纹，他喜欢水，洗脸时，他正襟危坐，像举办一场庄严、神圣的盛大仪式，每次酩酊大醉后，喜与人提及水，话早上的水质朴、善良，通晓世故

晚上的水，温顺，像青梅竹马的情人，撩人心扉，他说这对于一个无业中年男人，珍贵无比

客居在异乡南方的城市，我也爱铁、胶管水龙头下柔软之水，它也远离衣钵故乡

它也于异乡坚韧而行，犹如铿锵玫瑰

（原载《散文诗》2017年8月）

你的名字塞满皱纹［外五章］

川北藻雪

失散者

埋首史籍，听风。松潘、红原、阿坝、若尔盖……你们必经的路口，我听见大风掠过薰衣草，掠过牛羊；风没有回声，风像枪子抛撒的省略号，苦难陷落，只有沼泽不明真相地鼓噪，将命运推向未知的深处。

枪声已远，蛀虫在白纸内部寻找黄金，它们滴下液体，一路通向秘密府库。再没有谁可以撬开巨大的寂静，取走这些鲜活的灵魂，它们试图在书中建立的蚁穴王国，与当年你们辗转跋涉，用身姿开路的法则似乎异曲同工，又大相径庭。

站在阴影背后，我目睹一个个柔躯，如何推倒风墙，在云峰耸立的高度，理想终于大于一只只雄鹰。可是雪，过早地打开天空的骨灰瓮，梦笔山、夹金山、党岭山、亚克夏山，倾囊悲苦。至今，仍听到雪莲花在寒冷中簌簌折翼。

我知道，你们就端坐大雪深处，像一枚安静的琥珀。只是历史开了个小差，滑稽地卸下你们的疲惫，你们的伤痛；放任不可阻挡的灵魂，觉醒为路。

你的名字塞满皱纹

画室偌大，深灰色线条在延宕，像躲闪不及的烽烟。

在青春和血色战场书写墓志铭，你是弹壳不小心垒砌的肖像，被苦难宕开一笔，不说战争，你在明暗交织的线条里周旋。

谎言点燃罪恶，与你数次交锋；最大的胜利，无非掠取了大面积阴影。

你豁开的嘴，隐藏着收复的失地：就像稀疏脱落的牙齿，它在松动，那些嵌在虎口致命的暗堡，你终于撬开它们，战利品无非累累伤痕。

叫一声，老兵。你的名字塞满皱纹。现在，它是你手里唯一攥紧的江山。

前跨一步，时光劲旅坐等围剿；后退数米，被吞噬过战友的硝烟追赶。沿着皱纹的缝隙，你在回忆中突围。

手幻化成枪，风声贯彻寂静。这样正好，面庞沟壑起伏，群峰连绵，它和岁月构成的射击死角，成全一个狙击手绝佳的耐心。你像侦查间谍一样，追击命运，待它在牙缝露出马脚。

终究在素描里驻扎下来。你活成象征和寓言。一阵风过，又任时光一绺一绺地解散，千疮百孔，像遗产，或反光的镜子。

赤　化

不外乎一团面粉，关乎温饱和尊严。

自由、灵性，充满向往。这些纯洁的青稞是沿途的主要原料，辅以陡峭狭隘的风俗和方言，握在他们手中，游击着，反扑着，揉过十一个省份，这团面粉越来越韧性坚毅。

一定有过这样的液体：醇厚，筋道，洋溢酒的温热。

在这之前，之后。暗夜里。

它们滴下，在羸弱的秸秆、赤贫的风里，饥荒的人群，它们和枪口一起等待发酵，然后撬开盛满盐巴、大米、小麦、布匹的仓库，让想法丰隆身子。

现在，他们手中揉捏的这团面粉，只在期待苏醒的锅和足够伸展腰身的案板，必要时，在冬天里爆一声惊雷。

内 部

他们嚼下一片片野菜，野菜不是内部，野菜住在他们心里，果腹疗饥，快要干瘪的胃囊又将充满。

他们吞下一把把风雪，风雪不是内部，风雪习惯了擦拭，检验誓言和忠诚，倾斜的道路又被补钙的脚儿经扶正。

他们掩埋一叠叠血迹，血迹不是内部，血迹悲怆流淌，尘世的肉体一点点消逝，鲜血浇灌的泥土正在抱紧。

野菜，风雪，血迹……它们都不是一个人或队伍内部本身。囤积的元素只在乎抱团取暖，一种神秘的力量开始唤醒。

它像核心，或者物化的指挥部，在那里，最初的煤油灯压低身子，一盘棋摆开楚河汉界，悲壮冲锋。谁在窗外，自动投诚？像雪崩的寂静，又像败坏的精神。

气 候

气候住在诗词里，毛泽东关心气候比关心粮食还要纠结，他的心像不断移动和紧缩的根据地，随气候颠沛流离，随气候山河苍茫。

枪声带来的感应充满了加速度，气候常常心经迷乱，雨雪交加，除却彝人区的瘴气，还有沼泽地的死亡气息，以及不确定的婴儿坠地声和北上南下的路线争斗，气候凉薄，理想不堪重负。

一些时候，毛泽东一米八的身躯也止不住沉默，但他仍然会端出辣椒汤，时不时地刺激着愤懑的空气。他嘴里嚼出的干辣子个头太过浓烈，有着鲜明的工农阶级味道，虽然令戴着共产国际帽子的李德横挑鼻子竖挑眼，却实事求是地对应着乡土中国。以至于追随他多年的诗词，也在暗夜里随烟起舞，击节而歌。

气候的后面是性子，毛泽东深谙，在自家国土占田边地角那是小把式；他必须要站得老高，在西北的高天厚土上观测全人类的气候，让中华苏维埃的庄稼顺时而生，呈茂盛蔓延之势，是时，人民的脸庞蹿出幸福的花穗。

毛泽东常常这样想的时候，他的皱纹也有了气候的节奏：绵远深邃，策应着国际的呼吸。

重读抗战家书

我在历史对岸剥洋葱。柔软潜伏，替柔软把风，那些刺刀上滑过的文字，埋首硝烟缝隙，只身犯险。

剥一瓣，童年就回来一次。再剥一瓣，友情亲情涉水过河。

爱情始终存在，只是战火压得低低，充斥着焦味。战火之上，抱不紧爱情的屋顶也行将坼裂。如是再三，我剥着洋葱，像是剥离错别字的疼痛。

再不敢下手了。我怕深入一层，你回到父亲、妻子、儿郎、兄弟，回到你高利贷租借的童年，回到曾经的家园之路又将被火焰落下一寸。硝烟的外衣，终将剥尽；我怕幸福爽约，烈士剩下怜惜的坚骨。

然而，战火觊觎，铁蹄傲慢……

谁还在为流淌的鲜血而徘徊，为爱情作证的忠贞也不会宽宥。删繁就简，他们必须撒手幻想，让骨头冲锋陷阵。

因为他们偏爱坚骨，胜过这些短暂而危险的柔情。

（原载《剑南文学》2017年第4期）

潜伏［组章］

徐　源

交　流

一位精神病人告诉我，他曾挖烂一面墙壁，也没捉到自己的影子；一位饱读佛经的居士告诉我，他曾掏空身子，也没看见熟悉的灵魂。

一位站街的妓女告诉我，在灯光的剥离中，她触摸到了生活的两面性；一位失明的农村孩子告诉我，在山风的吹打下，他拥有了鸟鸣、花香，及无垠而美好的黑暗。

在厨房里，我向这世界，举起刀。一条砧板上的鱼告诉我，再痛，再绝望，也不能闭上眼睛。

拆

拆掉一台机器，只需一把螺丝刀；拆掉一片棚户区，只需一纸批文。

拆掉一个人的骨骼，只需，一个罪名。

拆掉阳光的栅栏，拆不掉眼眶里的火焰、喉头上的浊音；拆掉这个世界，去组建另一个世界，拆不掉黑暗一样的信念。

——它像鸦片膏，吞噬大地之上，每一粒微小的尘埃。

伴　虎

养虎，伴君如伴虎。每天战战兢兢，在曜曜阳光中，讨生活。

我是在狐假虎威，还是与虎谋皮？不如毁铁笼，铸一把刀——

抽刀断水，水更流；抽刀断云，云更高；抽刀断光阴，光阴更久长。

我是在养虎为患，还是酿虎骨酒？打磨虎魂，像打磨一面铜镜。

我与这个蜕不掉兽性的世界谈判、对峙，相互心怀不轨。

潜　伏

草芥在泥土里潜伏、呼吸、做梦，有着雪白的信仰，酝酿大地辽阔的静谧。

灵魂在子宫里潜伏，沉默着，沉默着，它热爱黑暗，为面对不安的世界，储蓄第一声哭泣的力量。

据说，虚伪的心理学家弗洛伊德认为，一个人性心理的潜伏期，从他学会在大地上奔跑，到眼睛里长出欲望的阳光。

HIV 病毒可在我们身子里潜伏十五年。如此，有人卖血，有人卖淫，但从来没有人卖过肌肤上的苦难和内心里的欢愉。

这算什么，影子在我们周围，潜伏得如此坚定，它耗了一生的时间。

山村小学

那面飘扬的旗帜，被风吹褪色，又被阳光染红。孩子们像青草，一茬一茬，从大地上钻出，然后随命运，奔赴远方。

当年的同事，成了校长，用十年的时间，终于写烂一板黑板。人情世故，历经沉淀，变得温存，书声琅琅，漫延着填满空荡荡的山谷。

青春的座右铭，曾写成了哪位学生的作文批语？那所山村小学，和干净的岁月，依旧云聚云散，人来人去。

透过金色的风沙，我不再歌唱昔日的忧伤，而大地上的事物，一切显得包容而慈祥。

梦草原

看惯鸟儿的羽毛和骨头，司空见惯的炊烟，高不过梯状的坡。

我疲惫于细碎的日子，某天醒来，发现自己还未衰老。秋天已经到了，叶落，我要从狭窄的南方出发，到达空旷的草原。在那儿卸掉今生，做一只虫豸，来年从身子里长出草。

是的，我愿意这一切。有人用冬虫夏草泡酒，有人把它供奉在神位上。大地被风吹着，显得苍茫，而云朵下，羊群啃着天空。

许多年后，那个骑瘦马的人，什么也记不起，在流逝的岁月里，拾回一些阳光，置放在窗口。

以瓷为梦

我有一份瓷，活在诗篇中。或瓶，或壶，或盘，或月光汤汤，青花被虫鸟含在嘴里，从琴弦上取下细腻的风。

我用它来装酒、装尘埃、装岁月无边。人生盛宴，风景不请自来。

我的这份瓷，养血、养性、养魂，从来没人触摸过它曲线般的爱情，或思想。

是啊！我在成为我之前，历经几世轮回。瓷在成为瓷之前，却千般打磨万般煅烧，每一份温润，均来自内心敏感的战栗。

（原载《大沽河》2017 年第 2 期）

谁都记得他，英雄乌兰夫

黄亚洲

内蒙古草原的每一阵狂风，至今都记得，乌兰夫高举大刀马鬃飞扬的样子；内蒙古草原每一阵密集的马蹄，至今都在模仿，乌兰夫率领抗日队伍出击的枪声。

流经草原的一条小河，至今，还记录着他畅快的笑声；那是在打退日军进攻之后，他喝了一大碗酒。开遍草原的所有小红花，至今，都还在渗出蒙旗独立旅伤员的鲜血；那个黄昏，乌兰夫哭了。

云记得他，草记得他，花记得他，狂风记得他，我们大家都记得他。

为了祖国地图上的一大块北方草原，不被侵略者用刺刀割走，他策划暴动，组织反攻；他把草原下面地心深处的烈火，使劲取了出来，一半，染在旗帜上；一半，喝进肚子里。

当然，我们也都记得，新中国成立后，他，哪怕当了国家领导人，也一遍又一遍回到草原，盘腿坐进帐篷，问我们，过冬的草料，备足了没有。

我们都记得，为包头钢铁厂的动工，他亲手搅拌了第一包混凝土；手持铁锹，就像当年手握钢刀。因此，显然，这半个世纪，包钢向国家输送的所有坚强的骨骼，都包含着乌兰夫的力量。

我们大家都记得他，云记得他，草记得他，花记得他，狂风记得他。

而今天，我想强调的是，他，英雄乌兰夫，也记得我们。他用云来记得我们，他用草来记得我们，他用花来记得我们，他用狂风来记得我们。

中国北方草原上每一拨羊群的跑过，甚至，每一朵野花在春天的开放，他都记得。

包括现在，我在这朗诵的每一行诗句，包括你们大家聚精会神的样子，他都听见了，看见了，并且，热泪盈眶。

所以今天，我想强调的是，我们和乌兰夫，同在祖国草原的两面。

我们在上头，乌兰夫在下头。

同时，我更想强调的是，我们和乌兰夫，其实就是祖国的同一块草原，我们永远常青不衰。

（原载《散文诗世界》2017 年 2 月）

我看见了山顶上的风

蒲素平

我看见了山顶上的风

山高过云顶。

目光高过大风。

一场风之后，雪沉寂下来，如果站在更高的高处，望下去，那么风就是一把刀，架在山头的上方，这多像一个人深夜时的思想，沉默不语而悄悄加重分量。

此时，我正爬在五十米高的铁塔上，手里握着角铁，我能想象到的最坚硬的痛疼，我埋头工作着，我只是完成一种自己的工作。

山顶上的风，突然把我的衣服掀起来，直刺我后背的骨头，在我看不见的最深处，冷简洁成冷，疼简洁成疼，省略了中间的过程，就像过程只是理论，在实际的操作没有出现过一样。

但这些与角铁组装起来的铁塔相比，显得脆弱矫情，我突然心生愧色。

此刻，正是冬天，山顶没有花也没有草，只有一基顶风冒雪的铁塔，不盛开，也不妖娆，沉默得像邻居哑巴韩老三。除了沉默就是寂寞。

我一整天在铁塔的身体上爬上爬下，我常常站在一个人的风中，遥望更大的风从一个山头越过另一个山头。

一会来了，一会又去了。直到整个山头上，成为风的通道。

我仿佛是一个透明的人。

空中的人

他仍然向前走着，几乎以一个小黑点的速度，走到我的头顶。

我仰起头，依然看不清他的笑容。

他的脚步在风里看起来有些失重，轻轻地摇晃，像一个人在春天的心事，干净、羞涩、躲藏。

双手是可靠的，紧紧握着导线，握着生活的脉络，至于冰冷，至于零星的毛刺，可忽略不计。

他迈出的脚和另一只踩在导线上的脚，与天空对抗着，一步一步击退生活的诱惑，穿透虚无布下的陷阱。

闪闪发光的田野，在脚下一起抬起头。田野正在成为我身体的一部分。孤独的更加孤独，辽阔的更加辽阔。

或者，一只蚂蚁推着超大的车子，在雨前越过一片树叶的铺垫，越过一个树枝模样的高山。

其他的都在目光之内了。

看见一截角铁

车在高速公路上行走，我经过一基铁塔，庞大、威武。

没有人知道，我最熟悉的那一截角铁就藏在铁塔的曲臂处。

我的车速度太快，像春天的风，在大地上一吹而过，但我还是感觉到了那截角铁的存在。

那节被我反复抚摸过的角铁，躲在其他角铁的影子里，一脸皱纹了。它不会想到十年后被我看见，它一直与欲望对抗着，像一个留守家乡的少妇，所有的美好只留给黑夜。

尽管我的车子快如闪电，我还是看见了那截角铁，我咬紧嘴唇，不让外人看出我身体里渗出的盐。

我无法停下来，时光推着我的后背前行，我只是快速地和那截角铁对视一眼，之后，越走越远。

唉，在乡下，一条再好的路，也必将长满时间的杂草，令人无处下脚。

命运所指

多么简单的人生

如果，我就是爬铁塔的命。我伸长脖子，任风去吹好了，任雨水冲去脊背上的污点好了。

如果，我就是爬铁塔的命。我搬起一根角铁，只管低头按图施工，只管认真执着好了。

瞧！多么简单的人生。

无人喊我，我就不会回过头来，我就在岁月的世俗里装聋作哑，我就一直前行，就一步一步向铁塔的最高处爬去。

坚硬的，磨破手指的角铁，不过是时光的一枚棋子，在生活的大海里，被一条鱼反复吞吐。

在故乡，一生放羊的三叔，对我大声说出了生活的真相：如果我识字就去开飞机，我不识字，就放羊，一只羊死了，伤心一会，明天继续放羊。

如果，我就是爬铁塔的命。就在一场大雪里，顶着雪光，眨着眼，往前走。

茫茫大雪，无脚印可寻，那又怎样，对错早已注定，包括生死，和生死之间，缓慢的过程。

我常爬到高处

我常爬到高处，比如 50 米之上，不是为了感叹天下之事。

我常爬到高处，是一种生活，是一种养家糊口的工作，我忙碌着，琐碎着。

我常爬到高处，刀子越来越薄，皮肤越来越厚，身体里的盐出得越多，喝下去的水，被我从身体冒出。

我常爬到高处，我从不喊叫，我只忙碌于天空下，忙碌于具体的工作，忙碌于无诗意的劳作。

在高处，我用方言说话，也用俚语说出俗话。低头干活，天黑之前下塔。

高处是我的宿命，天黑之前若不下塔，我就会害怕。

黑夜对于野外工作来说，是致命的杀手锏。其实黑夜对于许多人来说，意味另一种生活的开始。

黑夜来临之后，我整理好自己的工装，进入一种新的生活状态。

升 高

盐是高的，把我的身体置于太阳下。

光是高的，把我的身体置于高处。

声音是高的，把我的身体置于旷野。

盐是多么朴素的事物，来源于身体，回归于身体，见水就化，让水变得很重。

光是多么明亮的事物，来源于内心，回归于天空，让我看清每一个劳动的人挥手的方向，让我安全爬上塔，又平安回到地面。

声音是多么生动的事物，来源于喉咙，回归于风中，让我远离沉默，面对钢铁，自说自话。

没有什么梦想。

没有什么孤独。

一个天天劳动的人，他爬上了 100 米高空。

中年之困

哎！中年之后。

为什么我的内心越来越荒凉，大地却更加葱茏。

为什么我怀揣词典，却不识得回家的路。

为什么一只鸟醒来就是春天。

为什么我在低处却老想着天边。

为什么我的屋顶露出星星。

为什么我的眼前一直亮着寂寞的烛火。

为什么我来到草原，一匹马却独自跑到异乡。

唉！中年之后。

为什么夜色越来越迷人，我却没在黎明前醒来。

为什么雨点越来越远，我却更不知道如何去爱。

为什么今夜是抒情的，而我却在叙事的路上无限地凄凉。

为什么我写下的文字，注定要石沉大海，俗不可耐。

为什么我从没有与内心对抗，终其一生却没能和世界达成和解。

一基铁塔

在旷野，在群峰之巅，一基铁塔独自立着，又连绵着。如果，此时我正沿着铁塔的身体爬上去，就会感受一个未知的高度，和爱上一个人后的风高、火热。

一基铁塔的坚硬，令我的目光望尘莫及，令流动的空气敞开怀抱，令脚下的玉米、青草自觉排列成队，碎步赶往生活的深处。

如果，此时正是阴雨雾雪天气，刺刺啦啦放电的响声，就像爱人的心房，所有的苦闷、艰辛和思念，都得到了电火花的回应。生活、未来和那个穿青衣的女子，我必将用一生去呵护。

一基铁塔的力度之美，使内心的虚无不值一提。铁塔的每一个构件，都是千锤百炼，练就了金刚不坏之身。

晴空万物，飞鸟雨雪。

这些自然之物与铁塔，与电流已学会和谐相处。

落在树上的柿子

灰色的天空，山坳处一棵柿子树显得灰头土脸。

注定有些柿子要落在高处，鲜艳的身体，等待阳光或者一只鸟的啄。

一直这么挂着，红色的皮肤上落满了风，以成熟之躯，对抗注定的孤独。如同中年的我，朝来风，晚来雨，一生终究被命运遗忘。

除了我，没有人会无故想起山坳处的一棵柿子树和它上面遗留的一个柿子，影子不过是凭空生出的妄念。

春天出走的人，秋天赶不回内心。一块石头的天空，四季雷同。

尘埃将在暮雪之前，收回这遗留人间的最后一个柿子。

生在后宫的王，面对日薄西山的江山，除了饮下一杯酒，又能奈之若何？

（原载《大观》2017 年 2 月）

红堡练习曲

爱　松

1

他抱着吉他，窗前飞过小鸟。

轻盈的痕迹划疼，厚厚的老茧。里面的迷宫迂回曲折，藏在琴箱中。

许多把钥匙在手指间，晃动。他不确定该用哪一把。

这坚硬的琴弦，越来越紧。他想起一张脸，整晚的月光照耀着的、红色的锁。

他伸出手，但仍然不确定，该对准什么部位。

2

双手是父母遗传给他，最骄傲的一部分。

他用它不停地弹奏，不停地挑拨着路人，脆弱的神经。

宫殿的结构令人眩晕。他一直在寻找一条捷径，在手心秘密的纹路里，生长着巨大的圆柱。他期待已久的答案，就在这里。

这个圆形的谜团，来自少女圆圆的脸。那是母亲在多年以前，被人亲昵呼唤着的乳名。

3

不知疲倦的房间，回响着散乱的谱号。他试图破译一小节，音符奇妙的组合。

宫殿内部全是这种，精细的构造。

他小心翼翼却仍然碰倒了，某个音符。他为此懊恼不已。

他靠在倒塌的墙的对面想：那个老头的脑子里，怎么会有，如此精巧的构造？

4

母亲好几次走近。他毫无察觉，他在艰难地攀登着阶梯。

宫殿的大门关闭着某种，异样的温暖，那是在子宫中，才可以体验到的美妙。

母亲常常对他微微一笑，这狭小的空间中，他不停地动。

他开始怀疑，出生对于一个音符，是真正存活的存活；而出生对于自己，终究是死亡的伊始。

他开始害怕世界，真正喜欢上了，音符活生生的气息。

5

某几日，他对练习突然，厌倦起来。他觉得练习是某种程度上，混乱的触摸。

他爱上了一个人!

他担心之后，要发生的一些事情。

他害怕两个赤裸裸的身体，彼此纠缠不清，就像丧失距离的音符，一不小心，就会被胀破。

6

坚持了多年，练习越来越多，身边的人却，越来越少。他品味着孤独，另一番真实的含义：

“宏伟的宫殿，只有靠这点孤独，才能进入。”

他惊喜于他的理解和发现。他奋力推开，坚持的大门，宛如推动自己，沉重的影子。

7

他用干毛巾仔细擦拭，手中的吉他，上面堆积薄薄一层，时间和事件。

他不明白，这些灰尘来自哪里？他觉得宫殿圣洁，难以容忍，污垢的痕迹。

他痛苦地回想原因，想到了某些乐段，莫名的变奏。

8

在黄昏，他喜欢和木琴对视。这样他就可以看到，遥远的格拉纳达。

甚至还可以想象自己，就是那位旅途中，不知疲倦的老人。

在夜幕降临之时，绘制心中的，阿尔罕布拉宫；绘制宫墙上剥落的、金灿灿的手指。

9

夜晚属于，世界的另一极，他和许多人对话，问过许多难以理解的问题，终不得解。

他们一直用手指交谈。他根据无声的授意，一遍又一遍探询，最正确的那个判断。

他始终不明白，他们谈过些什么呢？他发现自己，除了弹奏，别的，毫无办法。

10

乐音穿透宫殿，厚厚的墙壁，1929 年抵达，中国的上海与大连，于战火中销声匿迹。

穿过刀枪如雨的厮杀，穿过死难者，成堆的尸体，乐音低下头颅，继续穿行。

速度在时空中，交错恍惚，公元 2009 年，乐音抵达中国昆明，一个年轻的写作者，试图抓住这怪异的想法，作一次，真实的练习。

11

他斜靠着琴睡着了。这次练习很累，肩膀支撑一个宫殿。

他得好好，畅游一番，把这些精密的、构造物的叙事，细致地测算一下，他现在的位置和形态，他和老人说话的次数和语气。

宫殿所有的秘密，被一一提及。沿着回忆，他回到了原地，他慢慢捡起一块砖，砌在，另一块之上。

12

我深夜弹奏，指尖从锈蚀的音符，从心底唤醒这 a 小调，在日出之前赶回，迷途的故乡。

达罗河的水流啊！在阿尔罕布拉宫身边，缓缓流淌，那血液中殷红的斑点，穿过她紧闭的心房。

夜行的人们，把古老的曲调，轻声哼唱，请带上这串珍珠吧！把前方的道路照亮。

13

通灵的人，遗失在路上；沉默的琴，消失在远方。

格拉纳达，丝绸一样的天空，笼罩着这口，黑色的大钟。

敲钟人钻进了，古老的琴箱，向心中孤傲的美人，倾诉衷肠。

14

琴弦在编织那，美丽的翅膀，拍打在阿尔罕布拉宫，巍峨的门窗，掰开忧郁的果实，黑色的汁液来自，心底的哀叹。

阿尔罕布拉宫，音符游荡在夜空，这些遗留的子民们，涌向你干涸的眼眶中，它们还把冰冷的手，伸进你温暖的梦境，阿尔罕布拉宫！

15

回来吧！记忆，经久的往事，陈年的佳酿，时间耗尽那过去的日子，风景依然在唇齿间品尝。

声音在烈日下，曝晒成干枯的形状，音符在手指间滑落，多少往事令人，垂泪，黯然神伤。

回来吧！阿尔罕布拉宫，你这敌人的、狠命的血与心脏。

16

琴弦上，狂舞的蜜蜂，采食血肉新鲜的气息。

弹奏者月光下弥散的影子，被它牵引着，来自宫殿的笑声，飘忽不定。

他记得已经在这里，死去过一次。他听到心跳在古堡中，等待着他，再次，长眠于此。

17

几欲停止，这断裂的音符。

听从命运的召唤，继续前行，在森林里追逐，纯种的白鹿；在大海上，呼吸辽阔的幻象。

最后抵达莽莽群山，伴着故乡袅袅上升的炊烟，把巨大的宫殿催熟，发出声响！

18

怀抱她娇美的身体，抚弄她光洁的肌肤，禁不住她喃喃自语。

那些语言来自天国，阿尔罕布拉宫，埋葬了她多少年。

“你怀抱着的，不过是一个虚拟的回响。”

轮指不小心泄露的秘密，碎成三段，手指徐徐颤动，红堡流淌出，鲜艳的红。

19

她看着，一声不响。

她看着过去从眼前，一点点走近。

她知道不能够，用头发弹奏，她嫁给了一座城堡。

她渴望，被它紧紧压迫；渴望头发也能发出，动人的呼喊。

她为什么一点儿也不了解自己？她为什么不了解这座城堡，会带给自己，如此致命的暗红。

20

琴音戛然而止！八度双音守卫着，原始的记忆。

多少年匆匆而逝，多少人悄然离去，多少双手抚动往昔而震颤不已。

音符，此刻已成灰烬，音符已幻化成水滴。阿尔罕布拉，放逐昨日的梦境，在手指与琴弦的交替间，峭然耸立！

21

黑暗幽深的笑，泛滥青春，遥望尼罗河水，垂暮的老人，阿尔罕布拉宫。

琴弦上传来心跳声，隐隐，长久沉睡。

鲜血与光荣，泥土混杂着，一些沉默的沙砾，指尖上翘起。夕阳下缓缓流动，红色的城堡……

（原载《散文诗》2017 年 12 月）

播种爱的人［外一章］

——悼三毛

王泽中

那世界之门，飘飘忽忽若隐若现；那世界之路，悠悠远远似有似无。但，你却羽化登仙……

真的，你太喜欢夜了！喜欢得那么痴迷，说去推门就进去了，走进漫漫无际的世界，夜的明丽世界，将结局一一留在那个世界的门槛外。就这样轻轻地走了，悄悄作别这个尘寰，没捎去一丝凡念。

那里大概的确没有一丝纤尘，没有一丝痛苦，没有一丝俗音吧？如梦里一样飘然而来，飘然而去，归真到时空太极的“伊甸园”种植你理想的爱之花。

好了，现不再有什么牵挂和负荷，和玉兔常伴，酿浓酽的桂花液，欲醉千古月辉，乘朦胧月色和你的荷西重述那段“撒哈拉的故事”，再现一个“温柔的夜”，继续结游桃源梦，让桃花李花一度度铺满新床。

你曾有过一把丘比特的金钥匙，虽然很快又失去了，这时你去寻访千山万水，为觅这一度在手的钥匙。你种植更多的玫瑰，却只在梦依魂牵的净土里开放。你执着地在这世界的门外徘徊，却进不去。你暗含着泪，深茹着血，在这世界的另一端播下芳卉的种子。

那世界的门里不时有熟悉的身影在晃动，有大胡子的声音刺激你，有颗孤灵呼唤你的孤独去长相依。在那世界的门里门外，彼此是对方的孤独寂寞！

推开那世界之门以前，你对这世界投出了那么多的希望和爱，还有那样多的微笑和真情，但，有多少人像你理解他们一样能理解你的世界和生命？

唉——这世界之门从此对你永远关闭了，唯那世界之门欣然敞开了……

门还是那门，似开似关，有无数惊异的眼曾往里张望过，有那么多人也在门外犹豫彷徨，并没有一种道理昭然若揭，并没有一个启迪奇迹般出现；而你却悟出了生命意蕴。你走进门里去了，走过的途径和门槛前播种的爱绽出簇簇鲜花，让后来人以花引路，你却永永远远在门里的那个世界感觉着清静，清醒地看门外，享受天国的沉寂……

生之逃遁

——给欧内斯特·海明威

一

自杀是最后的享受。

一九六一年七月二日，比“死于午后”更好的“太阳照常升起”的时刻，从芝加哥郊外橡树园升起的太阳悲壮地失落了。

唉！没有乞力马扎罗山的雪片飘来为你化作泪花纸钱。

你选择的意境是双筒枪对你父亲做最完美巧合的破译——迷惘在非洲青山

里的猎豹大象，更像头勇猛的雄狮用狂暴的火药香味埋伏围猎了自己。

那个处处逞强的硬汉，天生的竞技者。

自己，除非自己谁配是你的对手猎人?

酒里泡成的大胡子自杀了!

天下的男人自杀了!

洋洋洒洒的钟点以七月二日的长空，崇拜者的心里飘落下的不是泪花纸钱化作的“号外”传送着不相信的惊诧。

那轰然倒下的不过是一具该咒的躯壳，并非钢铁的灵魂。

——就因你是竞技场上不甘失败的冒险冠军，不畏死神，不让上帝，不想输给谁；所以不屑于相信时间的雷电会拦腰劈折你已伤痕累累的树身……

斗不垮的人啊，你的形象——永恒。

大胡子自杀了!

偌大的地球茫茫的史河竟然不允再有一个这样的大胡子。

大胡子，我心中的大胡子!

（原载《重庆政协报》2017 年 8 月 25 日）

7 路车

卜寸丹

我从没遇见过我自己

我的子女是我死后为我在脚头点灯的人

他并不曾认识我

也不体恤漫长的生活，我会生出苔绿、虫洞般的忧虑
因太委屈而谩骂、流泪
他是我生的，像世间万物都是从无到有
我带给他悲喜交加的人生
我带给他战栗、一匹小兽历经的奔跑与等待。然后他扔下所有废址
他也将生儿育女，偏执，甜蜜，耗尽光阴
我深深地爱他，所以，我并不会在意这一切
可是，即使如此，他也全然不是我
我是不断生长的
我从没遇见过我自己

我承认，他看见的都只是幻影

我把那些殒命的文字叫作灵魂之蜜
我日夜不息地为它们修筑墓园：薄翅的蝙蝠、夜行人、不安之水
我翻动经书：流血的伤口，万物必死的宿命
我确信它们的痊愈与复活，仍是因为各自命定的疗救与呼唤
我确信它们都是小小神灵
当遇到障碍时，能穿墙而过
当我不能抵达时，便应声而来，带我站在群山之巅，阔广的星空下
这些沉寂之物不需要光
像深海的藻类植物，它们兀自健硕而艳丽
没有完全相同的路途，谁也无法重蹈覆辙
面对吧，孩子

那是你的心灵。我承认，他看见的
都只是我的幻影

打手影的父亲

停电了。黑暗一下裹紧了四围

父亲掏出手电筒

把开关往上一推。雪亮的光束像马从马厩里放出来

“你们看，我可以变戏法。”他大声说

我们姊妹几个正在床上拿被子筑窝，玩过家家的游戏

妹妹从被子里爬出来，抢过手电筒

“把光直接打到墙壁上，丫头！”他指挥着

父亲握拳伸指，他灵巧的手模仿出各种动物的形状，墙壁上立马映现一团团形态各异的动物黑色的影子，他又模仿动物的啸叫

丛林深处，野兽似倾巢而出

父亲像丛林之王，掌握胜败的法则

那时候，父亲很年轻

也很贫寒。他却让我们成长的分分秒秒里都浸透了快乐，无忧，亦无惧

从他身边，我们漫过堤岸，流向陌生的远方

幻象：我镜中的斑斓之虎

“我喜欢磨砂玻璃。”

“是的，父亲叫它毛玻璃。诗人则更喜欢叫它暗花玻璃。”

“我喜欢它的隐蔽性。它的粗糙。”

“它漫反射的光柔和、恬静。它是通透的，又是模糊的，你永远无法看清楚里面的一切。”

“哦，是的，这一切难道不正是我们所期待的？”

“譬如，你不知道眼前那个房间是不是空的，里面都有些什么。一个男人或女人刚刚离开，他们拥有什么，烟斗、蕾丝花边的衣饰、婴儿最初的啼声、爱

的荣光、屈辱、罪孽。”

“它本是一块普通的玻璃。我们使尽办法将它变形：用机械喷砂、用手工研磨，或用氢氟酸溶蚀……”

“我们觉得这种变化是当然而然的。比如装着磨砂玻璃的卫浴是恰到好处的。比如一个磨砂玻璃做成的瓶子，装花、装酒都是极养眼的。我们不会因为对事物的改变而感到畏惧和羞愧。”

“所以，想法、想象的滋生有时是可怕的。谁又能选准自己所属的命运的缰绳？”

“诱惑我吧！”

“我忽然感到疲倦了。”

“用另一种方式吧。我们有时需要裸露自己，有时却需要将自己遮蔽起来。”

那天，我们从一个光滑的表面，看到了自己清晰的面影。

“镜子！”你尖叫。

你保留尚存的元气。斑斓之虎一闪而过。

7 路车

我很疑惑，有些事物抱在胸口，却依然摇摇欲坠
那个疲惫的老男人在座椅上睡着了
他的头往左边歪斜着，他的双手放在腿上，右手空空的，左手握着二锅头
车每晃动一下，我都担心酒瓶会掉下来，我等着那碎裂之声
但它偏偏不会掉
时间便在那令人绝望的假想中溜走
我很小的时候，7 路车就穿过城市的这条中心街道
我总是遇见各式各样的人
他们在 7 路车里闲聊、沉默、望着窗外
有人在秋风中流下泪来

他们无声地相伴彼此一程

没有什么事发生

7 路车行驶着，仿佛和我们的幸福毫无关系

（原载《诗刊》2017 年第 5 期下半月刊）

从林里的你

沙冒智化

从林里的你

一场冰雹，震醒我的骨架，崎岖的山路上，尽情漫步的风浪，请不要擦去迎春的泪痕，那里有我守护的小篷。

你我就像尘世间最低处的两粒尘埃，偶尔看到彼此的影子。

凡尘摩心的距离，隔着一扇门。青春的眼睛里，下雪，一杯烈酒足够我再次穿过时光。

内心爆闪的言语，被我的身体围住。

写给青草的诗

夜间你生长的声音，敲开我的心。

眼神擦亮蒙蔽的一块青苔，石头堆里长出的青草，带着一滴露珠，遮着你的全身。

孤独而悲惨的世外，请不要瞪眼。

把心扣在胸口，春雨绵绵，穿过我。

心窝里慢慢发绿、长苗，花落花开，极美的重生世界。

梦，被坠落生命的光线打碎，滴落在键盘的丛林，碎碎融合，合为一体，内外都长出青草。

不远处有个部落，我叫她丛林外。

那里的青草把我和立在世上的孤独，化为世界的一粒尘埃，摆在远古冰川上，慢慢落入最底层。

滴滴人海的声音聚集在眼中，递给大雁飞翔的天空，那里有我守护的部落。

丛林外的风景，挂着灵魂的风铃，追随光影，踏入世内。

碎　片

昨天我种了一亩土豆，边上建了一个木屋。不大不小，能摆好一切想象。夜里正好睡在一个人的体内，不冷不热，窗户、台灯、眼睛，都关了，没有人。

自己关在木房里，胡子长出思念，日日夜夜不停地长出来。

眼睛藏在心里，喝一杯酒，静下心，足够有时间，去读你！原本要邀请诗友，想做一个丰富的土豆宴会，搞砸的天气，毁了我的梦。

风醒来，把我也摧毁，我早已预备把腐烂的心脏掩埋在木房下。

神　话

我用我来的那个世界的语言告诉你，我总看到我来的那个世界。

我记得我遇见过你，我来的那个世界里我们曾经恋过爱，宣过誓，你说："下辈子你做我的夫人。"

来到你的世界，无论我怎么喊你，你一句都没有听到. 原来你早已忘记了那个世界的语言。你变成这个世界的人，变成石头，现在你只会说："不，不，不……"

我想忘记过去的世界，因为那里有我这辈子的诺言，怕别人打开。你送给我的那一对黑白情侣的灵魂，满脸大嘴，像最近的媒体，一言穿心，会杀了我。

你忘记了，忘记了自己。

我们的丛林满山野花。带着你的味道。可你现在的身体里没有以前的味道，这个世界把你摧毁了。用棉花堵住我的鼻孔忘记你，好像你附了我的体，在捉弄我！

滑伤骨子的痕迹

你坐在有阳光的包间里。闭着眼说很冷，我能感觉到，我最冷的天气。

昨天白天一只鸽子对我说："你过分的爱，哪天会不过分？"

夜里一对青草站起来帮我回答了一句话："不过分．能叫爱的死心人骨吗？"

我给自己说了一句"含蓄，含蓄"，天亮了，我在一张被污染过的地毯上睡着了。

我很害怕，我好像没有护照的难民一样，喝着希望。

站在脚上，感觉死了。

刚上火的牙齿拔了，痛渐渐消失，心里猛然地发现，才知道要吃消炎药。

仓央嘉措

你的心，把我内在的痛哭撕烂数次；把我驯服的那个人反复召回，摆在我的心头让我存在，我无法得到满足的去向。

天空有守护的月亮，我想插上翅膀，抓住重生展翅的大雁，想问一句：

"您递给了她什么？"

夜里我把你挂在心里，祈祷重生，借一个拥抱，让我回到东山顶上，看着被你击碎的明月。

如果来生拥有此生的眼睛，我会看到您的歌声；

我想割掉双手埋在云里，吃一口风暴，假设自己有一双翅膀。

诵经超度的月光，是你的玛吉阿米吗？

我想搭起语言的天梯，走进您的存在，你的存在是永久的，永远不会终结。

您的能量能够让世人的爱升华，带到奢华的湖畔，让人分享，独自宁静；让世界阅读诗歌；石头活下来，万物开始牵手。

那里有我前世的眼睛，虚构了一座城堡的窗户瞪着我。问我："我是谁？生从何来？死往何处？"

墙尖上摇晃的一根野草答复："他的存在是人类的一个问题。"

（原载《散文诗》2017 年 1 月）

从一场雪开始描述

亚　男

远到天涯。

石头与石头的碰撞，雪花容忍了千军万马。

一曲流水变换形态。

我在小桥上等不到一阕婉转。

这个下午的蓝，以及合在书页里的心情看到一场雪飞舞。我要的蓝，和寂静都无可挑剔。

词语干净。

一声声唤着，词的山水，或者融化之后的静。

雪是不会计较的。

复杂的水分子，比雪有更多的创意。

有些年没有看到雪了，所有的想象停滞不前。

瑞雪兆丰年的一株麦苗，失去了播种的土地。我还可以想到，拔节的声音远古到《诗经》里，

村庄和田野都不是从前的。

雪在描述中，融化。

我望不到边际的蓝，也只能在一款旗袍上，倾诉。

这个世界只剩下荒芜

雨下得越来越急——

湿了的眼眶有些泛红，在一朵桃花蕊上，喘息。

死于一幅插图的一棵树，也不可能在春天发芽。根脉在土地深处埋葬了我的春夏秋。只有冬天的冷在枝头上战栗。

黑压压的雨，孤独的雨，凝结在刀锋上，

寒气逼人。

穿透我的骨子和五脏六腑，整个世界都在摇晃。

我注视着要倾斜下来的大厦。天地倒置。

不羁的雨，无动于衷的雨，封冻了这个世界所有的暖色调。凡·高的手，莫扎特的耳朵，听命于一声惊雷。

冰天雪地，一度伟岸的树，

怦然倒地。

被风擦伤，被雨掏空。没有一片叶子来安抚河流。

雨水浸泡之后，一棵树的意志退化成一块石头。

水滴石穿，磨损着树的坚韧。

瑟瑟发抖的树拯救不了这个世界的荒芜。

世界就剩下一幅插图，张狂着。

散去蓝的天，湖水发出嘶鸣，冲毁了这个世界的宁静。我只有守着荒芜，用忧伤喂养我的灵魂。

我不会放弃我的原则，

去领受一阕施舍。

修辞过于的城池

你喊一声。教堂和古庙带来幽暗的灯。

或许我更应该要一杯酒，摇摇晃晃出门。酒杯忘记了还在桌子上，高低不平的脚步声，穿了一件半透明的衣服。我说什么也不认识一根电线杆出现的时机是诡异的。呕吐声在火上浇油。

回避一条狗。橱窗里有高挑的眼光，低俗的河。

我身上的腥味儿来历不明。

口红和面膜是女人的修辞。

红口白牙的，有些过于狂躁。很多的楼群光怪陆离地被掩盖。

声如洪钟的唱腔在脑子里搭建城池。我舍弃了砖瓦，也摒弃了泥土。高调的纳米分子和狡诈的语言功能，对于女人的诱惑是致命的。

我想诸葛亮的空城计，弹奏的旋律早已落满灰尘。

酒退化到交流。

没有定语，更没有主语。只有动词武断地不让比喻，或者拟人失去有效的色彩。

横加干涉的婉约，我会学到什么——

心知肚明的光合作用，对一座城池是无效的。

你不明白。

网络绯闻在添油加醋。把一些词语暴露给好事者。

你身上还有哪一块伤疤不可以解开。

教堂的钟声由近及远。途中不可绕开的是我一个人坐在灯火之外的孤独。手机屏幕上不断显示的数字，是一句咒语。

它和我的灵魂有着密切关联。

一座城池的成败，就是这 11 个数字的排位。

我和你都不能颠倒黑白。

错就错在有人故意捣乱，强加了的修辞给灯红酒绿。

一座城池敏感一些词语的扩张。

复杂的空气和城池结构，散不去明目张胆的杀声四起。

春风度我山河

酥软了的土地，

每一寸都是细腻的，柔滑的，耀眼的。

我等了千年。一池水的妖冶，玉门关已开。阳光千里，山水袅袅，一尺炊烟足够肝肠寸断。

木格子窗，红灯笼抖落一地古朴。

安静的眼神出落得水灵灵的，从小桥边划桨而来。

平仄里的江南，词语窈窕。

修长的字体，写下春风。

每个早晨的韵脚押在词根底部，萌动的春情，掀起一池荷的排山倒海。心底里的巨浪不以古典的优雅为标准。烽火三月也抵不过骨头的燃烧。

婉约不过是春风的一种假象。

越过世俗的封锁，灵魂在高地冲锋陷阵。

死地而后生，山河依旧。

中年的山河，有过沧桑。

荆棘。丛林。不是虚度的。

苦度的岁月，春风也失意。游荡的山水，流落的蓝，只能孤独地将一腔澎湃挥霍。山河待我几分情，寡水默默遇春风。

硬朗的树，认识一块石头。

一块石头的坚实、冷峻、笃定。

穿过荒漠，一池秋荷，要了蓝的铺排。

转眼的冬天，不减的热度，有一把爱情的尺子，镀着生命的光泽。

是的，春天来了。

一颗不按时间为序的灵魂，在冬天有了春天的阳光。

每一声问候都是一句诗。

木格子窗，红灯笼系着生命中的蓝。

这一生的蓬勃春风已度我山河。

从细腻的江南到俊朗的大漠，容下辽阔。

能见度

穿行在人间。

总会有光。

是的。一句话从远方的心口溢出来的暖，照亮我的人间。

太阳一定是新鲜的。

很多时候尽管遗憾，那些奔驰在路上的汽车绕过人。

大雾不仅仅弥漫在早晨，即便在对面的楼宇都不见轮廓。

于是也就只有望楼兴叹，却不可一睹其芳容。

更美的雾里看花。

一张纸上的言行意外背离人间的真实，高举着欲望，在雾的假象里越走越远。站在一起的人中间隔着雾，心怀鬼胎。在言行的线路上设置了障碍。

蓄意已久的高楼，陷入大雾的恣意。

张扬的风，愈刮愈烈。

彼此看不透。一再提上议事日程。

雾将不是雾。

被一张纸蒙住现实。

在所有的程序中被指子虚乌有。

明争暗斗的鸟鸣只有落荒而逃。

雾笼罩的山水，我只有种植一声叹息。看着辽阔的叹息，心生战栗。

鲜花和掌声，一再蒙羞。

从一些人的口里排出的大雾啊，封锁了能见度。一次次意外也没有觉醒的扩张和虚度。丧失理智的石头风化成废墟。

废墟上，花朵的反差越来越明显。

彼此的揣度，在极致膨胀。

穿越——

是我唯一的选择。我要的，一滴水是清澈吗？

我相信，在能见度里，更重要的是一颗心的坦荡。

被雾包裹着，被猎杀着。站在高楼，楼下的人太渺小了，变形的嘴脸写在纸张上冠冕堂皇。

风刮过，只剩下强词夺理。

有人使尽了雕虫小技，但也长不出一个蓬勃的春天。

繁花的春天，要的是一尘不染。

我感叹，这人间。

有一颗心是我的。

千里之远，我也能听见心的跳动。其能见度百分百的真诚。

（原载《山东文学》2017 年第 5 期下半月刊）

虫声 [外两篇]

陈礼贤

虫子是极小的，却颇有意思。现在是盛夏了，晚餐之后，我们坐在月光下的院子里闲谈，而这时，各种各样的虫子也开始唱起来——那么，就说说虫子们的歌声吧。

起初，几只虫子在调弦试音。声音单调、拘谨、滞涩。渐渐地，流畅、圆润了，光彩四溢。

所有的虫子应和起来，千万个声音一齐在唱。院坝边的草丛里，路边的石头上，屋后树林的枝叶间，远处的稻田里……或低吟浅唱，或纵情高歌。有少女一样婉转的，有老人一般沧桑的。

一个人在路上走过，附近的虫声暂停；仅仅两秒，又响起来——更热烈，更繁密。

如潮的歌声里，我们坐在村子的深处，隐约看见虫声给夜色镶了一道花边。

天晚了，我们回屋歇息，虫子们的音乐会还在进行中。

虫声又密又厚，铺满了村庄。

而月光，还在地上铺着，无人清扫。

蛙　鸣

夏季，一入夜，稻田里的青蛙就呱呱地叫。不久，所有的青蛙合唱起来，却没人指挥，乱七八糟响成一片。人从田边走，草丛里的青蛙齐扑扑跳进稻田，在水中游着唱。人过去了，又从水里跳到田埂上，伏在那里呱呱呱，把腮鼓得饱饱的。

水稻长得正旺，青蛙叫得这样响亮，像是告诉我们，这将是一个丰收的年景呢。我们自然喜欢，坐在院子里听，走在路上听，睡在床上也听——听它们那样叫。

倘是雨后，叫得更响亮，也更繁密，往往一口气叫它十几二十声，稍歇，又一口气叫它十几二十声。此时，别的声音都被压住了，鸡狗叫、猪牛叫、人欢马叫，都退到远处去了，不大听得到。

蛙们这么叫着，村子就在夜的深处渐渐走进梦境里去了。

萤火虫

我说，如果你是夏天来我们乡下，可以留心一下晚上的萤火虫。

月光很好的晚上，到处都明晃晃的，空中飞着一些萤火虫，但感觉不是很多，因为月光盖过它们的光了，不大看得见。没有月光的时候，萤火虫最多，在空中或草丛间飞舞，纷繁得很，数是数不过来的。

不管有无月光，在夏季晴朗的夜里，我们在路上行走，不会使用灯盏的。那路，都熟嘛，摸黑也能走。而萤火虫呢，就是月光很好的时候，都要点上灯笼。一个提一盏。如此明朗的月光，还提着灯盏，你说说，那不是极奢华的吗？

它们的灯盏很精致，应该是上帝送给它们的吧。造物主只给它们这样的恩赐。其他生灵都没有，包括人类。

一些聪明的孩子提出一个问题：它们提着灯盏，在夜晚的村庄往来穿梭，忙个不停，在忙些什么啊？大人们都说不清楚。小学里的老师说，你们各自观察吧。我们就观察，直到长大成人，观察了几十年，也没弄清楚。

它们一定有什么秘密，不为我们所知。

（原载《华西都市报》“宽窄巷”栏目 2017 年 9 月 1 日）

济源逸事［四章］

王幅明

河床消失了，源头仍在

大自然总是有奇迹呈现。

洪荒年代，王屋山巅氤氲弥漫，化成水，滴落到太乙天池，称为沇水。沇水穴地洑流，形成东西两股细流，到达平原涌出为泉。二源汇流，冲出一条河床。大禹治水之年，疏导沇水东流，易名为济水。济水三洑三现，流经河南、山东的大块土地，长达一千八百里，最终汇入黄河，注入渤海。

不知何年，济水成为一个传说。沿途留下的地名济源、济宁、济南……成为传说中的记忆。

黄河多次改道，最终，黄河与济水复合为一条河流。济水在黄河的泥土之下隐姓埋名。

奇特的是，河床消失了，源头仍在。

古代并称“四渎”的河流为济、淮、江、河，济水为首。何故？清澈无双，君子之河也。济源境内的济水，曾有“千仓渠”的美誉。“四渎”均建有水神庙，济渎庙被誉为天下第一。

唐玄宗封济水为“清源公”，济渎庙因之又名清源祠。

雁过留声，河过留名。英姿已逝，精魂长存。

济水至清。内心贪婪的人们来到济水源头，可会心生愧疚?

河犹如此，人何以堪!

走出王屋山的愚公

第二次造访王屋山的愚公村。比十多年前阔气多了，多了一些远古村民古朴的雕塑，还有一个写着“愚公故居”的大门。

广场上九旬愚公带领子孙们挖山的群雕，更显雄伟。

一个连姓名都未曾留下的山间老者的农舍，成为游客必看的风景。

意外的收获是围坐在一个伞状的亭子里听琴书。唱的是愚公移山的故事。

琴书犹如王屋山的山泉，溅起的水珠是游客的心跳。

两千多年前，一个隐居在郑国圃田的列姓士人来此采风，写出寓言《愚公移山》，引发了人们关于愚与智的绵长思考。

70 多年前，一位农民出身的革命领袖在延安的窑洞里提起愚公。他说，他要继续愚公的事业。愚公一下子成了家喻户晓的名人。

当年，年迈的老翁未能搬走王屋山。但他的继承人，带领全国人民，搬走了比王屋山更高的三座大山。

愚公走出了王屋山。他像一颗火星，点燃了千千万万颗渴望改变的心灵。

三座大山搬走了，新的大山又在挡住去路。

愚公的后人们依然在挖山不止。

东沟村寻诗

大峪镇的女镇长是位诗人，她说，一千年前，唐代诗人岑参路经大峪镇的东沟村，留下三首诗作，从此，这里便与诗歌结缘。

如今，东沟村有一美誉：美丽乡村。来此观光的游客络绎不绝。

美在何处？一棵缠满吉祥语的千年古树？用磨盘铺就的溪中石径？岑参走过的青箩溪，流水千年不断？

是的，这里的自然风光，处处都让人心旷神怡。但是，最令人难忘的，却是东沟人的智慧。他们在创造新生活时，能够让时光止步，让人在行走中不由自主地停下，在熟悉与陌生中回味历史。

谁看到过一个村庄的民俗文化博物馆，主题为渔、樵、耕、读的墙体彩绘？

哦，久违了，那些曾经摔过的泥巴团，推过的铁环，游戏用过的木制火枪，玩过的玻璃球，还有秋千、跷跷板、木滚筒……让我们一遍遍重温童年。

那些保存完好且标明二十世纪五十年代、六十年代、七十年代、八十年代……的农舍，与当今村民住进的红色楼房形成鲜明对比。还有那些曾经用过的手推车、自行车、缝纫机、大哥大……不同年代的老物件，灼痛游客的双眼。

东沟村，漫不经心地，带我们走进一个奇特的时光隧道。

终于明白了，电视台约会春天的诗会，为何在此举办。

悠然见南山

下榻济源，方知此地有一处原生态的森林公园，名曰南山。顿时心动。

渴望南山一游。这是久驻心中的一个梦想。

中国该有多少个南山？心中的南山只有一个。

热心的才女青青充当向导，帮我们大家圆梦。

一座平凡无奇的大山，少有名胜，却有一顶“中国森林氧吧”的桂冠。

许久没有走山路了。在柿树及许多叫不出名字的树林间穿行。三个小时过去，竟然毫无倦意。

头戴星光回到山下，饥肠辘辘。直奔溪边的农家餐馆，品尝地道的南山美味。

南山披上暗装，月牙儿隐而不出，山泉为我们奏乐，野菊花似曾相识。

猛然间朝向南山，痴痴地看着，全都无语。

此地此刻，烦恼全消。大家不约而同地想到同一个词。

（原载《郑州日报》“郑风”副刊 2017 年 5 月 8 日）

行走内蒙古［组章］

夏 寒

在可汗山下断想

一座山，雕上可汗的像，可汗会继续他的灵魂。可汗，表面坐在山上，其实他是坐在了人们的心里……

——题记

我若把科尔沁大地，浓缩再浓缩，让我的案头能够放下。

它其实就是一张纸，但在这张纸上，我无法写上去一个字。

我即使挖空心思地去想，该去写什么？那么，也只有去写比苍白更苍白的四个字。

那就是：苍白无力！

在这张纸上。

草，是唯一能表达内涵的文字，而深刻的内涵，方块字无法表达。

那一簇一簇的草，还有那一朵一朵的花，紧密地依偎在一起。花坐在草的肩膀上。

形容成蒙古文字，也只有蒙古文字。

才能把它的深刻诠释。

我眼巴巴地，看着那些宛若一本盖世无双的巨著。

试图用白天和黑夜，去一页一页地翻开。我也翻开了，可那些密密麻麻的文字，我仍然无法读懂。

我必须把它放大，让它复原，复原成一望无际的草原，让成吉思汗的十万铁骑，用飞奔的铁蹄，在那些文字的缝隙里，去填写逗号分号句号感叹号等一个个标点。

把每一句话，每一段话分开。

即使是这样，也只能让我不断去深思……

我知道，我无论怎样深思都是徒劳。

草原，无限辽阔，草原上，不仅有牛马羊有蒙古包有勒勒车，还有山川河流以及沟壑。

而那山太高，那河又太长，可我手中的笔，没有那么高，也没有那么长。

我必须把高山压缩成一个人的高度，然后，然后再雕成成吉思汗的雕像，再把河流装进他的身体，这时，我终于发现，一代天骄——你并没有死。

你还活着！

你在你的子孙后代的心中活着，你在炎黄子孙的心中活着，你在世界人的心中，也依然活着！

死去的人不会说话，但活着的人，却可以让死去的人，继续他灵魂深处的呐喊！

成吉思汗，八百年前在马背上的气息，是气贯长虹的言语。

八百年后的今天，那气贯长虹的气势拉近，再拉近，拉到我们的眼前，把它放大再放大，放大成一座山。

山巍峨。他远比山更巍峨！

人们不是让他的身躯稳稳地坐在山上。

而是，让他的灵魂稳稳地坐在山上，你所看见的，那只不过是表象，

其实，他早就稳稳地，

坐在了人们的心里！

（原载《散文诗》2017 年 5 月）

在白音敖包遐思

岁月，慢慢。

漫过一万年，也漫过了一万年的青草青黄叶黄。

白音敖包的露珠、草尖和花瓣是一万年风雨的化身。

一万年的风雨，漫过一万公顷的沙地，更漫过了沙地云杉的少年和青春。

碧草碧，托起我夏季的心旷神怡。

蓝天蓝，撑起六月阳光的情愫万缕。

毡房座座，升起的炊烟，爬过你的春光与秋色。

暮色的心跳紧贴着西山，深邃的话语跋涉过原始的岁月。

而今天，我灵魂深处的飓风，把岁月挤压。

昨日，踟蹰的步履化作今天一腔热血，在这个夏季，凝固成我的诗行。

沙地云杉，你站着。

你浑身的肌肉里，透着坚强。

你高大的躯体，在你的血液里竖起了你的伟岸。

你有时，也会卧下伟岸的身躯，展现你的年轮里装着的三百年的光阴和风雨。

白音敖包，你的情绪，是月下的风卷着风，翻卷着我的遐想。

翻卷着，这里的土地这里的山川这里的河流这里的碧草，就像我的诗歌。

在经年的日子里，翻卷着你的历史你的自然你的生态体系以及你。

神秘的色彩。

沙地云杉，从前。

万年千年的时光，有些遥远，我无法考证，你来自哪里?

也许，是风，把你的一粒种子，移植。

也许，是水，把你从某一条河道里，请来!

也许是若干个也许，也许是若干个偶然的偶然，使你偶然地扎下了情感的根。

在沙地深处纵横交错，在沙地深处纵横交错地宣誓，

以无言的方式与风抗争，以无言的方式与沙搏斗。

你赢了。

你，守住了白音敖包。

也守住了白音敖包之巅的敖包。

守住了白音敖包的敖包，也就守住了不可侵犯的神圣。

敖包山，你已根植于蒙古人的血脉里。

敖包山，你已根植于蒙古人的灵魂里。

你的灵魂，在经幡上舞动，在经幡上闪光!

我终于，登上你的峰巅。

我今天，必须为你作诗。

我的视线，是一支笔，我慢慢移动我的笔端，把笔的一端沿着东西南北延伸，再延伸……

哦，这张纸
实在是太大太大，太大了！
我实在不知从哪里写起呀？
我只知道，一望无际的绿色是你永生不变的主题。
特写，在哪里？
当我，把笔端收回，一座座宝塔的苍翠连成一片，特写沙地的神奇。
最后，我停住我的笔，把心中的无限虔诚传到一双手上，去轻轻抚摸敖包山上的石头。那石头，是圣石呀！
原来，我诗篇的灵魂，就在这块石头的褶皱里呀，就在这褶皱里！

敖包，你的高度。
远远高过我的头顶，却恰恰低于我的双腿。
我的双腿当然可以攀爬，也可以攀爬到你的顶峰。
我的心，始终向往那个难以攀爬的峰巅，
但是，但是呀，我的心，今生今世也只能永远地守望在山脚下。
把你仰望，仰望你不可逾越的高度。
因为，你的高度你的神圣
使我，永远地心存敬畏！

但是，但是呀，我并没有因此而沮丧。
如果有来生，我将我的躯体进行一次分解：
把身躯上的一块块肌肉绞成泥沙，把一块块骨头敲碎变作石头，然后让血液变成白音敖包的河水，然后把泥沙、石头均匀地搅拌，搁置敖包山的顶端。

让敖包山，更高一点，哪怕只有那么一点点，也毕竟是高了！

这时，敖包山的高度里有我。

这时，山高了，我也高了！

这时，我不必担心我会走远。

我也不必担心雨水把我冲刷，因为我知道，

在这里，有沙地云杉，把克什克腾、白音敖包守护，

也把我的虔诚守护！

白音敖包，你时常把我远离。

远离你时，你是我形而上的想象。

当我偶尔走进你，你会把我的视线抬高，抬到你峰巅的敖包之上。

哦，敖包之上，经幡随风舞动，舞动日月，也舞动星辉。

舞动草原，每一个风风雨雨的日子。

敖包，在上。云杉，在下。

经幡，在每个日子随风舞动。

蒙古人，在吉祥的舞动中，把吉祥的种子撒进华夏的黎明与黄昏。

使平安，从平安走向吉祥。

使吉祥，从吉祥走向平安！

（原载《散文诗》2017 年 5 月）

城子山遗址

城，有多种。

土，围成的，是城；石，围起来的，也是城。

在山上，从四处搬来一些石头，围起一座城，当然是山城；城建在山上，就是城子山。

城墙，通常都是高高的。

不是为了挡住城里的人出去，而是为了抵御城外来袭。

城子山的城墙，也是高高的，它围出了一个祭坛的高度。

一炷炷香草，为祭奠而燃，燃烧了阳光，燃烧了风雨，燃烧了四千个春秋冬夏，更燃烧了四千年的尘世沧桑与巨变，于是变低了。

低到了最低处，以至于仅仅剩下了一个依稀可辨的轮廓。

城子山遗址，虽低到了最低处，却依然保持着自己独有的高度。

山，往往高过城，而山上的城，不仅高过城，还把山压在城下。

它高出我们语言的前端，约有千年。

四千年前点燃的香，与今天我们祭奠时点燃的别无两样，都是越飘越高，越飘越远。

城子山，是古人祭奠的城。

那缕缕香烟，从古代的顶端飘向我们；香炉孔，追寻他们先人走近天堂的灵魂。

我们，今天重新在那香炉孔点燃，越飘越远，渐成昨天前天，以至于垒成历史，是为了追寻他们。

追寻中，把远古虔诚地点燃。

透过烟雾，我们似乎已经看到千年之后。

子孙们仍在继续着今天的我们。

（原载《内蒙古日报》文艺副刊版 2017 年 4 月 12 日）

科尔沁与孝庄

科尔沁。

草原的草，长得很高，影子很长。

它连接着满蒙的姻缘，长出的长长的影子，能够撑起白云蓝天。

科尔沁。

草原的路，铺得很远很远，铺进了中原大地的每个地方，伸进了每个村庄。

科尔沁。

除了草，除了草原的路，当然更有大片大片的古榆林，那依然的绿色是一片赤诚之心，数百年来把成吉思汗、萨哈尔的遗产达尔罕王府守护。

科尔沁。

大片大片的古榆林呀，它的使命就是守护，它除了守护一年四季的春秋冬夏，还要守护一个朝代诞生前的——

黎明！

科尔沁。

一万年的时空太遥远。

我们，谁也无法洞穿。

八百年前成吉思汗、萨哈尔的铁蹄飞奔，飞过了明朝的天，勒马停在自己的故园。那是开创清朝的一代枭雄努尔哈赤、皇太极无法忽视的焦点。

科尔沁。

四百年的天地，离我们很近。

近得就在我们的眼前，就在我们的身边。

那天与地呀，一向都是相互依偎的整体，历来都紧密相连——

在一起。

有地才有天。

没有地，天只能空中悬。

最初，满族人推着历史的龙辇，不久便是蒙古人托起了清朝的天。

孝庄皇后、皇太后——

在风口浪尖，以坚定的信念站在历史的前沿，特写出康乾盛世的序言。

历史的丰碑，你挥毫泼墨，在几百年后的今天的墨迹也依然——

金光闪闪！

孝庄皇后、皇太后。

你，原本是布木布泰。你从萨哈尔的血液中走来。

从此，投入了科尔沁的怀抱。

十三岁的你，

张开大于草原十三倍的胸怀，心中装着天地洪荒之力，撬动一生的远行。

你从达尔罕亲王府的朱红色大门中走出，以一个新娘的身份，坐在一架古老的马车上。

从一个历史的起点上启程，穿越苍茫的科尔沁大地。

旌旗、骏马、车队、鼓乐，

一路浩浩荡荡为你送行，把你送进波澜壮阔的大清帝国。

从此，你带着草原情怀的名字，被孝庄皇后取代。

这驾马车，从此把你拉进了历史。

这驾马车，把你拉上了历史的舞台。

历史，安排了你的命运；而你，也安排了历史的命运。

你，站在了风口浪尖上。

你的双手，在风云变幻中紧紧地握住了方向，你的脊梁扛住了一个王朝，你的臂膀支撑起了一个王朝并不稳固的大厦。

皇宫，

六十个春秋冬夏，你在狂风暴雨中，开创了新天，把一个东方帝国顶起。

皇帝走了。但有你在，清朝的江山，

就不会塌陷！

你用自己的双肩，

支撑起的江山不会塌陷。

河流，会像你的血液一样，从前天流向昨天，从昨天流到今天，再从今天流向久远！

世世代代，在中华大地上，

流传！

（原载《意文》2017 年第 3 期）

在哈民遗址沉思

游猎的身影，从深山里，

晃进了五千五百年前的哈民遗址。

定居，一定是走向文明的精心谋划。

古人类，在一幕水光接天的野岭荒山搭建的聚落，绝不仅仅是个村庄。

那其实是用智慧托起一座原始的宫殿。

宫殿。后方的荒山旁是远古流淌的河水。

前方，却是更接近今天的泥陶瓦罐里被烧干的汗水。

那周边一定有一条河，河里跳动的浪花，每一朵都沾染了岁月的沧桑和巨变。

那条河，从远古的深山里唱着古老的歌谣而来。

那条河，载着深山里采集的野果；

那条河，也帮着哈民过着围猎的生活；

那条河，更是为哈民建造遮风挡雨的地窨子准备的干渴。

他们在河边住下，描绘一幅久远的风景。

远古的风声，苦读春天的发芽。

哈民的土地上，炊烟里升起一个原始的春天。

我看到赤脚的他们，拿起石头制作的刀斧斩断荆棘，开出一条窄窄的生活。

古人类，在一片苍茫里。

从清晨到日暮，从黄昏又到黎明，拿起石凿石斧石杵，

穿越了岁月的凌乱，把古代文明的种子播撒！

透过遗址，侧耳倾听。

那些谷物细小的籽粒，塑造远大的情怀。

在野生与栽培之间，拾起一枚枚粟与黍的生长，那是人类最早的食粮。

扑鼻的米香彻底告别了深山生活的过去。

山涧溪流，杵声回荡。

五千年前，哈民村的一缕炊烟，在种子的孕育中升起，在骨制的刀锋上升起。

几千年了，朝朝暮暮，在黄河上下悠悠弥散。

我猜想，那一定是当时一个有着血缘关系的强大部落。

他们的血缘在岁月中扩散……

哈民消失了，也许因为一场劫难，但未必会全部灭绝。

他们，或许躲进了蒙满汉民族的哪个角落，抑或在其他民族的血管里依然繁衍，

因为我已经看到了：

他们昨天的骨骼，支撑起我们今天的躯体！

他们昨天的生活，也在我们今天的生活里延续！

（原载《意文》2017年第3期）

春天的花

姜　华

桃花的情事

春天，浪漫而多情。而桃花，最是情种。

它是谁的情人？

天性浪漫的桃花，专门选择在春天出嫁，她多像我乡下的妹子，一夜之间，

脸就红了。

想开你就开吧，想红你就红吧，这些乡下疯丫头，在乡村一面山一面坡奔跑，用火一样的激情，烧红了乡村的欲望。

当一个春天来临时，我回到久别的乡下，曾经视野里那抹粉色，却渐行渐远，只在桃树下，留下叹息。

咫尺天涯，遍地落红，是伤口，或是疼痛。

桃花的姻缘，是命。

樱花白得叫人心虚

谁能知道樱花的身世？它的命薄如一张白纸。

在春天，樱花站在村口，一身素装，她苍白的表情叫人心虚。

在一片白色的世界里，樱花裹紧了春寒，和内心期待的小小的红。绽放的疼痛，成长的忧伤，分娩的痛苦，像一群白色的蝴蝶，伴着命运一起飞翔。

春天的方言，和手语，有些冷。

努力把世界开成一种颜色，独有的气味，行走的姿态，散发的芬芳，忠贞、内敛、含香，多像我的前世，那个叫樱子，爱唱山歌，一身草味的女人。

在春天的原野上行走，一个男人的思绪也在开花、追问。我仿佛看见一位在田间奔跑的女子，怀抱前世，高举卑微的信仰，怀春出行，前程未卜。

那一片白，摇曳在春天的视野里。

让人绝望而忧伤。

梨花在细雨里绽放

梨花站在高处，她是孤独的。

而往往需要仰视。

生长在高处的梨花，往往被春雨、春风和蝴蝶引诱，她大朵大朵，悲壮而惨烈地开放。她们一起拥挤着，争相为夏天献身。

春天，在梨树下行走，梨花，这些身披素装的古典女子，像一群女妖，不经意就拿走了你的魂魄。

在乡间，我不敢说梨花的情意，如梨木一样坚硬、密实、纯粹、一尘不染。就像我当年的邻家表妹，为了守护一句爱的承诺，宁愿一次次错过花期，最后在枝头上枯萎。

在细雨如丝的日子，你看那一朵朵，守望在枝头的带雨红颜，她们压制住自己的欲望，平静地生长，开放。

一声叹息，花期就过了。

杏花的宿命

宿命注定，她的爱情之果都是酸的。

一枚青果，夭折在春天枝头。

性格孤僻的杏花，遭遇了流年，萌动的日子站在冰冷的枝头，苦难而辛酸。一股来自北方民间的倒春寒，使杏花早产。

青青的杏子布满爱的伤口。

当我重返年少时那片懵懂杏林，依稀杏花稔熟的声音，在一声长一声短地唤我。

佛说，世间万物都是苦的。

那些不起眼的野花

野花是自由的。大胆，泼辣，一身野性。

敢爱，敢恨，不用看他人脸色。

那些不起眼的野花，在田间、路旁，终年生长，自在而率性。那些叫狗尾巴、阳妈子、妈妈草、地地菜、野刺枚的花，像乡下的妹子，登不了大雅之堂。它们终年与小草、蚂蚁、牛羊为邻，阅尽了世俗冷暖、炎凉，和脸色。

它们经常被人们踩在脚下，或成为人类和动物口中的美食。在险恶的生存环境里，它们仍然挺直自己腰杆，高举生命的精彩，努力把欢笑和颜色带给春天。

其实，野花们都有自己的活法，它们天性浪漫，自由从容，不受约束。它们想怎么开就怎么开，想什么时候开就什么时候开，想开成什么颜色就开成什么颜色。它们大朵大朵地开，小朵小朵地开，让自己的颜色去覆盖别人的眼眸、脸色，和心情。

野花们的一生，尝遍了人间冷暖，和牛羊的亲吻。

没有羁绊的日子，天高云淡，一朵朵生命的精彩章节，走出大自然风水宝典，把一幕幕平凡的风景，在卑微的时空中慢慢打开。

苦难也能开花。

这些绽放在低处的风景。

（原载《大沽河》2017 年第 1 期）

第一个夜晚

语　伞

1

黑做蓝莓酱将我涂抹。

光在睡眠里躺下。

突然充满食欲，突然就来到第一个夜晚。

我吞吃的月亮和星星都长成了与年轮相关的对应物——我还在借助化妆品对抗它们，像把昼夜用力拉伸——我忍不住，回头寻找经过的脸孔，无数第一个夜晚挂满了可咀嚼的触角。

元旦的元。第一。凡数之始。

太阳再一次从地平线上升起，又按常规垂落。

此去经年。一月和十二月辨析微小事物之间的差别。我曾抬头诠释，清晨无边无际。于是我低头拾起夜晚，是第一个，并且先于睡眠捕获梦境——

庙宇高坐。观音赋予莲花微笑。月老数古树上的红绸。

见面和离别同时出现，道晚安的人开始跪拜：

给绝望的手指，以颜色。

给旧疾复发的身体，以音乐。

给无人叩响的家门，以钥匙。

给雨中摘南瓜花相爱的人，以孩子。

给一座山峰嘴里流淌出的老故事，以静默和赞歌。

给来不及逃离的心脏镌刻新的名字，以诚实的幻影。

2

第一日的尘埃，首先落入夜晚。

我在枕下收藏大海和火焰。我身后的城市，从来不缺夜行人。

白天的细节乱窜。

给房子安装后视镜是不安全的。

它会阻挠一个人沉浸在夜晚的感觉。因为黑没有起伏，一个宁静的不存在边沿的平面，或者立方体，仅适合一种情愫。比如现在，我只思考“第一”。我走向我所有的“第一”。

但是，令人恐惧的词叫“变化”，尽管它从不带武器。

我第一喜欢的城市，不再是二十年前的梦中巴黎。城市的高楼在上升，我走过的所有的门都无法预知未来。现在，唯有上海，是我的占卜者。

我掐灭从眼睛里衍生出的欲望，抵达黑。

我听自己的影子在墙上走动的声音。它想穿上另一个影子，跳舞。

3

南方有小谣曲，美如虚构。

北方有绝唱，秋天成为赠礼。

我搜索海边的沙滩，某一米之内，我曾深夜独自饮酒，静坐，听浪潮低吟秘密之歌。我在大脑里养海底生物，想象两条接吻鱼在水中整夜玩咬嘴唇。为了探寻一条雪茄达摩鲨身上的绿光，我甚至忘却了黄浦江两岸的灯火，把上海和流光溢彩抛在了脑后。

第一次感到，左手扣住右手，像扣住一丛游弋的珊瑚。

第一次觉得夜晚的真正来临，是你什么都不必想，或者只想做一件事。

一闪就消失。

烟缸接待过燃烧的狂热。

胃部经历过冰雪的考验。

时间依然傲慢。城市却一直在练习谦逊的品格。它邀请不同地域、种族和国籍的人来到这里，为他们献上庸常的生活——

当然，他们之间除了默契，还存在价值观的争论，存在“我”和“你”，存在不能结晶成“我们”的第三人称。

夜晚指向我思维的藤蔓。

4

黑垂挂。黑，在黑暗中祷告。

只有黑，做了自己的王，可与妖精和鬼神共舞。

黑的曼妙之身在蒲松龄笔墨下舒展，那些出没于夜晚的阴影，沉迷于游戏，不急于还原真相。

哪一只妖狐替我爱上了古代的书生？他口中的一句念词，就毁了我千年的修行。他在夜晚第一回牵我的手，跨过那条天亮时就枯竭的河流。他在夜晚第一回背着我，从湖边的芦苇丛走到我肉身散尽。我陪他进京赶考，他在夜晚读史，无数回在纸上挖掘迎娶我的时刻。

谁动了情，谁就害怕黎明到来。

谁示了爱，谁就会迷上夜空的艺术。

谁领悟了第一个夜晚的真谛，谁就将随床的安全感攀升，调制蜜语、婚姻、谎言、呻吟、坟墓、快感、叹息……夜晚创造的，我都承认。

因为很快，又是春天了。

春天的想象力异常——

我的长发，到了夜晚就是一座孤岛，随时，以黑谋生。

5

一岁节序，以此为首。

零点使用了新的通行证。

一月的眼神，像已被古寺里的神明开示过，人们互相祝福，散布喜悦、吉祥。跨过零点的那一秒，我看不到我留下的痕迹。去年、前年以及很多年前的记忆，那相似的同一秒，渐渐冒出烟岚，把我熏出了严重的怀乡病。

各种情感交织。

我回到每一个自己，开始旅行——

黑暗里，我摸到一个笔画、一点墨、一片叶子、一缕香……构成艺术，缓解了疲倦的生活之谜。

和夜晚侧身而卧，我们面对面研究存在的奥义：

“经历是什么？”“病是什么？”

某些疑问并没有答案。

窗帘紧闭，第一个夜晚，就这样任我搅拌。喝下半杯果汁，露水就诞生了，它们将死于对夜晚的忠诚。

而我，一直活在对明天的假设中。

（原载《山东文学》2017 年第 4 期下半月刊）

问　佛

——致母亲

赵宏兴

问：我有过母亲吗？我为何听不到她的声音？闻不到她的气息？看不到她的身影？我的眼前空空荡荡？

答：孩子，你肯定有过母亲，否则你的生命从哪里来的。你的眼睛空空荡荡，因为你的母亲去了远方。

问：我的母亲去了哪里？我们已分别很久，我想她了。

答：孩子，你的母亲不是赶集去了，赶集去了，她还会回来。这次她去了遥远的地方，再也不回来了。

问：不管母亲去了哪里，我都要找到她。

答：孩子，你在人世间已找不到她了。你要朝你的内心里寻找，你的血液就是她的血液，你的善良就是她的善良。从年幼到年长，母亲和你生命交融。你的每一步里，都有母亲的校正，你的每一点成绩，都有母亲的欢欣。你的母亲没有走远，她就活在你的心里，与你每时每刻都在一起。

问：我要我的母亲啊，我要拉着她的手。

答：孩子，母亲的手总要丢开你的。她不是狠心，她是不舍。她怕拖累你，丢开，是她最后一次母爱的奉献，她要留一个清明给你。

问：不管是白天还是黑夜，我一写下母亲这个词，就泪流满面。母亲这个词以后对于我是否就是多余的了。

答：孩子，母亲在时，你的眼里没有泪水，有的只是欢乐。现在，你把泪水蓄成一潭湖水，也映不出母亲的影子。但母亲这个词，对于你不是多余的，你可以对着天空喊：母亲！你可以对着高山喊：母亲！你可以对着大地喊：母亲！你可以对着河流喊：母亲！

问：如果我的母亲有来生，我们在街头相遇，她会认识我吗？或者我在街头看见一个似我母亲的人，我唤她母亲她会答应我吗？

答：孩子，你的母亲是个善良的人，肯定会有来生的。但你母亲的眼睛不在人间，在天堂，你的一举一动，她都看见，你的喜怒哀乐，她都知晓，她慈爱的目光会紧随在你的身旁，护佑着你成长。

佛啊，通过你，我找到了永生的母亲！愿我的母亲脱离人间的苦难，在天堂做个幸福的人！

（原载《分水岭》2017 年第 2 期）

高处的声音

宋长玥

云层之上，迎着晚霞向青海

大地暗下来。

云层之上晚霞寂寞地殷红，她们迎着我，汹涌。汹涌。汹涌。

通红的河流，

等一人摆渡？

向青海，我的灵魂那么高，

甚至无法安抚天空，

安抚太阳，

安抚狂怒的气流。向青海，暴躁的人间没有片刻安宁。

在八达岭，春天

那些高处，只有高贵的灵魂，

他们没有时间，

就剩下了自己。

没有一只鹰比看不见的他们还高。漫山遍野的杏花，

开在树的骨头上。

灵魂不痛，

心痛。日子空。

来不及回头，

春天已经妖娆地走过了北方的天空。

在青海湖，夏日

风蹲在沙陀寺的风铃上，牛角下面的星星望着它，一夜老了。

年幼的风听不懂心经，就在回去的路上吹凉男人的心。现在和以后，人间多么空旷。

最后，只有一只天鹅托着青海湖，为了天空闪出的另一双翅膀，它的飞翔比暮年还沉。

黄河左岸：一个画家的述说

一只翠鸟殒命于冰雹之下，另一只翠鸟自此不知去向。男人说那顶鸟巢空过春天已成象征，清晨写生再无风景。

大河静流直至中年，目及苍山之上云的骏马无人驾驭，转眼肋下生翅并不急于飞翔，待空尊孤悬，本相逐一消散，左岸似乎无人。男人说倘若孤侣他日归来悬念无解，独守江源我已苍老。

在西宁：流年

铁匠向西走，马就在一粒火星下面生下女儿。银匠过河，把月亮挂在青唐的胸口。

皮匠到了新疆，赶马车的寡妇拉着一车春天过了天山。

我在前世没有碰到他们。唯一遇见的，是太阳旁边的白雪。现在，它一个人安静地走路，那么从容，那么简单，好像很多人找了许久的幸福。

花石峡：午夜归途遇风雪

夜一点点黑下去，远处更黑了。看不见的地方，我的马还站在风雪中；寺院的风铃寂寞地响；人在路途，正好经过花旁。这一点孤单的想象，呼啸的风吹不走。

唯一亮着的，不是天上的星星，而是我即将燃尽的烟蒂。这么空阔的旷野，没有孤独，只有惊悚。就一会儿工夫，风把花石峡塞满了。我躲在四处漏风的土坯房子里，眼望风雪茫茫，悄悄想了大半夜自己。

梦　境

良心背着故乡寻找粮仓。

我只想用金色描述一天，但更多的灵魂挣扎在路上。

都兰小镇

上半夜的月亮照不清经过都兰的人。

到了下半夜，去敦煌的路上每一个沙丘都被伎乐天舞蹈成了寂寞的波涛。

男人说，每个人既是彼岸。

他不知道当金山垭口诵经的男人，

就是二十年前星光下走失的自己。

都兰继续沉睡。

空巷浮动所有人的梦想，一城夜色，满目荒凉。

亲爱的脸一晃而过。

恰卜恰

恰卜恰的每一条路都通到天上，
草原上盛开的白帐篷为我哭泣过九次。

能刺瞎眼睛的阳光晒不黑灵魂。
如果恰卜恰继续活在我的心里，这座装着一千年时光的小镇，
悄悄告诉我音信全无的姑娘今夜回乡。

巨大的幸福把人们引向茫然：向西，草原空空。
向东，牛角上月亮升起。
向南，每一颗星星都是温暖的宫殿。
向北，只有一个青海湖留在人间。

还会有谁打着良心的灯笼，
把我安静地送到你的面前？

在尕海

一张羊皮盖着草原，上面曾经停留的时光。
我在云雀下面遇见过：
简单，顺从，对命运没有反抗。

时间让灵魂苍老。大湖的骨头被风吹到更远的草原。
一只海螺吐盐，
两粒青稞开花，
三两金子分娩，

那么多的祝福沉静在水中。在尕海，
岸边升起的白云告诉我，
它们想念我。

……心已经很咸了，
两只天鹅在我离开以后回到了尕海。

（原载《山东文学》2017年第1期下半月刊）

故园春［组章］

李亚强

桃花不知春

野火在枯草连天的山坡上流动，冬天紧紧抓住最后一根枯草，山野屏息，积雪喧嚣，鸡鸣狗叫把村庄上空的蓝天擦了一遍又一遍。

陇中大地的荒坡上，桃花小心翼翼，低头凝神。总要一场风悄悄来临，把熟悉的山山峁峁抚摩几遍。漫天的黄沙里，花骨朵一下子探出头，在风沙里呼喊，总有一个人，在尖锐的风吹过的夜里突然坐起，指着南山的方向：我听见桃花开了。于是桃花齐刷刷打开了结局。

村庄静默，大地春回，桃花把自己交给春天，变成春天的模样。

桃花不知春，只是，我心有桃树千株，谁与共植。

内心的杏花

苜蓿首先探出了头，两片微小的叶子，独对料峭的春风。驴子闻到了泥土的清香，在三月的晴空下，一声长号，满树的杏花战栗着打开了春天。这些微小的事物，先于返青的麦苗，先于锃亮的铧犁，先于河畔的杨柳，给村庄一片明媚的春光。

粉嫩、含羞，是秘密的心事，是克制的情感。一树杏花，在黄土高原的坡地里，居高临下，美得摇摇欲坠，俯瞰着我那清贫的童年岁月，俯瞰着缺衣少食的乡村生活。

杏花不言，春雨不来，是谁家的院墙外，一地落红如雪乱。

当我再一次站在异乡的一树杏花下，却怎么也走不进一朵花的内心，这让我焦虑、无助。当我试图说出一句抒情的话语，却才猛然发现：离开故乡后，我再也没有见过一树像样的杏花。

低处的梨花

火舌鸟忍住了聒噪，麻雀舒展了双翅，柳树在春风里梳理着嫩叶，炊烟扶着乱花迷眼的村庄，晃悠悠飘过屋顶，一会儿向东，一会儿向西。

梨树在高处，瘦骨嶙峋，一伸手就能抓住屋顶上经年的瓦片和琐碎的家长里短。梨花在低处，低于村庄，低于满目春色。花香顺着故乡的小径，逆风而行，洁白的花朵是低处的云朵，湿润、饱含水分而又游走自由。

满园梨花俯身倾听，那些低处的声音，微弱而喧嚣，正刺破刚解冻的大地，在湿润的泥土上潜行，一不留神，春天的跫音已经翻过院墙。四月的怅惘，是飘落的梨花带雨，是初春的云淡风轻，是回望村庄的眼神。

春风十里，关不住了，满园的梨花招摇。

刺玫举着春天

风经过草垛的时候，停了一下，刺玫交出了藏在大地深处的绿，然后交出了花，倏忽一下，满园春光黯然失色。

先是一个花苞，试探着，挣脱绿色的怀抱，亮出内心的粉和黄，粉色的花瓣淡雅，黄色的蕊热烈。在一口行将干枯的水井旁，刺玫花守着干旱的光阴，守着恰到好处的刺。阳光正好，向上的枝干举着花朵，举着渐行渐远的春天，像驴子对着蓝天的号叫。香是淡淡的、结着仇怨的，是长袖善舞的青衣，是村人细碎的脚步。

在两畦春韭旁，在一个村庄的岁月里，哪里能舍弃一树刺玫带给生活的点缀。

（原载《星星·散文诗》2017 年第 4 期）

故乡黄昏［外五章］

庞学杰

故乡的黄昏。

多少记忆更清晰，多少秋色流成河？

一个人的远山，夕阳入怀。

一个村庄的空落，把多少乡思，搁浅在一张张蛛网上。

芦苇丛中，迟归的鹅群。

半山腰上，留恋的晚霞。

最后一抹云，伏在光秃的山头上。

卡在喉咙里的乡音，难以吞咽的乡音！谁的味觉里，早已没了五谷的香。

从童年开始延伸过来的一条小路，越过多少河山，趟过多少季节？先我而去，一直伸到天边；止步在——

我背井离乡、安身立命的地方！

今夜：给故乡的老屋烧烧炕

炊烟袅袅的夜晚：故乡很近，故乡就在眼前！

伸手不见五指的夜色里——

看到了星光，看不清老屋。

只见灯光，不见亲人！

睡梦中的泉水，流出谁的嘴角？

泉眼深处，暗河滔滔！从脚跟发芽的水草，纠缠逆流而上的渔汛。一条河打结的地方，整个村庄都空了下来：小巷脚印稀疏，墙头上没了起伏的鸡鸣。所有的狗，都被拴在了绳子上。

而今晚——

炊烟入梦！只有柴火的气味，没有米面的浓香……

今夜：顺着风声回故乡

故乡：一排白杨树做成的梳子，梳掉了所有的青丝和白发。

秃头的天空，心事重重！

——向谁倾诉？

河水依然流淌，只是少了些声息。芦苇丛中，去年的野鸭，早已流落他乡。岸上，过往的大雁，只在麦地里，留下一大片爪痕。

天边的云——没了翅膀，只剩下了一颗心——依然回响着故乡的水声，雷声，心跳声……

今夜，海边柔弱的南风，徒步走向故乡！

回乡的路上，必定是——

霜一行。

脚印一行。

额头上的汗水，无数行……

老　壶

老家的那把老壶，今夜你是否孤独？幸好有星光漏进窗户！

还有一朵把自己走丢了的云，寄身房檐下，相遇窗玻璃上的几颗露珠。

今夜，一把壶，独自把自己一饮而尽！

今夜，故乡的那眼泉，突然停喷；那条河，瞬间干枯！

去年的那只葫芦，依然挂在墙头上。每每在午夜，它就听见老屋里的老茶壶，独自沸腾。——在煎熬里修炼，升华的灵魂：晶莹剔透，不声，不语……

故乡：月牙之夜

故乡，躲避阳光的月牙，也躲避一些熟悉的身影。

今夜，月牙躲在树丛里，一晃就不见了。

我躲在老屋里；我的眼睛，躲在眼皮里。

麦香躲进被谁丢弃的麦秸秆上。空心的麦秸秆里，还有躲藏了一年的春风，还有春雷，还有春霜！

一滴清露，独自掏空了光亮。

几粒种子，总在午夜梦游故乡。

那个隐身海角的游子，一出海，就变成了一叶孤帆。

一叶孤帆，风一吹，都变成了月牙的模样！

就有海市蜃楼，出现在故乡的天空上。

又是一个无眠之夜，月牙儿悄悄潜回村庄！静静地趴在西墙上：跟一株小草诉说衷肠……

故乡：秤和砣

还有多少时光？驻足，停留，在星盘上。

还有多少回忆，能够掂量出真正的分量？

秤砣上的老茧，被时光镀亮。老去的目光，黏在秤砣上。

空下来的岁月，谁在山光水影中，捕捉一根羽毛的忧伤！

有檐滴拾级而上。有云朵投身自己的影子。

抹一把席子上的春光，或者秋光。秤和砣的心事，渐渐淡出许多人的视野。

心中无秤。

目无方向。

（原载《山东文学》2017年第5期下半月刊）

行走，在河西走廊

梦　阳

山巅，一株向日葵

风吹草低，山巅上那株向日葵的头也低，它苦苦托举的夕阳便落进了山沟里。

山脚的炊烟，迷失了去天堂的路，便牢牢地扎根大地。

一位喇嘛，怀抱满河道的风静坐着。经书中的文字与向日葵对望着，不言不语。

一团软软的黑夜，踏着炊烟的台阶，悄悄把秋霜送来。

喇嘛一起身，向日葵瞬息照亮了漫天的星辰。

秋

一口西风，草们就把秋天的意境写满山坡；再一口西风，河西走廊便空旷起来了。一只红狐，一晃便消失了踪迹。

山巅上，一株金黄的胡杨兀自俯视着一切。一位喇嘛，平静地走过，长长的僧袍一闪，一只红眼睛蜥蜴倏地回过头来。

一顶牧人遗落的破旧帐篷，在背风的山窝，无声地眺望着远方。

雪　后

十万匹骏马，驾着狂风踏过黄昏的山冈。

一夜，白了河西走廊的头颅。

云端之上，苍鹰搜寻着故乡的路，犀利的眼神，穿透每一株干枯的树，依旧，看不穿河西走廊的内心。

一部发黄了的经卷，以阳光的方式收留着人间的寒冷，独自，在寺庙的一角打坐。

这河西走廊的雪呀，裹着风，揣着寒冷。你痛，我也痛。

在你面前，我没有任何秘密。

我知道，你顶着黑暗包容的一切超过了人类。

其实，你头顶的每一朵雪花都是我的无言的忧伤和爱。

点　灯

风，一口吹灭了夕阳。河西走廊，便黑成了一个漏风的羊圈。

一株胡杨，怎么努力也撑不开夜色；一个山头，静卧成黑色的马匹；一条无声的河，泛不起一丝星光。

一位喇嘛，小心地擦燃了经书。

河西走廊的真相，开始一点点地浮现。

荒　野

风沙，风沙之外还是风沙；空旷，空旷之外还是空旷。

仿佛被遗弃的新娘，一半是激情，一半是绝望。每一颗沙粒，都隐藏着深重的忧伤。

哦，一直兀鹰自空中飞过，一个黑色的背影，深深地印在石头上。

一匹灰狼走过，瞬息，蹚乱了干枯河道里的月光。

烽火台

烽火灭了，台子还在；狂风走了，飞沙还在。

你，张着干裂的嘴唇，死，也不肯说一句话。

脚下的干河，被你的目光搓成一条长长的鞭子，不经意间就抽痛了时间的脊梁。

黄　昏

一只灰鹤，自树梢扇了一下翅膀，夕阳，便落山了。

河流中的石头，禅坐着。

风，定了。

有一种声音，在河西走廊内心深处回荡。

雪　落

那枚落叶，孤孤单单地还在途中。

几片雪花，砸下来。这苍茫的辽阔里，响起了悠远的雷声。

霜中，一株荒草

大地空了。

只有你，把风晃得起起伏伏。

以至于，整个河西走廊都不得安静。

古　堡

狂风。沙砾。

大戈壁里，谁的歌声响起？

谁的背影，灌满了长风，胡杨一般肃立？

马头琴声呜咽，褐色的石头无语。

古堡，对视着夕阳，牢牢守住内心深处的秘密。

（原载《大沽河》2017年第1期）

凡尘［组章］

郭　辉

命　理

自青山隐隐处，逶迤而来。

目光平静，步履从容，手上，捧着一只紫色的檀木匣子，有淡淡的馨香飘了出来，不绝如缕。

里面，装满了人间善念。

那是一些金色的颗粒，一些命运无常的小星星。

那是鱼子。

它们未被盐水泡制，未自己道破自己的天机。

自母腹，到天地之腹，自小宇宙，到大宇宙，仿佛已经长眠，仿佛轻若微尘，又仿佛比死亡还要沉重。

幸有上天怜佑。

幸有菩萨心肠。

清江水暖，烟柳迷蒙。是神的居所，还是心的秘境？

曙色中，一双手摊了开来。

忽有霞光穿透云霓，凌空斜照，一粒粒生命之卵，像吸足了阳气的小小珍珠，徐徐滑落，激起一朵朵浪花，一朵朵命理，一朵朵再生之德。

——放生者，也放生了自己。

凡　尘

不惊，不悚，不卑，不亢，不悲，不喜，不偏，不倚，不徐，不疾，不以善小而不为，不以恶小而为之。

却是小到了几乎看不到，渺然若无。

随天空的风速而飘浮，随大地的气息而起伏，不经意之间，就绕过了一片叶尖，一茎草尾，或是百灵遗落的一缕小唱。

只有在阳光灿烂的时候，才会显现自己的身子。

像什么呢？像一颗星星，在

遥远的地方静静闪烁，若隐若现，时隐时现，迸发出的，却是内心深处皎洁的光芒；像什么呢？又像一朵笑意，微眯着眼，平和，淡定地注视着你，平白无故，就让你生出一些温暖；像什么呢？还像一个雅韵，那仿佛充满了质感，有着共鸣的音色，恰到好处地落在一首优美小令的末尾，溅起你心头无尽的遐思。

当然会有暴风骤雨的日子，豆大的雨珠，倾泻而下，那微薄的身躯，哪能经得一击。

零落成泥。

于一生的最低洼处，只能凭着自己的本能去挣扎，去重新审视生活的方方面面，去寻求再度向上的空间！

无常的风雨过去之后，忽然就顿悟了，在这茫茫尘世之上，唯有自己能够救赎自己。

于是，再一次跻身于漫无边际的尘埃之中，此处便是彼处，心灵即是神灵，又何妨天南地北，四海为家？

身边的一切，恍然如昨，如梦，但已是——

另一种意境的飞翔了。

童年居

一间灶屋，柴门北向，烟火味，半饥半饱地喂我吃着光阴。

一厢睡房，东南边嵌着一扇四四方方的木格子窗户，或漏进来阳光，或漏进来雨气，让我一日日发育着的梦，得以有个温情的巢。

家里贫穷，碗柜子的门总也关不拢，吃饭的小桌子剩下了三条腿，十来只饭碗，有一大半缺了口子。

但在我的记忆深处，总觉得这房子宛如宫殿。

灶台威猛，床铺宽大，竹凉板耀武扬威，煤油灯光华万丈。

屋顶上的土瓦高不可攀，少许的几片玻璃瓦，能望见天光月色，尤其夏夜里，会掉进几粒星星来，晃得人昏昏欲睡。

母亲喜欢打擂茶，一小把芝麻，一小碟花生，十几片又老又粗的茶叶，擂成一钵子清汤寡水，喊了乡邻们都来喝，喝出一屋子的嘻嘻哈哈。

还有我的祖母，整日拿着一把锡制的水烟壶，吸食时咕噜咕噜响，好听极了。吸过了，她就笑，皱褶舒展，好看得像黄金台上慈善的巫婆……

童年难舍，却在不知不觉中丢失了。

重新回到故乡，专门去看老屋。睡房已经不见了，灶屋还剩下半间，铁将军把着门，板壁脱落，骨瘦如柴，从窗洞子望进去，昔往的岁月深不可测。

晚上无月，满目苍凉。

我再来时，恍然看到童时的旧屋，穿透厚重的时光，影影绰绰，原形毕露。

一忽儿，却化作了一件上气不接下气的破衣烂衫，在迷离的夜色中，翻飞如魅影……

罗生家宴记

又圆又胖的玻璃罐，透明的大肚子，怀着满满一罐高粱醇，还有人参、枸杞、蜂蜜、糖吉丫泡入的精髓。

两年多没启封，两年多怀孕不生，眼巴巴地望着谁来催产。

这一天终于到了。

腊月尾上，年关正敲门，罗生妙手仁心，在餐桌上摆下八卦阵——天麻炖土鸡、腊肉炒冬笋、牛眼睛熬汤、腊鱼、腊肠、腊猪脑壳……清一色的家作货，色香味俱全，只待众多的筷子大开杀戒。

罗生兴奋得满脸通红，如同一朵旺旺的鸡冠花。

他压矮了身子，虾一般弓着，去搬玻璃罐，准备大碗倒酒，一醉方休。

不料脚下一滑，仿佛是踩着了寡居多年的一个雷，霍然一声爆响，一大罐美酒，一大罐储藏了那么久的感情，重重地摔在地板上，粉身碎骨！

刹那间浓香满屋。

更没有料到的，是那些隐忍过度的玻璃，仿佛被酒泡得太久，早就酩酊大醉了，露出獠牙利齿，恶狠狠地，咬断了罗生一根软弱可欺的指头。

鲜血像失控的悲愤，萧萧而下，陷入满地的琼浆玉液之中，燃起了十万朵看不见的火焰，和一派黯然神伤……

你从远方来

你从远方来，比这一场步履蹒跚的雪，晚了两天。

但较之这一场迟到的寒冷，却会让我潮湿的心，至少要温暖三年。

你乘坐的那一列火车，必定是春天的亲戚，正在向着北方行走。步幅很快很快，但最快，也快不过憋足了劲的东南风。

咣当几声。当火车在江南的一个古渡口稍事停留，我看到了你。

在漫天漫地的洁白中，你用大红色的围巾，系着一朵浅笑，恍若凌空而至的极乐鸟。

那一刻，滴水成冰，冻结了我的目光和泪花。

八千里路山河，皆是过往。冬天的童话与寓言，触手可及。

远方来的使者啊，是不是随身携带着，一纸揽天地入怀的春光帖，能不能容铁树花开？

能不能容我们忘情一抱？

拥紧了，跺跺脚，跺尽岁月的雨雪风霜……

（原载《大观》2017 年 3 月）

粤北吟古［三章］

何　霖

珠玑古巷

天狭地窄，古风犹存，极其普通的青石古巷，为何能让它如此扬名？

就这 1.5 公里长的青石路，雕刻了南雄人千年经古的岁月，成为无数海内外华人代代寻觅的踪迹……

五岭南北，梅关古道，张九龄的铁锤钢钎，开凿了大庾岭关隘，于是珠玑巷便成了大庾道上最重要的驿站。于是从盛唐开元而始，尤其明清时期便有：

“编户村中人集处，摩肩道上马交驰。”那些南来北往路过珠玑巷的商旅、挑夫更是“日有数千”。

即便官府逼迫、自然灾害、社会动乱和宋元之争，珠玑巷仍是移民的故乡。

走进古巷，我开始寻找宗亲，面对一间间青瓦泥墙的老屋，心中充满庄严肃穆。

走过门楼，站在何氏老祖门前，叩头作揖，烧香拜祖，我心怀虔诚和敬意。

面对贵妃塔，我的思绪回到了南宋咸淳年间，宋度宗的大旗还在北风中呼啸，无边的旷野掩埋了战乱的残痕，磨得锃亮的青石扭曲了历史的痕迹。

在这里，多情的君王吞饮了荒淫的长恨，误国的奸相尝试“杀人灭口”的毒计，昏庸的朝廷大军意欲血洗珠玑巷的羞愧；在这里，听见了佛堂前的凄凄诀别，看到了勇救乡民于水火的胡贵妃——帮助珠玑巷人南迁珠江三角洲地区，开辟岭南疆土。

珠玑古巷，这个历史迁徙的印记，穿越千年而来，成为寻根问祖的发源地。

乐昌公主

公元 597 年，你与丈夫徐德言双双南下，一路风雨，历尽沧桑，终于来到“大隋粤境第一县——梁化县”的土地。你的故事，感动了隋文帝，遂将梁化县更名乐昌县。

你本是南朝后主陈叔宝之妹，温婉贤淑，才华横溢，虽在皇家，却演绎了“破镜重圆”的平民故事……

啊！杨坚横扫江南的铁骑，让陈后主及皇族被虏长安备受耻辱。尽管你被赐给功勋显赫、通晓诗情的丞相杨素做妾，面对华盖如云的古树和画栋飞檐的宫殿，享受荣华富贵，但你无心贪恋。

身在北方，心系江南，你舍弃了长安的繁华，抛弃了享受的乐趣，仍不忘那个为你破镜为证的江南才俊徐德言。

天遂人意，杨素也有恻隐之心，既然留不住人，就让你们夫妻团聚，于是你感恩叩拜，以一介平民的身份返回江南。

或许不想被众人骚扰，也不愿被宾客相邀，于是你过着漂泊不定的云游生活。

或许就在这个时候，你来到有“南蛮”之称的岭南，来到了乐昌。

历经陈、隋、唐三代，乐昌公主，你的爱情一直写在人们的心房，写在颠沛流离的长安街上，写在“镜与人俱去，镜归人未归”的痛苦中，写在“破镜重圆”的爱情辞典里。

于是，我走近乐昌的山水田野，除了饱览文人墨客代代行吟的胜景，也不忘曾经在这片土地留下的那一缕虔诚和爱情。

太平宣娇

武江河畔，金鸡岭上，曾经留下多少动人的故事。

太平天国，洪门宣娇，这里曾是三千女兵的战场。

我本为登山而来，怀揣气吞天下的宏论，挥洒指点江山的意气，走过高耸入云的丹崖，欣赏貌似雄鸡的胜景……未曾想到，点将台上矗立着那尊高大的洪宣娇塑像让我感动至深，手护战刀，英姿飒爽，犹如指挥前方操练的女兵。

登临峰顶，远眺山峦，尽管听不见震撼山冈的鼓声，看不见练兵场上的“巾帼娥眉”，但可怀想青石筑成的围墙阻挡清兵的脚步，葱郁林木收容荒野飘零的孤魂。

1852 年，你不满三十，艳绝一世，奉天王洪秀全之命，率太平军女兵于坪石牵制清兵北上，却被围困金鸡岭上。于是你开荒生产、养鱼种粮，击败清兵的多次进攻、偷袭，终于杀开了一条血路，让洪宣娇的锐气荡涤粤北大地……

在一字峰，在胜清亭，我无暇顾及眼前孔雀峰的栩栩如生，只有探寻你巾帼英雄的踪迹。

在练兵场，在宣娇阁，我曾憧憬你超凡的智谋，钦佩你赤诚的肝胆，咀嚼你言兵的魅力。

于是，金鸡岭的山川抹上了神秘的色彩，洪宣娇的名字模糊了千古英雄的泪眼，太平天国，永恒为一个沉甸甸的话题。

如今，太平女将的兵营，清兵刀箭的血刃，连同君王苟延的生命，全都灰飞烟灭。而穿越百年时空的，唯有这死神也奈何不了的女神的香魂。

（原载《散文选刊》2017 年 2 月下半月刊）

纤夫谣

张金凤

（一）

激流，险滩，一艘艘庞若宫殿的巨轮，一艘艘危若悬巢的货船；绝壁，危岩，数条绳索，几声呐喊，一群群肩负纤绳的汉子。

如尘埃撒在滩涂，比尘埃更低。是那尘埃低处的声声号子，如剑如刀，刺破了冰凌，劈开了巨浪，挑翻了淫风，软化了礁石。是那纤弱的血肉之躯，是那汗血成痂的肩膀，挽住了风的威，挽住了浪的狂，挽住了俗世的动荡，挽住了生存的虚华，在纤绳那头，安放一只烟火的炉灶，安放一枕暖炕的安宁。

在川江，在乌江，在长江；在渭河，在汾河，在黄河，号子响彻；一天天，一月月，一年年，在风里，在雨里，在沙尘里，纤绳绷紧。一辈辈，一代代，沿江行走，把生命弦歌拉响，把生命的责任肩负，纤绳交给你，带着祖辈的血汗和尊严，生活交给你带着祖辈的嘱托和希望。

（二）

纤绳，人世间最牢固的绳索，牢牢缚住了江水的狂飙，牢牢锁住了船的命运。他们用筋骨在拉，用血肉在拉，用生命在拉，用青春在拉，用灵魂在拉。

号子，人世间最美的劳动歌谣，他们用稚嫩的喉咙在唱，用苍老的雄心在唱，用浑身的热血在唱，用无数个对生活的热爱和对大江的征服在唱。

（三）

一场场生存对于自然的较量，一场场生命尊严的抗争，一场场人生面对浩大世间的角逐。裸足咬紧岸礁，肩膀咬紧纤绳，灵魂咬紧了生活的洪流。那是一群赤体裸脚的汉子，他们用一根根粗大的纤绳扛起生活，他们用一声声呐喊挑战岁月。一条纤绳牵着他们的半生青壮，一条纤绳牵着他们一家的衣食。

纤夫，背对苍天，跪叩大地的歌者，背负着一根绳索求生的草根，在江边吼喊着号子，用号子向生活宣战，用力量向沉重宣战。那卑躬屈膝的姿势是幸福的，因为他的谦卑是叩向苍天和大地，他挥汗成雨的劳动是壮烈的，因为他用汗水养育了苍生。

（四）

一条江的伤痕被月光逐渐抚平，那些散落在江水里的汗水和号子，在岁月的风雨中沉默、羽化，逐渐沉淀成礁石一样的雕塑，记录了岁月的斑驳，风霜的迅疾。那里曾经行走过一群弯腰屈膝的纤夫啊，那喧嚣的浪涛里仍然是一声声穿透浪头的号子。

是汗水养育了纤绳，是纤绳养育了河流，是河流养育的大地，是大地养育着苍生。而你用五谷的精魄，坚硬的灵魂，养育了汗水，那些你丛林中蹦跳出的珍珠，是血的精华，气的珊瑚。你将身体弯成一道弓，射向大船的是力量之箭，你还可以把脊椎再弯吗？头已经触着岸头的黄泥了；你还可以把汗水淘空吗？让江河的水增一朵咸涩的浪花。

那一根纤绳，牵的是你红尘里的爱。你的每一滴汗水都会开出灿烂的花朵。那一声声号子，是一个纤夫的灵魂。在江流之上，每一朵浪花都是爱的歌谣，每一阵风都是爱的温度。

（原载《散文诗》2017年6月）

乡　村

月光雪

乡村，我该怎样描述你的生机勃勃

露珠与田野的体香交往过密，这早已不是村庄的秘密。

夏刚刚探出头，一幕就撞进眼帘：饱满的五月，饱满的物象，都穿了露骨露相的旗袍，束不住的腰身，在枝头巡展。口含露珠的名字，口含爱人和芽苞的名字。广袤的大地之上，连风都启动了孕育模式。

一波波的春汛，把江岸推出一道道妊娠纹。羊水渐深，漫过种子的头顶。翻浆的泥土，返青的枝叶，遮盖不住的早孕反应。掩盖不住生命喜悦的嘴角，万物都被希望点名，被微笑点名。

我牵着孩子的手，站在点名簿上，站在蚂蚁和蜜蜂之间，轻轻地应了三声。便有蝴蝶和彩云应声起落。

五月，我除了一遍遍应答，该怎样描述你的生机勃勃！怎样描述乡村女儿的幸福感，描述怀一胎的妹妹、怀二胎的姐姐！

这次，我还是想请一组露珠代言。

玉米地或乡村的女儿

丝绦尚短，老玉米刚刚站起身。爱情的乳牙，嫩绿地睡在身体里。一大群露珠，张着孩童的眼睛，在毛茸茸的叶片上滚来滚去地耳语。一只昆虫侧着头，通体透明的绿，竖起触须收听，满耳都是一尘不染的对话。

一场雨，背影还在地头，听懂了这些方言。听懂的，更有皮肤粗糙的土地和母亲，还有母亲怀里脆生生拱动的根芽。

那年，穿着水绿短裙的小女儿，是怎样的欣欣然，皓目洁齿，水晶般说话。

传统的父兄，还是摒弃了除草剂药性的伤害，一锄一锄地以蚯蚓松土的细腻，除草。

村庄房顶上的六月，说话间就隐身夕阳。此前，能抚摩急雨敲打的屋脊，也能扶摇炊烟心情的走向。只是，你的手指，终是够不到玉米地思想的纯度，触不到籽粒里的包浆。

乡村的女儿，穿着孕妇衫走在七八九月的田垄上，所有的谎话都黯然失色。

六月，露珠或孩子

露珠，被六月的早晨宠着。指尖和心尖尖上的孩子，从一簇叶片追撵到另一簇叶片，笑声咯咯地荡起秋千。老去的世界，每听到一阵笑，就年轻十岁，直到容颜光鲜。直到童年从山坡上跑来，看见小黄鸭的微茫和毛茸茸的胎发。

一排排小水晶牙，透明的歌喉玉润珠圆。被唱过的词沐浴更衣。小皮肤总是细腻光洁，这些脱离横纵坐标、自由行走的小灯盏，燃亮太阳月亮的瞳孔，所有目光的照耀，干净清澈，柔和温婉。

山顶的光里，母亲喊出暖色的乳名，山腰和我没来得及接起。

山脚下，亲亲的名字，被那么多稚嫩的小嘴，异口同声地捡起。

这期间，我和岁月只转了一次身。身后的白发，每当六月，都返青一次。

附耳，生命的胎音

这一次，我没有坐在北方的河流之上，不再听一朵云和另一朵云，波动起伏曾经温暖的话题。这一次，季节向晚，春风已过。不再感叹，循环往复。一江辽阔的秋水，一江永远在路上的光阴。

一片落叶的身姿，不能归根的，就只剩下漂泊。

漂泊，绝不飘荡。十指扣紧时间的交错、冷暖的更迭。把脉手腕处，把脉自己的心跳。掌纹里，水洗的蓝色魂魄。遇见长天的瞳孔、星球的眼泪。一滴滴，无意穿透，无意石头。一网打尽的岁月，从来不是游离的碎片。

我们还站在承前启后的节点上，行走，或者附耳水面的聆听。

聆听，生命伊始的第一声胎音，第一次乳牙里含笑的露滴。干净的母语和母腹说话，和昨天说话，和每一次阵痛说话。

朝霞夕晖分娩的血晕，一次次为这样的侧耳倾听落款。

天的湛蓝，水的心跳，风的呼吸，生命的胎动。

一尘不染的明眸，回头望昨天一眼，母亲如出水芙蓉。

抬头看明天一眼，船工的号子澎湃起来。

崭新的夏

夏，是崭新的。尽管，杏花已飘了一地。尽管，老去的云，常常把自己遗落人间。我还是借午后发亮的时辰，打开不老的念想。

打开母亲从昨天递来的针线盘。

剪一片蓝天做衬里，剪三片红霞做裙身，绿叶的胸襟，素花的袖口。彩虹的流苏，星星的纽扣，清风飘逸的裙摆。一呼一吸的轻盈，一步一起伏的曼妙。

母亲，闪在云影之上，忽略那场暴雨的不安。嘴角眉梢，圣洁的光辉，贴心贴肺的暖。

光线还挽在指间，连同我自己，一并纫进不锈钢的针鼻。

穿过六月的底色，穿过日子纤维纵横的交错，“千万不要打死结”，母亲说。复述这些话，我穿着新衣裳，向云上望了三望。

天堂的钟声，清越而悠远！

（原载《散文诗》2017 年 1 月）

击掌之音

伍荣祥

1

舌尖干燥天空依然晶莹，城市的高楼排成雁阵印在画上，其实用手杖发掘宝藏也是一种秘密。

地球是秃顶——

老人涉浅滩也是一件不容易的事。

阴云密布，盗贼开采的金矿在烟囱里收割，而又常常躲在潮湿的暗处用积垢的毛发织衣。

贼眼迷茫。瞬间，

夕阳匿入鸵鸟的翅膀下匍匐……

2

河堤那棵弯曲的胡桃树已过半百了，额际的欢愉已沉淀在斑驳的树杈里。蛙声歇息，唯有一支忧郁的洞箫在深夜的檐下独醒。

鸟儿是一种弹性，树叶不让历史封存。听一声狗叫，内心就怦然颤动起来，而脚下却是一潭浅浅的水。

重荡一回秋千吧？

响声细微宛若一朵淡弱的云。

仲夏随风悄然从头顶掠过，一阵寒意从天边袭来。今后，自己只有逼视自己。

3

一种问答让双唇抿紧。眼前，彼岸的水手掠走了起锚的帆船，然而自己刚刚开口又缄默成一种沉静。

河水清清见底，

哨声袅袅动人……

此刻，拂袖而视，只觉得遥远那一丛繁茂又翡翠的树木异常单调。

噢！心意黯然，道什么雨呢？

摇动此岸的船吧！

——风平浪静，或许，成熟的时辰才会盛满一船遗憾。

4

何必再登高望月，只要无意敞开对面的空门，一种冥想就会哗声戛然。

在有积雪的季节，时间和太阳很冷。

果实在秋日的晌午坠地。纵然枝丫重摇千次绒绒的鹅黄，终将乐极生悲，泪淌成河。

月光闪烁，渴望重跨一道门槛。

5

万物相持而视，距离拉得无比恍惚，在这冰雪凝固的日子里，有谁为近处的景色鸣掌？

心事茫茫，深邃的天空无人眺望。

在这方无心耕耘的土地上，众人也相持而视；一双冻僵的手将昔日的向往分解为一组组零散的笔画，并且信手将剩余的部分牢牢地钉入岁月的栅栏。

雀鸟远遁——

冬天，双掌为谁而鸣？

（原载《星星·散文诗》2017 年第 1 期）

检点岁月之泪［六章］

邱 伟

与谁共眠

灯光叫出了蚊虫，然后，不时害羞地瞅着秋天。

一对情侣，站成两株银杏树。

墙角，身着礼服的爬墙虎，竟然累弯了腰，一根排水管正努力纠错。

耀眼的短裙崴了脚，仍然扶着霓虹，在红酒花园的红地毯上，忘情舞蹈。

风跃上枝叶，三两声蛙鸣，融进阁楼的书香。

梦中，一支烟翻看往事。

月凉如水

秋月，真的可以沁凉如水吗？外公讲的爱情故事，那些娇艳的玫瑰，康乃馨，像一支民谣，在城市、乡村到处吟哦。

与爱无关，月躲闪着风。

或许，秋月应该是一位男儿，站成保家卫国的士兵，站成父亲殷切的嘱托。

我在城市的蜗居，看不到乡下葳蕤的庄稼。月影里，父亲在他的庭院里，用月光、虫鸣浇花。

不舍秋叶

秋叶给予季节以太多的掌声。

谁会在意墙角、路边、沟畔衣衫褴褛的落叶？即使摇曳枝头的时候，叶子，也总是躲在花的背后。

世事，也是这样的吗？

谁读懂了一片落叶，谁就把握了一生的快乐。

邂逅秋雨

挥别秋雨，沐雨袅娜而行。风追随着，吹动少年郎的心声。

他在构思一首，诗的标题。

雨，喋喋不休，掩盖着心痛、泪水。

或许，秋雨应该属于乡村。黄昏后，炊烟四起，沙沙的雨被玉米、高粱、大豆、地瓜交谈。新农村的欢乐，也像绵密的雨丝。

秋雨，是爷爷活着时，最喜欢的一个话题。

秋夜难眠

秋夜不眠。一杯香茗，一本新书，想几件旧事，夜色渐深。

经过夏的奔放与喧闹，秋夜，可以回顾与展望。

可怜九月初三夜，我们，会在哪里沉醉？会为什么失眠？

秋夜，适合和母亲彻夜长谈。

拥抱秋晨

秋天，被鳌山湾的渔歌唱醒；若干脸庞，就像红旗一样舒展。

红火的日子，芝麻遍地绽籽。

“即墨大夫”挺直胸膛，“火牛”冲出牛市，“铜马”捧起明珠，“一路高歌”在墨城翔舞。

新服装市场，墨河广场，大批量地盛产财富、欢乐、幸福。

自愿站进秋天的麻雀，分享诗歌无法说出的娇美。

秋晨，我和朝阳一起，被闪电、雨水当头照临。

（原载《大沽河》2017年第2期）

炼丹术［外四章］

崔国发

需要的是一颗丹心。

我非葛洪，亦不好丹经，如果时光倒流，我会于抱朴子的篇目中，抽取晋代炙手可热的语境。然后剔去井窑里的恨，剩下的一些仁爱，足可以吐故纳新。

倘若心尘未洁净，则邪气就容易乘虚而入。

内外兼修，意念蒸腾。修道悟真，金丹难炼是精神。

一次次地开鼎，一次次地研磨药石：焙烧与飘袅，熔解与结晶，甚至于在自我裂变的时候，还必须学会对痛苦的隐忍。

也许我从来就没有奢望，某一天能返老还童，即使在烈火中也未必能永生，但这并不代表着可以随便熄灭我对极度纯净之物的叩问。

但有一点我得说明，只要有恰到好处的火候，我就愿意在淬火的炽热中，恬淡虚无，心齐气顺，慢慢地炼成一副仙风道骨与金刚不坏之身。

点石成金。是谁一直保持着对于仙的虔敬？

耐得住寂寞，稳得住慧心，梦想着某一天，我也能渐渐地炉火纯青——

升腾的是精气神，沉淀的是神丹的灵根……

菩萨蛮

佛寺的钟声敲响：菩萨蛮。

我要说的不是词牌，也不是女蛮人的危髻金冠。现在，我只想于蒲团上跪拜：此处心安，愿天下所有的人都积德扬善。

木鱼丁丁。定静与和解，无非是避阴向阳——

“冷中火热中冰，尘非尘苦非苦。”

祈祷或礼忏，渡人渡己，知耻知止，不浮，不躁，不色，不贪。

灵雨，在菩提的叶子上遍洒甘露；祥云，以缥缈与婀娜的方式，表达心中的慈与善；风的缨珞缭绕着心经，垂垂佛耳，倾听到的，是不是一声声带韵的悲咒与梵唱？

坐禅抑或慈航，我看见了头顶上的一道佛光。莲花座上的清雅澄明，处染不染。

无量佛法显示出的心胸，当无限广阔——

宽心容人，吞纳万象。

点燃一炷智慧的沉香，在净无尘埃的庙堂，救苦救难，我只送吉祥。

"永恒归于寂灭，无常归于平常。"

风吹经幡，我听见一声声暮鼓晨钟一次次敲响：菩萨蛮……

清　空

我清空了十万兆垃圾，在电脑回收站里，枯叶、杂草、落花、野艾，已不复存在。

一下子觉得轻松了很多。

拂尘拭埃：世界在我的心里，是一个明镜台。

明镜的目光是神圣的。

为道日损，风消云散：烦恼、欲念、权色、身外之物，一切的一切，都没有了。

清空的时候学会放下——

原本就是空手而来，缘散归空，空空如也，又何必依依不舍雾霾笼罩而粗鄙不堪的俗界？

六根清净了。

清空邪念，我以正义为本，以慈悲为怀。而渐修的法门——

只是在等待，一种自由自在地开阖。

很多年了，我在心里不断想到的菩提，它的慧根犹在。不议妄言，不说谶语，但教人心向善，清风知道灵魂逸出的洞口，浮云飘，它就会循循善诱地把阴影引开。

清空闲远，去留无迹，顿悟即得解脱，而我的心，在神通广大中，则始终无所挂碍。

命薄似雪

大雪压境。

瘦弱的枝丫：树的翅膀被纷纷折断。

一阵凛冽的朔风，从单薄的树上，吹过了一丝瑟缩的呻吟。

叶子早已跌落。

也许并无多深的叹息，但它的脸上，却留下了一道道被冷霜打过的灼热的伤痕。

而灰鸦，出现在它的记忆里，隔一会儿，便叫上一声。

扑了扑羽翼，在荒寒的空旷中，重重地击碎了，这个世界全部的爱，或者恨。

一颗圣者的心，已经降到了冰点。

被白雪擦拭的锋刃，明晃晃的，亮了那么一下，如同风的战栗与奏鸣。

唯有那一声声谛听：

出窍的灵魂，越来越感到，隐秘中的疼痛。

命薄如雪，顾影自怜。

雪的玉体上触目可见，一道道车轮纵驰的辙印。

并非泥泞，却不知能否重新找到，大地上的一粒红尘，生活深处的冷酷与温暖？

消解与溶化："白色的虚无。"（霍俊明诗句）

一束阳光的火焰，便可以轻而易举地触摸，雪的余烬。

萝卜的暗喻

蕴藏或潜伏：悄悄地打入土地的内部，小萝卜头的沉寂与幽深，在黑暗中延伸，生存的秘密。

我把它当作自家沾满泥巴的兄弟。

世袭的种子落地生根，因为有了仁厚的依托而更加靠谱。

隐姓埋名，一生一世从不叫喊内心的憋屈。

破土的缨子，脱颖而出，它绿色的请求，终于得到了风的首肯。

湮没与归隐。在揭穿了一种深度模式之后，所有的言说已是多余。

耐下性子，触及底层的肌理，暗自打上了朴素的标记，宠辱皆忘地收获，沉甸甸的幸福，我已体验到了，一种灵根的觉悟。

或许是因为与泥土贴得很近，心才不感到空虚与孤独。

（原载《山东文学》2017 年第 8 期下半月刊）

零宣言［外二章］

宋庆发

从零出发，复归于零。这是我们率性不变的宗旨。

既在圈内，又在圈外，更在圈上。我们从未停止前行的脚步。

零，是一个点。

于时间，可白昼可黑夜可顺延到一个又一个的 24 小时；于空间，可经可纬可延伸到无限个无限；于温度，冷可以成冰，热可以达沸；于硬度，柔可以成石墨，刚可以成金刚石。每一个点，都是立体的漫漶。

零，是一条线。曲率是我们越写越掷地有声的格言。

留一串脚印于影后，前路便是跋涉者必然的孤单；夹一支烟于指间，点燃的便是沉思者永远的寂寞。

深入大地碧草连天，与蓝空对话绿树开言；那苍苍茫茫的不老画卷，那袅袅娜娜的深情诗篇。

每一条线上都有现代的云儿轻舞，每一条线上都有古典的莲叶蹁跹，每一条线上啊，都是梦与现实的千变万幻。

零，是一个面。平成一片海，博纳百川，收藏所有溪流的悲怆和向往；立成一杆旗，纾和历史猎猎的呼吸，不断与风雨搏击。

千畴作底，四季缤纷；皓月当空，辉映大地。

裁一缕清风给唐诗，千载悠悠；镂一阕明月给宋词，帆影点点。

正也罢，侧也罢，每一个面，都是照而直宣的《资治通鉴》。

其实，无论是点，是线，抑或是面，零，更是一种状态。

空谷之于幽兰，每一种摇曳都如甘泉润玉；空际之于鸟翅，每一次飞翔都是崭新旅程；空旷之于原野，每一个清晨都能看见太阳认真洗脸；空蒙之于烟霞，每一个子夜都能听见星星窃窃私语；空灵之于诗歌，每一处界碑都放飞思想的白鸽；空虚之于精神，每一座城池都挤满历史的客人，任霓虹闪烁，任那壶煮了一代又一代的青梅酒，依旧芳香甘醇。

任何一种状态，都是无须修饰的最朴实的本真。

正如我们。正如万物生灵：从零开始，又回归于零。

正如梦想和希望。正如零点宣言：向往远方，又继续从远方的远方——

出发。

东涌咸水歌

咸了，加点盐！行于水上，加点歌！

就如，辛了加片姜，酸了加羹醋，醉了乐了——加杯酒。

浮家泛宅于沙鼻梁涌。一代代疍家人，围沙为田，搭寮以茅。不仰巍巍高山，只摇粼粼流水，任春烟描眉，任秋光剪瞳，用一首首因字落腔的咸水歌，浇心中之块垒，发思古之幽情，唱生命之不息，传精神之永恒。

谁说他们“不谙文字”？谁道他们“不记岁年”？

他们一样知晓“冰生乎水”，一样演绎“青出于蓝”。

他们，从不曾见识台衡宸扆肤浅之铭，变本于三坟五典；他们，从不敢空衔白雪阳春清新之句，增华于国风尔雅。他们，只是本能地拓展延伸着八索之俚、九丘之俗，即景生情，随口而出，动于心，形于声，以渔郎放棹的千年之调，属和船娘的云淡风轻。

他们，是一群没有年龄的歌者。

从沙鼻梁涌唱到濠涌，从船上唱到岸边，从初一唱到十五，从既望之日唱到朔前夜半，从农桑盛务唱到工商淫业，从古老唱到繁华。

那一涌清香弥漫的咸水歌，正如一缕缕轻唤儿归的袅袅炊烟，晨起暮落，催人迷而知返，伴人甘而入梦……

鹰角石之梦

鹰角石之梦，很轻很轻。

挂在北戴河彩虹般的睫毛之上。如深山的凝眸掠过树影，如浅水的双唇吻过鲝鱼，如群鸽朝聚暮窝。不叙说历史，不追问未来，甚至——

忘却当下。

鹰角石之梦，很沉很沉。

大海与黎明相视，自怨自艾。白云的双翅载不动，月光的双脚踩不响，从不睡觉的夜晚摇不醒，从不化妆的蝴蝶引不开。船儿远行，大路靠边。

鹰角石，在梦里开花；鹰角石，在梦里唱歌；鹰角石，在梦里——做梦。

梦回老地，梦回荒天……

（原载《珠海文学》2017 年第 3 期）

湘南风物笔记

凌 鹰

豌豆花

豌豆花开三月。

豌豆的花朵是女性的花朵，是从女人的柔情里开出来的。

捧一朵豌豆花细看，你不觉得，这种鲜灵灵、水灵灵的花朵，不正是乡下女子打情骂俏的眼神吗？不正是湘南少女满荡荡的缱绻柔情吗？

每到阳春季节，我都会陷入这片缱绻。

在这片婉约的乡情里，我看见那火红的淡紫的黧黑的幽蓝的素白的豌豆花将我故乡的姐妹们映得亮丽如水；

我会看见豌豆地里采摘猪草的村姑将她们枝繁叶茂的春情小心翼翼地放进竹篮里，我看见蜂蝶采集花粉的那份投入，就会想起我热恋过的乡下女孩。

豌豆花，不就是那个一直在等我回家的村姑吗？

可惜，这都是我少年时光里的往事了。

坂　田

只要天空长时间不落雨，我湘南家乡的坂田自然便会多起来，它们毫无生气地躺在家园的各个角落，殷殷地盼望家园的主人帮助它们恢复元气，重现生机。

坂田，就是因了雨水的断绝才被太阳晒裂了肌肤的。这些坂田曾经是怎样的激情澎湃啊，它们曾用火辣辣的激情孕育过多少水稻和作物！如今，它们遭到了旱魔的暗算，蒙受劫难。

那些勤劳朴实的农民却并没有嫌弃这些肌体干裂的坂田。他们决定用始终不变的爱意去滋润奄奄一息的坂田，让它们从昏睡中复苏，让激情和血液重新奔流不息。

于是，他们在收割水稻之后，又会在坂田里种上麦子油菜草籽或各种瓜果，然后每天挑水去浇灌它们和坂田，将火热的情意注入正在喘息挣扎的坂田的脉搏……

就这样，坂田便重新换上了鲜艳的容颜。

于是，农民们凝望着坂田里茂盛的麦子、油菜和瓜果，凝望着红嫣嫣的草籽花，就会禁不住走进坂田的微笑里，伸手抚摸坂田强健的肌肤。

草　树

屋前屋后或山山岭岭上，是长了许多树木的。待那树木有了小饭碗粗细，农民们便在它身上集满稻草。那稻草扎得分外结实，被太阳晒得金黄。农民们一点一点将它们整整齐齐地绕着树干往上码，往上堆，一直堆到开杈的树丫处。

于是，那细瘦的树干顷刻之间便被这样的乡情淹没。

只见一棵四五人才可围抱的“草树”，就那样拙朴地伫立在山间或家园的某个地方了，那或稀疏瘦弱或浓阴覆盖的树冠，便将我的乡村山岭描成了一幅质朴亲切的风情画。

秋冬季节，总会有牧童将牛牵到“草树”下，偷吃被阳光烤得喷香的稻草。然后，这牧童便要骑在牛背上或坐在金色“草树”下，哼着五音不全的曲调，放眼去看稀薄阳光里麻雀或画眉的嬉戏。

一幅幅版画或水墨，就这样融进了我的湘南乡村。

“草树”下的牧童也就在“草树”的“肥”与“瘦”的自然更替中成了汉子或妇人，而乡间的“草树”却是拆了又堆，堆了又拆，在我的家园轮番伫立，使我在一次次回到家乡时，总为家园风情依旧而喜悦。

水　车

那时候常常看到，水车总是以一种古朴的造型趴在田埂上，任由农民们把玩摆布。只要农民们摇动水车辘轳，那低处的水就会随着水车的欢歌爬上高处的农田，滋润我的父老乡亲们那缺少水源的生活。

丈余长的水车，成了我的故乡最经典的拥有。

家乡的人们可以没有时髦或者哪怕最普通的家具，但绝对不能没有水车。水车就像他们的思想一样，以一种十分质朴的方式凌驾于他们的生活之上。

无论是盛夏还是干旱的日子，农民们总是像背一条乌龙一样，将水车背到田间去。

阳光洒在水车的肌肤上，使沾满水珠的水车，呈现一种与我的父老乡亲的脊背十分酷似的色泽……

我家乡的农民啊，他们摇动水车的姿势，总使我想起那盘桓天宇的鸟影，充满抗争与坚韧。

（原载《散文诗》2017 年 4 月）

春天的符号［三章］

杨崇演

桃 红

桃之夭夭，灼灼其华。是桃花映红了春天，还是春天映红了桃花？

一阵轻风吹过，乱红纷纷落下。无数的鸟儿在天空展翅，铺展通往春天的路。

小木门“吱呀”一声打开，几个玩饿了的孩童一拥而入，桃花映在那一张张黧黑的小脸上，像是抹上了一层红红的胭脂。

胭脂脸，美人面，桃花与笑脸，相映生辉。一位少女则站在怒放的桃树边，素手轻拈一枝桃花，这就是“人面桃花相映红”吧。

是桃花让我爱上了春天，还是春天教我爱上了桃花？

岁月悠悠，那株唐朝的桃花随着时光的消逝早已远去，零落成泥，可崔护的名字却如季季桃花依旧在春天的时节里光彩夺目。

喜欢《题都城南庄》，更喜欢“桃花庵主”唐伯虎的《桃花庵歌》——“桃花坞里桃花庵，桃花庵里桃花仙。桃花仙人种桃树，又摘桃花换酒钱。”做一个逍遥的桃花仙人，醉眠花下，不问富贵繁华。

等老去，择一傍山近水的住处，植一片桃花，看花开花落，望云卷云舒……或者，寻一处金庸笔下的桃花岛，不，比小之又小的又何妨，只求清绝、闲极。

人如桃花，报春、争春、闹春，灿烂过、美艳过、瑰丽过，生命也就聊可慰藉了。

柳　绿

春到人间草木知，不觉春风换柳条。看哪，春天正在柳条上荡着秋千呢！

柳芽张开了它惺忪的眼，放出一丝丝光亮在枝头颤动。

绊惹春风别有情，世间谁敢斗轻盈。江畔一排歪着扭着的柳，柳枝轻拂着江水。柳的新绿把江面都浸染了，装点得半城江水春意盎然。

先知水暖的野鸭把春水撩拨得急不可耐，波浪挤着波浪，向着远方一路流淌。

江面升腾着烟，烟缭绕着柳，柳缠绕着烟，真辨不明那色彩是青灰、淡蓝，还是浅绿。

人来柳树边，信步侧耳听——这棵柳正揽了那棵柳在说悄悄话，忽而笑弯了腰，逗引得其他柳也跟着笑。但游人听不见他们的笑，那些笑落进水里，被鱼儿啄走了。

有时正走着，被谁轻抚了一下肩膀——哪里来的艳遇？却是柳，待回眸，身子一扭又跑了。

《群芳谱》上云："柳，易生之木也。""无心插柳柳成荫"，只要给它一尺泥土、一米阳光、一点水分，它就能高兴地生根发芽，茁壮成长。

"四面荷花三面柳"，一直梦想着住在植有几株柳树的江畔，趁月朗星稀之夜，带一把摇椅，泡一壶香茗，让心醉在无边的春风绿柳里……

燕　语

我深信燕语起自江南，绿水照亮的江南，乡音缭绕的江南。

昨天还感觉凉飕飕的冷风在吹着，似乎距离春天还有一段距离，没想到春天说来就来了——

披衣下床，启窗而观，只见一群燕子站在电线上，露着白白的肚皮，歪着尖尖的小喙，眨动着一双水汪汪的小眼，啾啾地鸣叫着，唤醒了整个沉睡的春天。

他们是新婚宴尔的"小夫妻"，还是步入金婚的"老夫妻"？

唯有旧巢燕，主人贫亦归。莺莺燕燕春春，花花柳柳真真，事事丰丰韵韵。

在春风里，亮翅；在电线杆上，翻飞……每一个精准的动作，都是美的符号；每一个矫健的身影，都是美的精灵。辛劳的春燕，用汗水衔泥，用唾液凝爱，终于筑巢在屋檐。

最富感情色彩的，要数成燕捕食回来的那一阵——似乎在告诉儿女们："宝贝们，我给你们带好吃的来了。"这一喜讯，立即引来雏燕们"咿咿呀呀""啾啾嘤嘤"的欢声一片。在屋檐一角，它们营造出了温馨的小天地。

呢喃燕语，于乡人而言，像欢快的鼓点轻敲心坎，似美妙的乐曲飘入耳鼓，既温心润肺，又悦耳动听。燕在梁间呢喃，是爱，是暖，是希望。

自然界中会有几种鸟能够与人共居一屋？这种天赐的亲密与和谐，我们不该珍惜吗？

（原载《散文百家》2017 年 5 月）

盐碱地，我该怎样爱你

刘慧娟

1

仿佛有解不开的仇恨，一片片土地，寸草不生。在荒莽的背景下，鸟雀低鸣，时间苦涩。

四野冷热不均，万物停止思想。

我和你，在类似窒息的时空中，渐渐成为隔岸灯火。圆满，越发苍茫。

星月对峙，仿佛有人受难，将浮世的所有欲望，生成沙枣树的针，生成抱怨和郁闷，生成人世间的不解风情。

盈香一生一世的承诺，此刻，在盐碱地找不到生之泉水，心思恹恹地开始生病。

纵使有人百结愁肠，盐碱地一如既往地凝重。透过艰涩的光阴，魔镜一般甄别金子与铜，泪水和汗水。

一串串感喟，在剥蚀泥土生锈的内核。

一场梦，经过曾经拂面的那枝柳丝，还是打马远方的雄姿。只有往事，被幽怨填满，陷入更深的孤寂，找不到归途。

盐碱地，难道是一颗不懂爱的心灵？

2

从发白发咸的味道出发，照样抚摩相思的温度。

从南国到北国，原封未动的情怀，依旧轻捷如燕，青春飞扬。只是，你是被移栽的植物。盐和碱的刀锋，意外地刺痛了那份虚荣。

我用尖锐的语言，讲述奔跑和酣睡的区别。让你身世舒展，前途锦绣。我的真情打动了拔节的竹子和野草，打动了野性的菊类和动物，却打动不了你错误的判断和误读。

自始至终，你身心裹挟雷鸣电闪。而我，一直是遥远的午夜风铃。

濡染盐碱地，是躲不过的必经之路。

如果不长庄稼，就种上蔷薇吧！再种上春风和篱笆，在这块盐碱地，种下心中的一首恋歌，把荒原打扮成家的模样。

一切必须重新洗礼。让构思回到起初。

让那场婚礼继续等待，直到天长地久。

一条线，一道彩虹，或许都是遥望的表情，是蜿蜒曲折的倾诉。盐碱地的另一边，有鞭长莫及的春光，正穿过千山万岭，不断逼近。

风，驰骋而过，将黑夜的预言彻底打碎。

夜莺失语，马群乱了分寸。

黄昏来临之前，我要借上苍鲜明的手指，辨认君子与小人。辨别甘甜或疼痛。

3

我深知盐碱地作为土地，实在存在着太大的缺陷。哪怕撒上最好的种子，也会颗粒无收。

但我仍然深爱，歌颂并赞美。

不生长粮食的土地，自有自己的难言之隐。

长个性也好，把最美的黄昏藏在沙里，把最美的黎明藏进露珠。

盐碱地也是俊俏的山河，将风云变幻梳理成丰收的景象，等着晚霞和朝霞照耀。

夜，如期而至，恰似预言。

雨，歇斯底里，兴风作浪。

纵使江河变色，翻江倒海，盐碱地却深藏不露。真情真意，等待某一天升华，拔节。

天下太平的日子，盐碱地不会呼之欲出。沧桑久了，情感过于厚重。

即使长期覆盖寂寞，却一直从容。

时空，也曾经一筹莫展，将午夜欢欣撕碎。将风哨子视为敌人。

将人浮于事的那种傲气，视比盐碱地更加贫瘠。

4

盐碱地，我只好仰望，不忍俯视。

因为，有的泥土还继续风化，道理，已经偏离。真情或者假意，早已面目全非。

坎坷尚未涉足，你已退回自己的深渊。裹足不前能是最好的选择吗？你走着，战战兢兢，那片土地还没有踏响，火焰，却冒出了凉气。

我是你的仇人，也是你的爱人。我选择继续爱你！

并以崇高或卑微的形象，和你融为一体。

你是风沙，也是浊流。我坚信你体内的涓涓清泉，终究会正本清源。还给历史真正的本色。

和盐碱地相比，我所有的收获，都存在着铺张浪费。

我相信盐碱地是我最后的伤感。冷热美丑，都是我措手不及的人生序曲。我除了选择爱，还选择珍惜。

盐碱地哦，在你对我百般对峙的垭口，我该怎么爱你？

我当然继续前进。当我途经那个雨夜，我会留下一份散发泥腥味的美学。

临行的时候，我在那棵红柳下，埋下这段风烟，即使长出有盐碱的果实，味道一定是甜的。

让盐碱地还是土地，不是灵魂的塌陷区。不生长无奈，也不生长是是非非的注解。

不培育浮躁与狂妄的喧嚣，不支持德行与良知的错位。

5

就在这片盐碱地，我将放你走。放你回归石头，继续坚硬。

我也走。重回那颗泪珠，却拒绝回到明亮的眼睛。

彼此放生，重新计算来生和往生。

放生。

还泪珠的苦涩和甜蜜，还露珠的晶莹与剔透。

我拿起行囊，同时，提取重逢的甜蜜，相识的美好。提取患难中的情义和忘不掉的铭心刻骨。

而后，仰面高天流云，也低眉审视足下盐碱地。

苍穹，超常地辽阔。大地，在冷峻中澄明，清澈。

盐和碱的味道一经混合，便成为启示录。

面对这一方盐碱地，我不想得到任何启示，只想忏悔。

（原载《散文诗》2017 年 6 月）

漫卷桃花

金小杰

修行

离世，轻如花瓣。

春风浩荡的二十五岁，桃花满山。桃径深处，我撞见五十二岁的自己：买菜，做饭，大声谈论着丈夫和孩子。

昨天和今天没什么不同，生和死也没什么区别。

红　尘

会想起某些夜晚，目光如水。

某个笑容极淡的男孩，像风，吻过平原。一朵桃花，毫无征兆地红了脸。

我突然羡慕起那瓣桃花，和风纠缠。而后，化泥长眠。

拜　佛

在冬天，胶东平原一览无余，所有的日子都一马平川。

开始练习盘坐，不吃斋，不拜佛，我把自己提前安放在大殿之上，然后冲自己，磕头。

生死无别。俯仰之间，我分不清自己是座上的佛祖，还是台下的信徒。

拥　抱

人群把你推向我，同时也把我推向你。我们是大海里偶遇的两朵浪花，分分合合，若即若离。

如果有可能，我愿在浪花高涌的瞬间，凝成山。或者，跌进你胸前的山峦起伏，费尽一生，翻山越岭。

蝴　蝶

在掌心里植满玫瑰，然后在命运的河床上练习摆渡。无风的日子，坐在船头，随波逐流。

从体内抽出春风，身后的十万亩野花应声而开。一只蝴蝶，在胸口浮现。如果这体内的春天太过短暂，我决定放你远走高飞。

石　头

往东十里，是山。漫山遍野的石头，立地，没有成佛。

用一生的偏执，拒绝斧头和凿子，拒绝游客和香火。没有菩萨，也不供佛祖，只有铺天盖地的桃花，哭哭笑笑，自在逍遥。

江　山

星星落在纸上，恰如雪融于土。

冬至，我前往另一所小学，监考。三十个孩子，三十张卷子。我站在前排，看星星不停地落。一场大雪，应声而来。

深埋纸下的种子忙着发芽。在今夜，星光璀璨，所有的文字破土而出。我站在浩荡的花海中间，一念成蝶，每一朵花都是我的江山。

同　源

其实，风水同源。

总有那么几天，打赤脚，牵水牛，育秧插苗，同水亲近一段日子。吻过根系的那些水，终究会变成风，吻过秋后微黄的叶片。途经脚面的那些水，终究也会变成风，刮过大雨倾盆的村庄，吹皱某些人的一生。

山　川

在深夜，手指抚过小腹，肚脐深陷，像一口井，却听不到水声。

会突然回想起多年前的某个夜晚，平原上散落的那枝桃花：清瘦，明艳，状如蝴蝶。

现如今，这十万亩荒原没有桃花，只剩岁月，在日渐松弛的皮肤下，沟壑纵横，堆积成山。

渡　口

今日，我放下船，允许自己过河。

河水高涨，隔岸的桃花哭哭笑笑，这红尘四起的人间。二十年了，我隔岸观火，无关痛痒。但在今日，我允许自己过河，成为桃花，成为船，或者横亘成某个人烟稀少的渡口。

桃

这矮小的村庄，和十二月的风纠缠不休。

我站成一株暮晚的桃花，落英缤纷，不发一言。那个远道而来的男子，打马过庄，留下一串清脆的蹄音。我不是那位桃花姑娘，绝不会同你连夜私奔。春风渐弱的夜晚，我更愿生生死死，同自己纠缠。

拒　绝

这样的日子，我拒绝赞美。

年末，怀抱一场大雪，把诗集一一摆正，就像摆正一颗颗头颅。剥开夜色，触及冰冷的炉灶，触及深陷失明的双眼，触及那些摇摇欲坠漏风灌雨的屋顶。

我无法进行赞美。北方的凉炕上，蜷缩着的，是无数个我，更是无数个衰老无用的八十一岁。

春　天

早晨，我想把我十万公斤的头颅，轻轻地靠在春天上。

东风渐瘦，不适宜生根，也不适宜发芽。心脏，却大张旗鼓地开出一朵浅白桃花。自此，流水贯穿一生。

非我薄情。其实，我更愿蜕成一只蝴蝶，让你成为我的春天。

伤　口

深夜，割伤手指，血流如注。

大雪过后，伤口着急开花。在这样一个无风的夜晚，我拦截不住春天，也拦截不住体内的大河。

忏　悔

故乡的风，带着涛声。

哀牢山的十万朵云彩都是你的情人，我放弃坦途，跋山涉水只为开在你的近旁。云朵，何其沉重。

风回头的时候，我怕我再也看不到平原，望不见海。

落　花

常自比桃花，命里带水。

在春天，东风拂过单薄的身骨，体内便隐隐回响起水声。寒意陡增。我无力拒绝流水，也无力拒绝风。

其实，我也想聊聊去年天气，谈谈那座破旧的亭台，还有那只飞走了又飞回来的燕子。

靠　山

我爱这大片的平原，更爱这起伏的山川。

山川一侧的小镇，孩子们干净成小朵的云彩。他们喊我老师，把我喊成了春天。其实，我也甘愿，站成他们的靠山。

野　花

我把我从泥土里汲取的那点甜，献给人间。

风回头的时候，我仓促地张开嘴唇，赞美。

好让整个人世知晓：土地同花朵一般甜蜜。

小　站

北方的冬天，没有桃花漫卷，只剩雪，铺天盖地。

早五点，小镇的月亮很凉。街道，空无一人。十年前，我骑着单车，横冲直撞，从村南到村北，便以为历尽了这人世的沧桑。

现如今，我横穿整个村庄，不发一言。前方，或许没有灯火，也没有星光，但总会有一个小站，伸出双臂，将满身寒气的我，轻轻地搂进怀里。

问　道

这是崂山，红尘十丈。

百年前的道士，穿青衫，执长剑，炼丹求仙，一板一眼。而如今，他们更愿寻那后山十里桃花，访那山下万户人家。

不慕神佛，悠然自得。

炊　烟

十年了，树在，人在，村庄还在。

十年前走过的路，如今再走一遍。十年前路过的那座小院，院墙已塌。野草，肆无忌惮地爬上屋顶。十年前那群摸鱼上树的孩子，如今也各自成家各自立业。

十年后的我走在十年前的路上，感觉自己也将要化成一缕炊烟，消散在这小村的上空。

慈　悲

晨钟暮鼓，青灯古佛。

二十岁那年，你打马过寺，与一株晚开的桃花，错身。

听倦了木鱼钟鸣，阅遍了佛经残卷。一枝浅白桃花，端坐在长生殿上，不慕流水，不羡红尘。寂寂古寺，风轻云淡，愿了此一生，坐观人生百态。

原来，当年的错过，本就是一场慈悲。

雪

没有蜜蜂和蝴蝶的日子，我开始怀念雪。

和雨一样，铺天盖地，但要比雨来得安静。

雪后，万物沉睡。一株桃花，也在雪下，梦到了春天。

（原载《大沽河》2017 年第 1 期）

人是世界存在的一个理由

毛国聪

生命不需要证明

当我们认为自己是人的时候，我们已不是人了。就像当一头猪认识到自己是一头猪时，它已不是一头猪了。也许，这就是我们无法自知，也不想自知的缘故。

人类觉悟的标志：总是以人为标杆来认知宇宙世界，把人类幻想为宇宙的绝版精品，因此，人类不得不常常面对孤标傲世带来的孤独，疯狂宣泄带来的恐惧，以及种种想作为却总是事与愿违的无奈……

生命最伟大的手法是化腐朽为神奇。任何腐朽都能通过生命进行转化。“出淤泥而不染”，是因为生命已把淤泥净化了，没有了淤泥，何来染呢？生命既能制造垃圾，也能转化垃圾。

有了生命，一切都会成为可能。

当我看到从苍凉的岩缝中，从坚硬的核桃壳里诞生的绿色生命时，我就感慨其中蕴藏的生命力是多么的顽强坚韧。

当我看到枯焦的非洲龙须草在有了一点水后，立即起死回生，再次焕发出勃勃生机时，我就惊奇生命重生的神秘。

当蚕蛹把自己裹卷起来化为蝴蝶翩翩起舞，当我凝视我的母亲安然离去的眼神，我感到了一种生命孕育另一种生命的神奇……

我坚信，生命是不朽的，生命绝不会真正消失。

落叶化为泥土催生另一种生命，人们甘受痛苦成就另一种生命的诞生成长……

而人类不仅愚蠢地干涉着生命的过程，而且自以为是地试图改变生命的构成。

我们都在越俎代庖地做着上帝的工作，都梦想成为上帝。然而我们是人，是能够真正改变世界的人，而不是以思想意识存在的上帝。

任何生命都有其独立自由的个性、品格和价值，这是生命的灵魂、精神，是生命的核心、本质，是生命在社会中外化的实质。生命绝不受地域限制，不受观念左右，不受种族羁绊。生命不需要任何证明。

生命，拒绝任何条件。

与克隆保持遥远的距离

人，是宇宙的一种惊喜。当人站起来时，就已成为世界的矛盾主体和焦点。但人的能量越来越强，对宇宙的影响力越来越大，已足以让我上帝也不得不侧目而视，甚至已令我感到了不安。人的伟大是值得赞美的，但值不值得尊敬，有待商榷，需要透过生命的姿态来检视人的行为和结果。

虽然是我创造的生命体，但我仍然喜欢静静地观察每个生命，每种生命，我想探究他们所呈现的五彩缤纷的生命态：茫茫的时空中的一颗星辰，阳光下的一株小草，崖壁上的一粒种子，一只猫在白天、在夜里，一个人在不同语境里、在不同思想里、在不同的自然里……

任何生命都会呈现一种生命态。他们的灵魂都会物化为一种花朵，馨香、恶臭、无色无味、顽强、脆弱、萎靡、恬然、豪迈、伟大、鄙俗、狡诈……这时候的生命姿态最能表达其本质和属性。

宇宙是由各种各样的生命组成的，各种生命呈现的生命态使宇宙丰富多彩。

任何生命都有其独特的、个性化的生活方式，存在状态。对于人而言，其生命态就是一种生命性格。

每一种生命群体中，为“冠”者总是寥寥，绝大多数只是一种陪衬。

每一个人，不要因为自己是陪衬而感到悲哀，相反，应该感到高兴才是。作为陪衬才有了真正无所拘束的自由，因为他的一切行止从大处来看是微不足道不足以引起重视的，所以，他可以在他有限的生命里去做自己爱好的事。譬如喜欢打牌赌博，喜欢吃喝玩乐，喜欢找一个两个情人，只要掌握好了度，是不会被引起注意，不用担心曝光的。而那些伟大的生命，或者那些涌现出来的极少数一部分即为冠者，他一方面拥有一个光鲜照人的面目，另一方面也有沦为批评焦点的危险。唾沫星子一样也可以淹死人。

一个人也许是孤独的，但绝不是孤立的。无论雄踞冠首，还是卑屈微小如蝼蚁，或许他们没有直接的联系，但千丝万缕的影响是无可避免的。可以说，没有数量庞大的“陪衬”，“冠”就毫无意义。相同，没有“冠”，全是“陪衬”的角色，就没有了“焦点”，宛若一望无际的平漠、旷野，历史翻过也将成为一页空白。

一个伟大生命的诞生，必定有许多的人和事为他奉献和牺牲，因为任何伟大生命的祭坛上必须摆满各种各样的东西。一个伟大生命仅靠自己是无法成为伟大生命的，必须有大批人来成就他。所有的伟大生命都是命运惠顾的结果。不想为伟大生命奉献和牺牲的唯一后果就是毁灭，而为伟大生命奉献和牺牲的结果也是毁灭。毁灭是造就伟大生命的最大的力量，只有命运和上帝才配拥有。

零零星星，我纵观你们人类历史中留下来的人，无论生前还是死后，褒贬总是同时并存在他们身上。

成为一个伟人或者名垂青史，是你们人人都有的梦想。也正因为如此，你们才能延续绚丽多姿的历史。作为一个个体，明确自己在做什么，想要怎么样，如何把握好一个度，不至于把自己推向毁灭，这是最重要的。这就是你们立于世上该有的一种最基本的生命姿态。

生命最本质的东西就是性。人有人性，石有石性，狗有狗性，树有树性……

人性中到底有多少高尚的东西，又有多少卑劣的东西？如何界定高尚和卑劣？好人和坏蛋的标准是什么？

一些人只有物性而没有灵性。他们只是一些被灵魂抛弃了的活动的物体。

人性中最值得探究的是欲望。人的欲望就像病毒在不断生长，变异，扩散。

自己永远无法满足自己。只要生命没有消失，欲望永远在生长。人的欲望不存在满足不满足的问题，而是人的欲望能否停止生长、扩散、变异、消亡的问题。

人性受到三大束缚：一是丑恶冷漠，二是温情仁善，三是人类创建的社会组织系统。人类就在这三大束缚中苦苦挣扎着。

最充分，最彻底地彰显个性，是生命的要求。

每个人就像一棵树，一颗星辰，他们构成了壮观的森林，浩瀚的宇宙。他们都有独自的时空，一旦时空交错，仿佛两颗星辰相撞，其后果可想而知。

如果社会组织反生命之道而行，扼制个性的张扬，只许一个人思想，那不是沉默就是死亡。

“克隆”仅可以从生理层面上可行，延伸到灵魂精神层面就会陷入混乱的深渊，就会谋杀独立思想和个性创造。

生命条件和生存条件是迥然不同的。

生命条件是灵魂，是智慧思想。

生存条件是物质。

灵魂依存的是生命，生命依存的是灵魂。生命与灵魂互相依存。

智慧是宇宙中最特别的元素，她四处飘荡，一旦被某种东西捕捉，生命就诞生了。当然，灵魂像肉体一样，也会出现某种生理现象。这是人和其他动植物的区别。

肉体的饥渴，需要水和食物。

灵魂的饥渴，需要什么？……

（原载菲律宾《商报》“中国作家作品选粹专栏”总第248期）

隐身［组章］

陈　亮

隐　身

忘记了是哪一年哪一个夏天哪一个傍晚，太阳埋进土里，小狗对着香案作揖，院子里呈现出一种草灰的颜色，我听见有人在小声喊我，可环顾四周也找不到什么。

这时，猪窝上的倭瓜花一下子全开了，花很大，一只风流的蛾子深陷其中，不能自拔，翅膀急切而清晰地拍打着花朵的内壁，院子里的香气骤然浓郁起来，榆木桌，槐木凳，粗瓷的海碗，红漆的筷子自己主动地在院子里摆好，早年当过货郎的祖父眯着眼睛听收音机，小脚的祖母从黑屋里端出一脸盆疙瘩汤——

和往常一样，我们开始晚饭了，我埋着头专注地喝着吸着，等我抬起头，突然发现祖父祖母不见了，但半空中他们的碗还在晃，筷子也在动，也能听见他们呼噜地喝汤声，我有些急了，满头大汗地哭了，出悲声的一刻，他们又猛地出现，慈祥地望着我，让我瞬间疑惑着害羞起来——

多年后，当祖父祖母真正离世时，我并没感觉有多悲伤，我始终认为他们还会和那个傍晚一样，不过是隐身了，很快我们还会再见——

在乡村

有一天傍晚，我来到了村后的土岗，天很快就要黑了，怪物吐出阴凉，天使挤着星泪。

这时候，河水开始缓缓流向过往，果园的香气压低了穿过篱笆或铁丝网，我们的父亲或者母亲终于从庄稼地里出来，身体散了架子，越发潦草、含混。他们扛着铁锨、镢头，来不及叹息，就牵着牛鼻或赶着羊头，晃荡在崭新的柏油路上。

这时候的风彻底躺下了，月亮用眼角扫着几只挤眉弄眼、猴精作怪的小兽。这时候我会看到村后的那条柏油路上，有人在烧纸、祭奠、拖着长长的哭腔，或迎来一队打着灵幡的浩荡队伍，仿佛从电影鬼片里飘出来幻影，每每让我蹲下，抱头哀恸不已。

就是这条路，从修好到现在死过不少人，前年是一个拾荒的老人，一个建筑的汉子，去年是一个哑巴，两个孩子，今年，是一个卖豆腐的小贩——他们都是在这条路上被卡车撞飞了，场面很惨，至今只要我使劲吸气，还是能清晰地闻到那些顽固的血腥——

在乡村，还有多少亡灵不肯离开，还在用什么使劲抓着尘世的泥土。

再次写到落日

再次写到落日，是因为它实在疲惫不堪，昏昏欲睡，它圆睁的眼睛一定是谁用一根柴棍硬撑起来的，大地缓缓摊开了酱紫色的汁液——

它加重了那些道路的弯曲，还有那些咬着牙吱呀乱叫的板车和拖拉机。

加重了散发霉味的庄稼、杂树林、低飞归巢的鸟群，加重了小院的炊烟——它们徘徊着，迟迟不肯散去，像一些纠缠着无法升天的魂。

加重了家禽们无端的咳嗽，还有旧农药瓶口哨和塑料袋子的风声。

加重了一个满脸核桃纹的老婆婆和她的劳作，她在费劲地清洗工厂丢弃的一些沾满污垢的篷布，这是一个在我们村生活了七十多年的老人，没有名字，她逃过荒，要过饭，生育了七个儿女，熬到这把年纪不容易啊！

她现在要面对多种病痛，而对于落日的重量，却早已习以为常，远没有了年轻时候的哀怨与叹息。

现在，她只想早一点将篷布洗净，回家伺候瘫痪的老伴，喂鸡喂鸭。浑红的落日下，只听见哗啦——哗啦——仿佛在随意翻动生锈的铁皮。

一盏灯

我想写的那一盏灯，是在北平原，霜气把月亮发烫的匕首弄得青白了。已经是后半夜，一个低矮的羊圈里，我家的那一头母羊要临产了，铁丝上，挂着父亲用旧了的那一盏马灯。

看得出，母羊开始有些焦躁，却很顺从地让父亲跪着，抚摩和安慰她的皮毛，用温水洗净它鼓胀、拖拉的乳房——慢慢地，羊水就流出来了。

随母羊阵阵难声，羔羊的前肢先探出，紧接着，它的头附趴在前肢之间，顺利地，落在了松软的麦草上——最后，胎衣缓缓地脱了出来。

父亲小心地将羔羊的口、鼻和耳骨的黏液淘净，又将羊羔放在母羊的嘴边，让她将羊羔的皮毛舔干、捋顺。整个过程，显得有条不紊，看得出，母羊和父亲都是有经验的。

可父亲毕竟是老了，手上的脏污还没洗，就和着麦草的腥膻和生育的气息蜷缩着睡去了。只有那盏马灯，还一直暖暖地亮着，晃着。

怜悯灯影里，母羊在舔着它的羔——羊羔们跪爬着，颤巍巍地发出咩咩的嗓音，声音很虚弱，但没有不安和恐惧。

挖　掘

有时是在鸡鸣声里，有时是在驴叫、羊咩、狗吠声里。父亲总用铁锨在挖着什么。

有时在挖坑，挖深了谁的伤口？大多时候是在平复和掩盖。有时候是在堆一个自己也过不去的疙瘩，有时会惊讶地挖到一些散碎骨头，就小心包起来，找个地方郑重埋了，在上面插几根树枝，念念有词。

有时他是背对着我们，有时是侧着，或正对着我们，有时候他只是一个人，有时候却瞬间分蘖成无数个，都是同一种姿势，从来就没有停过。

有时候他们清晰、突兀，像金山银山，金人铜人，他们的力量让日月晃动，让江河倒着腿走路，让大地颠覆，群山战栗，让巨石飞起来，最后砸在自己的脚上，血肉糜烂，却没听见喊疼，有的还在虔诚地赎罪。

更多时候他们模糊，看不清脸庞，只有在梦里才能寻觅到一丝丝回声，似被无数的鞭子恐吓着，喇叭催着，绳子捆绑着。

更多时候，他们似乎完全给隐身了，留下了无数铁锨自己在那里挥舞，庄稼自己在那里长着，季节自己轮回，他们却不知所踪，只有孤独的风依旧吹拂着玄秘星群——

送殡记

我大娘死了！在大哥家里，我见到了好久未见面的大爷：须短、颧高、腮塌，头发稀疏斑白，多像已经去世多年的祖父啊！

他被多种病痛折磨，已很难下床了。他在用一块油灰的布使劲擦着眼睛，因为白内障，已经认不出我们了，听到我们的声音，又委屈地哭了起来，他在念叨大娘的好——

年轻的时候，大爷曾当过军官，探亲时腰里挂着匣子枪，身后跟着两个警卫，威风的时候，曾多次要休掉大娘，都被祖父拦住了。

生活啊！时光啊！真就把两个水火不容的人捏到一块去了，他的肉成了她的肉，他的血成了她的血，他的骨也成了她的骨，他的脾气成了她的脾气，她的命也成了他的命。到了最后的光景，少了谁都不行了啊——

去墓地的路上，大哥在前面抱着棺材，所有人都低下头：即使和大娘累积了多年怨气，一直都不和大娘说话的父亲也哭了，他的膝盖因下跪而沾满了泥浆和草，全不管不顾了，他的嘴哆嗦着念叨自己不是东西。

一群麻雀石块一样在我们身边漂浮着，翅膀上掀下来一些类似于骨灰的东西，包括槐树上隐身大哭的知了，可都是我们的亲戚啊！

（原载《核桃源》2017 年第 4 期）

红海湾［外二章］

罗铭恩

来到汕尾，来到海丰，必然会涉迹红海湾。

秋日的傍晚，天际给红海湾镀一层蔚蓝色的情思，夕阳给沙滩抹一层金黄的遐想。

太阳劳碌了一天，歇脚在水天相连的天边，而把它的余晖遗留在海湾上，海湾于是有了温柔与美丽的愿景。

海湾上飞翔着欢乐的海鸥，淡淡的暮色催促它们要珍惜时光。秋天在海鸥的翅膀下肆意煽情，而即将到来的冬日却悄悄隐藏在海鸥的羽毛里。

那些驶离海湾的渔船，要到外海捕捞丰硕的秋天。虽然看不到一张张富于诗意的白帆，但那均匀的机声仍令我们眷恋。渔船上播放的也不仅仅是古老的渔歌，还有令人动情的故乡骄子马思聪的佳作《思乡曲》。

远处，峭崖下的礁石时隐时现，诱惑海水释放出拍岸的激情；而那宽阔的沙滩，总是敞开胸怀拥抱多情的海水。

如果说，红海湾是一件蓝色的衣裳，那礁石就是它衣襟上的纽扣；而那一颗颗美丽的贝壳呢，是大海写给沙滩的情书吗？

一位穿着连衣裙的姑娘，在海滩上裸着双脚奔跑；那浅蓝色的衫裙，似乎在跟海水媲美。

她想追逐潮头的热情，她想追逐远古的神秘，她想追逐海水的呼声？哦，可能都不是。她想从洁白的浪花上打开一扇心灵的窗户。顽皮的海风伸出双手，轻轻撩开她浅薄的衣裙。

她轻盈的身躯就像海边上的一股秋风呀，在夕阳的陪伴下追逐蔚蓝色的梦想。

红海湾呀，正因为你的心底里升腾起光明的渴望，你的海水里才不再有伤心的泪珠，你的黄昏才不再是一尾忧愁的鱼儿。

红海湾呀，正因为你的胸怀博大宽广，你的海水里才有生命的歌谣，你的上空里才有自由的飞翔。

啊，红海湾，你是镶嵌在南海衣裳上的一颗珍珠吗？

渔村之约

海丰的渔村真美，美得像天上掉落下来的图画。

渔村里的几代人呀，在大海上漂泊了几个世纪。岁月没有苍老，海风没有苍老，渔村也没有苍老，因为渔村早已在岁月的更替中改换容颜。当璀璨的阳光停靠在渔港的时候，渔村就变得百倍年轻。

渔村外、大海边，矫健的渔家女在拉绳结网，风铃在她们的身边歌唱。她们的父辈，正是用一双长满老茧的手，向大海撒出她们编织的希望，收回一箩箩银色的风景。悠扬的渔歌，挽留住渔村的黄昏；渔女的英姿，勾引住海湾的落日。落日呀，你为何这样久久不愿离去。

夜色来临，渔村的上空布满星星，镰刀似的弯月似乎在帮助渔民收割远去的相思。忽然，天气骤变，风雨袭来，月亮消失在云层里，隆隆的雷声抖落了满天星斗。但渔村呀，依然显得那么平静。

渔村的周围种满针叶松，这些倔强的生命，承受过乡愁的重负，经受过风雨的洗礼，抵御过咸水的侵蚀。它伴随着小小的渔村，扎根在松软的沙土上，让渔村有了坚实的根基。

平缓的海岸，你是一部线装书吗？如果是，渔村就是这部书里的故事。而那岁月沧桑、风云变幻，就是渔村深处的记忆。在这部线装书里，地平线变得很近很近，而渔村却变得很远很远。

蜿蜒伸展的海岸线呀，望不尽的渔村、帆篷、船影、海螺，渔村就是这风景线上的原点。白天，天空那炽热的阳光，是渔村升起的金色向往；夜晚，海上那闪烁的渔火，是渔村那一双双明亮的眼睛。

大湖观鸟

神奇的大湖，是海丰东南部的一个滨海小镇，坐落在辽阔的碣石湾之畔。

在小镇以东的近海湿地，有一个鸟岛，岛上鸟群如云，被誉为“中国水鸟之乡”。

一株株粗壮的柚树上，挂满了一个个白色的小铃铛。哦，那不是小铃铛，是香气诱人的柚子花。一棵棵刺树高高耸立在小岛上，白鹭把它视为安全的护身符；它们把鸟窝搭建在树杈上，尖利的树刺成为它们可靠的卫士。

迷人的小岛呀，栖息着上百种鸟类，有白鹭、苍鹭、鸬鹚、黄嘴鹤、鸿雁等。这些候鸟，每年春天由南往北飞去，到了秋天又由北方飞回来，不管刮风下雨，不管路途遥远，总是能准确地飞回它们的老巢。也许，小岛的古往今来，水鸟的前世今生，全都珍藏在它们永恒的记忆中。

一只候鸟，一个季节的符号。春天，鸟群叼来一层翠绿；夏日，鸟群叼来一轮艳阳；秋天，鸟群叼来遍地黄金；冬日，鸟群叼来一片纯情。

最写意的是小岛的晨曲和晚唱。岛上的晨曲可谓婉转清丽，东方刚露出鱼肚白，树上的小鸟就离巢而出，向晨曦炫耀自己的花样年华。晨读的鸟雀唧唧喳喳地朗读着大湖四季的故事；晨唱的鸟儿在引吭高唱一曲秋日恋歌。而那些长腿白鹭，竟盛装打扮了一番，纵情地跳起了芭蕾舞《大湖情》。

黄昏的鸟岛更是充满诗情画意，一幅巨大的“万鸟归巢图”展现在小岛的上空。人们似乎看到一位顶天立地的画家，正挥起如椽的大笔，在描绘鸟群归巢的壮观。一笔，一群苍鹭飞来；一画，一群鸬鹚俯冲；一笔，一群鸿雁低飞；一画，一群黄鹤飞进树林。

不一会，整个天空都被鸟群收在翅膀下，夕阳的余晖也被鸟群衔进了鸟巢。于是，大湖的秋意变得越来越浓，苍茫的暮色悄悄地变成一个朦胧的童话世界。

（原载《散文诗人》2017 年 1 月）

随手记

毕　亮

被惊醒的雨声

这是春分以来的第二场雨。下得噼里啪啦，在夜里，听得真清楚。被雨声惊醒，看床头的手机，一点四十一分。睡意被雨水冲散，人却像是在雨中漂得恍惚，索性起来听雨。

虽还是初春，室内暖气停了已有时日。小区里，路灯还没灭，光在雨水里，也显得清冷；光看着这些，该以为是深秋。再看，草坪刚开始泛绿，湿润得很。前天才绽开的杏花桃花，在雨中照旧卓然而立，树下未见有落花，想来光有雨没有风。花瓣还粘在树上，在这一场雨后，叶子也快长出来了吧，那时候，真是一天一个模样，当真树别三日要刮目相看的。

一同长高的应该还有郁金香和荠荠菜。郁金香，在这座生活了十年的边城，真是到处都能见到，从大街到小巷，甚至庭院和阳台，到了四月都有郁金香在开。这是郁金香的季节，也是郁金香的雨。去年这个季节，正在内地，没来得及生活在初春的伊犁，回来时已经快入夏了，也没吃到荠荠菜。往年，都要焯好水后备一些放冰箱包饺子。今年该不会错过的。

雨的密集，是一条线，靠近路灯处尤其如此。书架上曾经有一本知堂的《雨天的书》，现在怎么也找不到，倒是翻出了《风雨谈》，也没有心思看，还放在原处。依着书架听雨声，睡意还没来。

被雨惊醒，站在窗前看雨落，记下这些句子，时两点三十七分，雨还在落。

下午六点钟的云

下午六点钟，出门去走走。最近连续上了十几日的班，以后也少有这么闲适的午后了。毕竟是立春后多日，有风吹在脸上也是轻的，不像一个月前，风吹过如同被扇巴掌。

从昭苏离开后，对云的关注减了许多兴趣。但今日之云，如鱼鳞。真想躺在草坪上，和云对视。只是想想而已，十多年前放牛时经常如此。而现在，雪还未化完，不然，还真可以放肆一回。

眼前是云，脑子里还是刚刚看的东坡尺牍。早上还没起来呢，内地的朋友发来十几幅东坡尺牍。起来后，在电脑上看、在手机看，都觉得少了味道，就打印出来看吧，总好过电子屏。

尺牍上，字那么少，印章那么多，朱文、白文，方的、长的、圆的，如同现在景区到处都是“到此一游”。

撇开印章再看，真好。印章其实是撇不开的，看起来也好。《新岁展庆帖》《渡海帖》《一夜帖》《北游帖》《人来得书帖》《覆盆子帖》《归安丘园帖》……我还想列下去，就像天上的云，鱼鳞一样排列着。看尺牍，看的是字，看的更是人情味，满溢了千年还能深陷其中。我看云，看的也是人情味。

家里有一盆一帆风顺，放在小卧室，时间久了忘记浇水，等想起时，已经蔫得萎靡不振，仿佛就要枯萎。睡前，将它浇了个透。第二天早上起来看，又都焕发了生机。下午六点出门前，我又一次给它浇了水。这也是一种人情味吧。

菜　薹

在菜市场买菜，见一不知名青菜，长了一点点菜薹，我欣喜得很。买了一大提环袋回来，挑拣出菜薹，和家里寄来的腊肉一起炒，这顿，我多吃了大半碗米饭。

伊犁人基本不吃菜薹，所以菜市场也不见卖；无需求，便无供应。想吃，要么自己种，要么忍着。

这个季节，在老家，菜薹正多，菜园里都是的。甚至，田埂边都长的是，那是撒菜籽时漏下来的几粒，顽强地活着，和不远处园子里一畦一畦的菜，并无二致。

春天的菜薹，择嫩的吃。老的就撇回来，一箩一箩地倒进猪圈或鸡舍。这个时候的牲畜，口福也都不错。

菜薹吃法多样，怎么吃都好吃，即便只是油盐素炒，也是可口的。做汤饭时可放，煮粥时可放，炒肉时可放……时令菜蔬，在属于它们的季节，占有不可替代的一席之地。

竹　笋

家人每年腊月都要寄些咸货腊货干货过来，咸鱼咸肉香肠是不可少的，还有干菜心和干春笋。

春笋，我会吃不会做。常炖鸡炖排骨时，泡几片干笋放进去。这么吃也无不可，自己高兴就行。干笋还有许多好吃的做法，我都一概不会，只有想美食而兴叹。

多年以前，我还常望着家门前一大片竹林而兴叹。那时正是假装多愁善感的年纪，喜欢看废名的《竹林的故事》。近二十年过去，废名的书还在看，门前的竹园也还在。

竹子长得真快。家门前的一大片，每年都要砍掉不少，第二年又是一大片。竹子真多，都长进了郑板桥的画里。竹子的繁殖力真强，竹笋就多。吃春笋的季节，口福每天都好。

初春，春笋长得真是快。一天一个个头，不过几天，就长成一大截了。要吃竹笋，就得抓紧挖，过几天就老得不好吃了。冬笋也是好吃的，只是我们那里吃得少，谁会破土去挖一棵深埋于土里的笋子呢？它们应该长出来看看世界的样子。

少年时，经常被派到竹园去捡自然脱落的竹笋皮，用来做布鞋用。主要是用来放在鞋帮子里吧？好多年前的事了，都快忘得干干净净。现在想穿一双手工做的布鞋，真不容易。

伊犁无竹无笋。清朝时就有流放来此的诗人想吃而不得。近读清朝西域诗，见庄肇奎的《伊犁纪事二十首》中就有记录，诗曰：春水穿沙到麦田，野花初试草连阡。沿渠抽满新蒲笋，带得长镵不用钱。庄肇奎还在诗后自注："伊犁不产笋，唯蒲根颇鲜嫩可食，名曰蒲笋。"

以蒲笋替代竹笋而食，也是不得已而为之。我已多年未吃过新鲜的春笋了。前几日，在小区的菜市场见有鲜笋卖，就买了几个吃，回家一剥，都是皮。剩下的笋肉，也寡淡得难吃，全无乡野之味，再不想买第二回。

蝎子草

我还住在团场的时候，见过很多蝎子草，这是我在家乡未见或者未注意过的，以至第一次见时，差点用手去抓叶子，被紧急叫住而没遭殃。

团场在昭苏高原，蝎子草真多。草原上有，河边有，田间地头，甚至住的新建还没来得及绿化的小区楼下也都是，真是出门可见。

蝎子草蜇人，牛羊是无视的，照吃不误。河坝、水渠边、草原上常见到的蝎子草，嫩叶嫩枝多被牲畜吃过，然后又长出新的枝叶，一茬茬地长。在不经意间，蝎子草的蔓延速度惊人。

蝎子草的嫩尖是极其美味的，至少可以和豌豆尖媲美。甚至比豌豆尖还要好吃，好吃在不容易吃到，好吃在季节性，好吃在纯野生，不像现在一年到头都可吃到豌豆尖。

择蝎子草要戴皮手套，剪下嫩头，洗净后开水焯过，凉拌，是道喝酒的好菜，好在家常。君子之交，一碟凉菜几杯酒，喝完回家继续回味，回味完睡觉，睡觉做美梦，梦里还有凉拌蝎子草。

不知如汪曾祺拌菠菜那样来拌蝎子草，味道会如何？还没试过。但美味是可以想象到的，汪老来过伊犁，应该无此口福，不然他肯定要写到文章里的。

蝎子草常见，却不常吃，也常有人不识其面目。接待过很多来团的客人，尤其是从内地来的客人，多不识蝎子草，于是便常有本地陪同人员逗他们要亲近自然，应该和草原植物零距离接触一次，还真有伸手的。当然，后来被拉住了。

我被蝎子草蜇过，看在它是道好菜的份上，我原谅了它。

有人识蝎子草而不识荨麻草，有人识荨麻草而不识蝎子草，也有人知道，蝎子草就是荨麻草，荨麻草就是蝎子草。

刺牙子

和蝎子草一样常见的扎人的植物还有刺牙子。

刺牙子，牛羊偶尔吃一点，但为它们所不喜，自然也就被牧民厌恶。草原上遇到了，还小时，牛羊吃得剩下的，也就顺手拔了。若是大的，或踩断，手中如有铁锨等，也就随手挖掉。这东西繁殖能力强，由一棵到一片，之后会更多，一片草原也就离重播草籽不远了。

防畜沟，田头水渠，常长有刺牙子，本地人见了也见怪不怪，任其长，只要不长到地里就行。长在该它们长的地方，还可以阻止牲畜进地里糟蹋庄稼。

这么看，刺牙子还有它好的一面，它也有它存在的价值。我的宿舍在四楼，楼后原本就是条田，准备开发盖房了，堆满的是建筑垃圾，我去的时候，正式夏秋之际，长满了刺牙子。我在这里住了四年，走的时候，正是夏天，刺牙子依旧满地，往前更远一点，楼房林立。这像是楼房盖在刺牙子丛中，而不是刺牙子见缝插针地长。

有一年植树季，全团职工大会战，种的那片杨树林子可真大。第二年夏天再去看，嗬，好家伙，树与树间，杂草没多少，都是刺牙子。它们是怎么长出的呀。于是都除去了，不能让它们汲取了本该属于杨树的水分和养分。我们在高原种树搞绿化，成本很高，扛过了夏秋的旱，还要扛过近半年的冬天，如此两三年不死，种下的树才算活了。

刺牙子的花开得还挺好看。刺牙子可以长得挺大，足有一人高。刺牙子可入药，所以也有勤快人，设法割了铺在水泥路边，晒干了收起来。

刺牙子是当地人的叫法。许多植物书上也叫大蓟，这么说，可能知道的人就多些。

二月十五日的雪

晨起，天昏黄欲雪。至窗前，原来雪早先已经在下了。原本快融尽的雪，又增加了许多高度。

“晨起一看，满天满地都是雪。午前，细雪纷纷霏霏；午后，鹅毛大雪飘飘扬扬，从早到晚，下个不停。”

出小区，每走一步，雪必没至鞋帮，往常，边走边玩手机的人都不见了。

好多人低头在认真地走，帽檐上有水滴。以前五分钟的路，今日走了八分钟。公交站台挤满了人，车还不来。

还没来得及发芽的树在雪中，愈发显得黑。这是水墨画。浓墨，黑得分明；净雪，白得清爽。

走在雪里。落在头上的雪会很快化成水，顺着头发浸润至脖子。冰凉冰凉的。毕竟是春天了，仅仅只是觉得凉。毕竟是春天了，雪落在哪里都化得快。

窗外，在下雪。室内，我背靠暖气片翻书。

有一年，立春后十二日，即二月十六日，日本有雪，德富芦花写下《雪天》，后收入《自然与人生》中。书出版于一九〇〇年，时德富芦花三十二岁。

近一百二十年后，立春十二日后的二月十五日，新疆伊犁“尽日都是霏霏蒙蒙的，天地被大雪埋没了，人被风雪封锁了，纷纷扬扬地迎来了黑夜。”

黑夜里，三十二岁的毕亮作《二月十五日的雪》，记一场预谋许久的雪。

夹竹桃

从早到晚，下了整日的雨。早上还是忍不住步行上班，五公里路程，走得已经熟悉得不能再熟悉。然而，即便再熟悉，也还常有细微的变化。有些变化我一眼就注意上了，有些变化却视若无睹，听着音乐专心往前走。

走路的适合，雨还不是那么大，我穿着冲锋衣，未撑雨伞，走得不紧不慢。春日的好，在于绿意满眼。走至一家维吾尔餐厅门前，稍停了片刻。餐厅大门两边各置放了四五盆夹竹桃，细数则是一边四盆，一边六盆。也许，店主只是根据空间大小随意放置，却吸引了我的逗留。

夹竹桃的花，还未开。叶子在细雨中绿得新鲜。昨天早上路经时，还没见呢。这些夹竹桃的花儿，我是见过的，去年里有大半年时间，它们都放在门口，早上经过时，常见的是一个男子用水管浇水，顺带着喷洒树叶。其时多是夏天，伊犁是干燥少雨的。

维吾尔人庭院里多植草木，即便没有庭院的人家，也尽可能多生活在绿树鲜花中。城镇化进程中，不少维吾尔人搬进楼房，走在小区里一眼望过去，窗台、阳台上，必然多花木。

路上遇到的十棵夹竹桃，用花盆养着，花盆的直径总该有五六十厘米。在伊犁，这些夹竹桃不算小了。初始，我以为夹竹桃就是长在花盆里的。当然，把夹竹桃当成盆栽植物，这是我的孤陋寡闻。

去年八月，走了一趟江南。从南京往苏州走，奔驰在高速公路，路边时有花色入眼，白的、红的、粉的，一闪而过。同行眼尖者认出了是夹竹桃。我再细看，这些南方的夹竹桃长得足可浓荫蔽天。

夹竹桃也是可以长成参天大树的。

（原载《广西文学》2017 年第 7 期）

渐近故土［组章］

张绍金

云是天空的浪花

那片高空积云经过头顶，撩开心田碧波，一缕浪花铺满天空。

是云上居住的雨们想念家园了，把天空荡漾成大海一样蔚蓝！

浪花攀岩越岭，恣意游泳。天空绿葱葱。

把春天简单打包

羡慕牛羊，能一心啃噬春光啃噬快乐，只为填饱自己的肚子。

简单地把春天打包，身穿柳绿花红。春天是一头喜欢放牧自己的牛。

拽着一声虫鸣行走，莺飞草长去浪迹天涯！

石头的执着

因为执着，河水陷进石头。因为晨风扫岸，石头开成一朵花！

走出山谷，肩负大山的高耸，那是石头舀出的一瓢河水，滋养一坡青云。

石头碾平光阴以及山水灵魂的创伤，才成由普通到奇异。

虫噬的岁月

绿叶和花香合力搬来山岩，垒砌成城池。蜂蝶大摇大摆进来，河流穿越城市的忙碌。

儿时的那块蓝天，土布料一样褪色了，老家门楣锈迹闪闪！

土墙上雷锋挂像，胸前被虫噬开几个洞穴！那是岁月被屋后草坪啃噬被黄甲虫啃噬。

吆喝声

一群吆喝声从山道上跌落，柔韧如藤缠，绕成屋后一条山溪。

和一串黄色花儿戏语，和一头汗水的绿叶相拥，村庄行色匆匆。

水田把秧苗都粘贴在山背上，弓着身的吆喝声喊绿一行一行山歌。

怀旧，但必须出发

把灵魂浸润在屋后山涧里，清亮亮发酵。山泉热情得已不认识来客！

打扫过院落，山风徐来；打开山门，闪进鸟歌。

那陈放已久的农具，怀揣稻谷黄澄澄的往事，全副武装，时刻整装待发。

梦不褪色

祖辈的梦不褪色，可依然填不平袅袅的炊烟，炊烟似醒似眠，山村心情一笔写在蓝天。

鸟鸣叠盖新楼，谷风鞭赶阳光，山泉披着梦的色彩。

屋顶上太阳密密麻麻的爪痕是向往的足迹，是村庄最美的文字、图画、书法。

乡愁，瓢泼而下

当泪水完成瓢泼，乡愁发酵成烈酒，燃烧旅途不愿归途的灵魂！

故土是你今生的情人，故土滋养你粗糙的灵魂。乡愁，湿润了游子的疲惫。

故土是一缕乡愁，被插上漂亮的羽毛，秋山撂荒而逃！苦守村口的经年古柏仍然板着脸。

清明雨

清明斜雨飞，风干父母的微笑。走在回家路上，走在草青花香的天空，心贴紧树枝。

纸飞的喜鹊啄红枝头风。是否因等待，山青水绿花开了？敏感的雨水，淋瘦了空气！

清明忙碌着桃肥柳青的渡口，等待摆渡的是阴阳两个世界。

（原载《信阳周刊》2017 年 7 月 13 日）

解花语

幽兰静雅

草样青青，桃意盈盈。向春溪、雨后初晴。

闲湾曲岸，人歇风行。看藻儿牵，鱼儿跳，波儿平。

一倍温馨。万里柔情。记当时、尝与郊垧。

光阴流转，世事枯荣。让心儿说，云儿带，梦儿听。

——题记

风，瘦了季节。在这个清冷的夜晚，紧紧地关上窗，让所有的喧闹都留在了窗外。房间里温暖温润，灯光柔和，仿佛自己在世外桃源。此时此刻，灵魂交给了一个温馨美丽的世界，任指尖将内心的音符激起，将这宁静、纯洁融入深邃的生命，走进书案，写满一个个恬静的故事。

静静无言，轻轻地斟下一杯清茶。浅笑，如这盏里涌动的水一样温柔。淡淡的触摸时光，飞花筑桥。如若允许，我将在来世的桥头斟一杯炼情的红酒，让漫天思绪穿尘嚣的夜色，化作今生的莲花。在沧桑之外，于幽香徜徉的雅轩，听雨，凝魂，观风摆舞荷。知道吗？我早已在这有风有雨的夜晚准备了茶香的等候。

手捧一杯清茶，在淡淡的茶香中，轻轻地抚摩着自己的记忆。曾经的一些人或事，无论悲欢，都真实地成为我心中的墨色，弥漫着墨香，成为心间永远磨灭不了的故事。喜欢日子，在平静中悄无声息安然地度过，让柔情消瘦着容颜，让自由恬淡着从容。不经意间，独自又醉倒在唐诗宋词中，不愿醒来。

浮云荡去送流年，步入青丛晓梦眠。
马驻风亭寻远境，莺啼雾柳醉高天。
清词一阕拈花影，淡墨千章泼锦笺。
阵阵诗香飘散过，灵河浪拂小红莲。

早已习惯一个人浅唱轻吟，就像是一个久居深闺的江南女子，默默制造出许多婉约诗句，在半醒半醉中瘦了年华。每个人都有自己的生活状态，执着地守在自己的天地，释放自己独有的生命厚重和色彩。倚窗对月，邀风同坐，与月对饮。身披清光，心随月影，将心放逐。

我在云峰筑亭，目光可及蓬莱，听，那云端传来的梵音。轻轻浅笑，禅心随风翩然。彼岸一方莲台的光芒，沁入我的青衣我的魂，入了我的眸，厚重了我的心。自此，我的素影深深，融入山峦，立于云端，恒久地栖息。从此，我以心音唯美于腕间成词。

我在烟霞深处，独坐，沁入林荫的清幽，执一枚素简，晕染行来过往，且将心语给予繁茂的林荫。月色凝在衣裳，一缕柔光映着青丝，我的思绪如同这长长的青丝，渡尘，涉梦，在时光里刻下轮回。“曾经沧海仍有水，除却巫山也是云。”沧海无曲，只有这一方静谧可以谱写一尘世之外的玲珑。织尽芳华，清开诗魂，在丛林里厚重心路。

闲捡旧时句，悠然又见君。
山高弦独去，水曲影相分。
昔树着花满，晴阳绕榭曛。
愿跻千仞上，谁与看流云。

春风吹来，花已然绽放，将枝丫的绿，捻作瘦影。花瓣，精灵剔透，落落如是，着落在一方属于自己的世界。或是在为了诉说一个缤纷的故事吗？香，在空蒙的天空，淡淡行走。邂逅了山水，便有了云心，有了一袖潺潺如水的弦音。琴弦，任凭俗世如何喧闹污浊，依旧在自己的天地，于茫茫旷野无边着诗意。字词，静静清清柔柔，流泻，轻拥心魂。

闭上眼睛，聆听时光飞逝的声音，时而清新时而模糊。我总是无法描述自己颤动的生命，多么希望儿时的纯真永远充盈我的世界，让我拥有无瑕的美丽。这也许是一个遥不可及的神话，面对混沌喧嚣的尘世，心根本就找不到纯真的港湾。只好将自己的灵魂交给梦幻的文字，在哪里，光洁着，沉醉着，温馨寂寞美丽着。

（原载《江阳文艺》2017 年第 2 期）

在水一方［组章］

李　霈

黄土高原

一个叫大禹的人，握着他神奇的剑柄，随手一转，一条最桀骜的河流就温驯下来。

她在四千年的这处高原，千疮百孔，百孔千疮。

但她，依然是一位最具包容的母亲。

四季轮回，日月旋转。

梦在梦的破灭里复苏、再破灭、再复苏。可诺言在，千年的星光就在。

故乡的人唤时间为日月。

故乡的人喊乾坤为天地。

叠涌的黄土，最后，都成为埋骨的坟场。

但，这里，依然是安身立命的最好归宿。

一条河流，她在被我们叫作黄河时，就永远以缄默保持着最深刻的缄默。

以生死唤醒一次次的生死。

对于土地，我们一直都保持着最虔诚的敬重。

对于爱，我们一直都想让她像这条河一样，无羁，漫漶。

至于，最后，我们会以什么方式，归于这浩渺的恢宏的高原?

就留给一场大风，或者，留给一场弥漫的大雪，来为我们清扫尘世，最后的脚印。

雨或雨

雨，明亮雨的路。雨，明亮一个坐在屋檐下看雨的孩子的眼睛。

黄昏下，那个读雨的人。他读到了什么呢？

雨是一部无字的书。

爱雨者如是说：雨是鸟儿的灵魂。

爱雨者还如是说：雨照亮了每一位去天国者的归途。

后来，看雨的孩子，眼睛里着满了雨滴的星星。

闪闪烁烁的星星啊。

迷迷幻幻的星星啊。

读雨的人，在雨外。

他读不懂岁月深处的惆怅。

雨归于雨。

一片水

一片水，我们可以把它称之湖或海。但这片水最本性的质地还是盐。水域白花花的，盐白花花的。

站在这片水畔，我常常会望见历史，还有传说、神话。

我常常会望见血将水染红，包括，爱和恨，苦难和福泽，一并与水荡漾。

白花花的盐啊，白花花的骨头啊！

那种苍茫，在思想的叹息里弥漫；

那种与众不同的高深，在我们的血液里滚动。

后来，我们会将这片水叫作盐池。并造一个神出来，筑一座庙出来，美其名曰：池神庙。

神看护的地方，才不会出跳梁小丑。

阳光明亮亮的。阳光翻晒着一望无际的明朗朗的盐。

风起于青萍。

大风吹兮。大风吹过我们纯粹的灵魂。

还是水

沙窝渡口裸露着。还是水。一个人站在水中央。没有什么可以成为这个人的一生，只有水。

水装满了泥沙和梦想。

水被你像婆姨一样紧紧地搂在怀中。

一个人，一辈子在水里淘生活，就够了；

一个人，一辈子在水里敲打一块尘世的石头，磨光它。或者，让它成为一轮半月的形状，就够了。

半圆形的月亮挂在河道的上空，如同一个人或窄窄的天空的伤口。

半圆形的月亮，被风吹着。吹啊吹，吹成了一条细细的线。

你还是站在水中央。可你，却望不见你的女人！

水，满世界都是水。

还是水，就够了。

（原载《散文诗》2017 年 1 月）

碎 片

张正勇

一片油菜花的意识流

一脚，便踏入初春的屏幕。与一片油菜花不期而遇时，我看到玻璃一样的江南。

黑土地做了谁的母亲？油菜花开，扭一扭腰肢，一片金黄的修辞跌落一地。我站在这里，像晤见一位一再握别的老友。一米阳光照射下来，我轻松地截取一个个片断——嘤嘤小虫做了油菜花的囚徒，油菜花做了爱的囚徒，我做了春天的囚徒。

今夜，我的纸上没有诗，只开一朵油菜花，由湿润的黄装点的、洇染的。经年之后，我将用苍老的、布满骨感的手，打开尘封的记忆，重拾那枚年轻的、灼痛过我的意识流。

与春天厮杀

我穿过春天的胸膛，沐春风，吻春雨，为四十载春光而歌。可是，我再也没有勇气迎接春天了。脚步放慢，只为多一刻的停留。

我在春天里拔节，又与春天厮杀。一秒、两秒、三秒……

春天的刀子锋锐无比，一寸、两寸、三寸……

从皮肤到肌肉到骨骼，我节节败退，落荒而逃。我在周身遍植姹紫嫣红，支起伪装的壳，藏身其中强作欢颜。

我一秒一秒地死去，注定得到一块没有结论的石碑，上面落款儿辈、孙辈。

牵着儿子的手

我牵着儿子的手，就像父亲当年牵着我的手。

我告诉儿子的，就是父亲当年告诉我的。

走了一遭，我只做了一个恒等式：儿子 + 我 + 我的父亲 = 一生一世。我有牛顿发现万有引力的快感，儿子是我的童年，我顶着家庭的梁，父亲是扛在肩上的山。儿子是我的灯，我撑着一条船，炊烟袅袅的岸上，有我还没来得及反哺的爹娘。我们一起渡过生活的海。

怀旧一头牛

人是善于怀旧的，那么，我不能不写写牛了。比如眼前的这头老水牛，有新月一样的犄角，大长嘴，腆着大腹，后面跟着一头牛犊子，会是我曾经放牧过的吗？至少有一点血缘关系吧。

这样想，是超时空的。我固执地认为，生命是可接续的，好比我的童年和一头牛的童年，我的后代和一头牛的后代，总是同在的。

童年里，一头啃草的老水牛、隐没在天际线的田野、喷香的青草味、闪亮的露珠，以及清新的空气里跳出的一抹曙色，就是我的黎明。彼时读书无多，无法将一头牛与牛郎织女酝酿，也无从知晓它深烙着农耕文明的印，可我懂得轻抚牛的肌肤，尽享牛背上的快乐。一头牛的影子，像春天里生根发芽的藤蔓，在老去的情愫里潜滋暗长。

身处异乡，我与水牛母子相遇的时刻，是牛商品化、产业化的时刻，牛的身后没有牧童的脚印，也听不到铁铧翻动泥土的声响。机械化的轰隆声，悄悄掠夺了牛昔日在法典里的尊宠地位。

可我还是想看看，它长着一份怎样的母性之爱。

在高铁速度里寻找魔幻感觉

高铁动车比村庄高，比山峰矮。躁动不安的心情在村庄的头顶上飞驰，一副车窗就是一组蒙太奇式的镜头，山岚、田野和屋顶甘愿做飞速变幻的底色。置身这样的情境，我做了一回超人，旋转的感觉在全身扎猛子。这时候，动车一头钻进隧道，轻捷得毫无悬念，窗外的光亮忽隐忽现，一如跌宕起伏的歌曲，或是传奇故事里的冲突情节。在山肚子里，耳膜嘶鸣，双目呆滞，座位的轻微弹动，反复印证一切都没有停止的迹象。

速度撰写了一部现实版的魔幻现实主义。

鹰潭、上饶、武夷山，贵溪腔、弋阳腔、闽南腔，在时速300公里中切换。两小时后，一头扎进福州城。海滨邹鲁，天空氤氲海的气息，目力所及，海一样地温润，澄净。

致海子

面朝大海，春暖花开。

在海子的王国里，幸福一度到达视觉、听觉、味觉和触觉。灵魂里跳着阳光，马就是行脚，花楸树就是根。那就让泪滴装饰乡愁，让青蛙为麦地擂鼓，让石头在戈壁诵经。

当精魂卧轨而眠的时候，肉身裂变为殷红的花朵。从此，一个长袖善舞的人，将一首血液浇铸的长诗，在铁轨上发表。

海子诗不尽。

（原载中国诗歌网诗歌“赣军”第271期）

我是那一段无法睡去的章节［外一章］

张灵均

一

岁月浸透史书。

天穹之下，一种无际的苍茫浑浑冥冥，只有河流从容地穿过我的心灵，悠然地举起土地于头顶之上。

有什么比水更永恒？

有什么比生命更珍贵？

二

沉船于河道上陈述纷繁的苦难，

倒下的身躯从记忆里浮上来，刻在道路两旁的墓碑上。

绕梁缠耳的是古刹宏远的铮铮钟声，而世纪之风如同一只孤独的大鸟从枝头跌下来，

惊醒如歌如梦的黄昏。

三

千年古道仍然烟尘滚滚，我只是那条道上的过客；

汪洋河流里千帆漂泊，我是船头最初的浪者，最后不肯归隐的老者。

岸上演绎的兴衰故事在我的肉眼里如不朽的沉戈，

经受岁月的侵蚀，依旧寒光闪闪，暗香浮动。

四

逝者如斯，人生几何？

倚水而居择土而栖后我心平气和地如是说。

蓦然回首，初升的日头落成带血的斜阳恰如人生一枯一荣。

命中注定我千年愁眉顺河之苍茫而下，溯河之高远而上。

月下面壁，笑看人生。

有什么能比生命更短暂？

有什么能比静默更永恒？

五

风吹史书如蝴蝶上下翻动。

兴许，我是那一段无法睡去的章节，衣袂翩翩，数点红尘如落英纷纷坠地。

生为泥土，死为泥土，还能留下什么不谢幕？

六

大悲大喜是我前世情感。

长歌长叹是我后世嗟唏。

今生今世只求平平淡淡。

人与人之间，就像这扇门与另一扇门的对视，似乎相互关联又始终保持一段距离捉摸不定。

让天地之间空着的仍然空着。

让天地之间重叠的仍然重叠。

能穿透天地的只有人的胸怀——

七

陈年的眼泪酿成老酒，醉了的永远只是日子，醒着的是比黄花瘦比清月明的心。

有什么比雨点滴在手掌上更生动?

有什么比少女的愁思更妩媚?

还有什么比幸福短比苦难长?

八

由远而近的是冬天的沉雷声。

由近而远的是我抵达春天的心声。

也许，一切无缘的枕上入梦。

也许，一切拥有的梦中消失。

只好让沉重的头颅垂下来，等所有的人学会低头的时候，

我就轻松地抬起头来打量我是谁，你又是谁?

阴晴圆缺亦可调侃，利禄功名尽在挥手间。

睡莲，睡莲

你枕着水波的枕头，以仰卧的姿态，羞涩地开。

似睡非睡，微妙地开。只开了一半，恰到好处的一半，停止了。

停在这个春光明媚里，停在一只蜜蜂的贪婪中，停在我局限的想象之外。

另一半啊，你是否在浪漫主义的梦中等待，还是在超现实主义的旗幡中坚守?

抑或是新古典主义倡导的，就不必开了?

东风不来，暗香隐隐。莫非你欠下了岸柳千百尺的愁绪，

要让前世今生的谁来梳理和偿还?

那塘角泊的渔船由春光放牧了几千年。

而前世的人，还躺在古典诗词里酣然入梦，不曾醒来。

而今世，我是一个早醒的人，是汉语里被称作过客的人，浪迹江湖的人。

我怯于身上抖不落的凡尘，止步在相对遥远的空间里，

你像是一团耀眼的火焰的苗头，那气焰点着了我睫毛的草原，

就像雪花的火焰让人对天空的晕眩，就像我曾迷恋的那一场大雪，

而大雪却让所有的道路失踪。多少年，我不曾走出一场大雪。

我没有足够的热量为心中的积雪解冻。

而眼前这一塘水可是那年大雪融化而来的？

我听见塘水内心的纠结，又何时有过一刻的宁静？

这是春水心中早生的涟漪，已经泄露了春水萌动的隐忍之情，

我也不会对一朵睡莲的形而上如此由衷。

仿佛是谁为塘水安放了一个小小的心脏，

我听见我呼吸的心跳和塘水保持一致的律动，

是水火相望，还是起死回生？

（原载《散文诗》2017 年 7 月）

一颗露珠是一颗钻石［组章］

李然厚

树的眼睛

谁在夕阳里动了心思？给一棵枯木，安装——

一树清脆的鸟鸣。
亮闪闪的光芒，
穿透厚厚的暮色。
装上这么多明亮的眼睛，当第二天从梦中醒来——
她应该能看到，自己身上，已长出一叶叶新绿……

一颗露珠是一颗钻石

一颗硕大的露珠，从锯形的叶子上，掉下——
一颗钻石，碎了。
新泥里，很快长出，一棵棵幼苗，嫩叶脖子上，挂着一颗颗小钻石。
亮闪闪的金光，把春天的眼睛灼伤。

刨花开在绿树上

易折、易裂、易碎的；
是比纸还薄的，命；
被一根火柴逼到绝境。
借一阵春风煽动，她从窄窄的窗口飞出，在一棵绿树上，开花。
散发淡淡的香，她不知道——
是假冒伪劣产品……

红花需要绿叶陪吗？

红花需要绿叶陪吗？
柔和的春风中，桃花朵朵，轻咬红唇，不语。
在通往四月的路上，一树树桃花，像一团团火，在燃烧；
枝条间，探出几瓣嫩绿，小小的叶片，小小的手掌；
绿在红中，约等于无。

争奇斗艳的桃花，我看现在，她们只需要太阳的镁光灯，一闪一闪，把最美的倩影，定格在春天的风景里。

红花需要绿叶陪吗？

也许，要问闪电、雷鸣、狂风、暴雨；

或者，问脚下默不作声的土地……

树上的鸟笼

挂在树上的笼子不叫笼子，笼中的一只鸟和树上的鸟——

一样享受阳光和空气；

一样放飞动听的歌声；

一样是一棵树的子民。

如果说有不同，它住坚固的房子，它们住破败的房子。

如果还有笼子之说，地球也是只大笼子，关着 70 亿人和所有动物。

挂在树上的笼子不叫笼子——是一棵树长出的一杈新枝……

（原载《玉林日报》2017 年 6 月 26 日）

一只斑马的姿势

湮雨朦朦

我被一片树叶打入后宫，虽然她是我顶礼膜拜的圣物

因为她一直跟随我，长大，舞蹈，与风交友，一度迷恋天空，迷上百鸟朝

凤；她鸣叫时只有我静听其心

她把最落魄的日子交给了我，秋高的姿势是金子，鼎盛的芦花开始漫过，我仿佛掉进了蒹葭的芳名

看，一只孔雀，葳蕤，缠足

居然菡萏成灾

东南处摆放着荷花的头颅，一只鹰向毒辣要下了它们，我也无能为力，疾步走进汤姆叔叔的小屋，祈求强光赐予漂亮的皮肤，祈求蓝月亮般的宝石握手言和

我理不清一亩小桃树的青涩，数不清桃的语言

我仿佛天空，仿佛苍穹

是一只雄性斑马唤醒了我，它以特有的姿势喷出了火，这火，给我桀骜不驯的思想；给我食物，一群燕子尾巴打成的结，我目瞪口呆

原来抽象的不只诗文，不只树叶的天真

我开始寻找教堂，寻一个足以迷情的男神

叶子的经文从水中漾起，另一种声音此起彼伏，我忽然想哭，想把相思当作你，我已把你刻在皱纹里了呀，可月色竟然凋谢，凋在了腾格里，我看的机会都失去了

叶，渗进夜

我脱胎换骨，在一枚银饰前养目，把爱情打成鼓点，把古典酿成米酒

水声，是亘古的

叶子回应着，一滴，一片

我换上叫白天的睡衣，披上叫夜晚的长裙，凭吊你

鸟鸣，在月光下集合

其实对于鸟，并不陌生，但也不熟悉，我只叫得出几种鸟名，鹦鹉、燕子、乌鸦、火烈鸟，平时见到的也是燕子，它们灵巧如风，尾巴长长的，有时停着

头却不停地左右窥探，身上总有一些白色的羽毛，待我看清，总是暗自窃喜，这喜从何而来，我也奇怪，但还是像晨间的鸟鸣把我从沉睡中唤醒一样，默默接受了，许是喜爱白？疑惑纯洁？

我这才明了，尘埃里，混杂太多，这小小的羽翼却那么纯粹，一尘不染！

从夏夜中醒来的眼睛，与漫天的阳光对接，完成了沉默的对白，如果鸟鸣渗进皮肤，甚至衣衫，那可怎么办？

写一首诗？做一件鸣叫的长衫！一切都好，都被我娓娓道来。

诗的第一行，翠鸟，鸣的方式蚂蚁跳舞。高潮迭起时，一个女人和野兽，温顺善良，他们，他们治水，考察大禹的故乡，滔滔洪水淹没了咆哮的山庄，所有的动物倾巢。

结尾部分蝉鸣安详。薄如蝉翼的鸣锁进我的衣衫，我的生活是烈日下的乞讨？

哦，我只索要一枚情，一枚胳膊上的红痣。风像叶子，不断变换着心跳，叶子们是风的声音，像一只只无声的鸟，我也是，你呢，仿佛一只猫，伸出了一枚枚烈爪，我还记得十二岁的那只猫，离开母猫就来到我的家，那么的背井离乡，它会悲伤吗？姑且不谈感情。

我听见小小的鸣叫，一只猫，现在是成群的鸟，所有的声音都长大了，唯独那只猫，火车载来的颤动是祭祀的鱼，一条又一条。

青　殇

再过一条河，就是你的浩荡。

整个夏天我都在构思一条船，它有着青色的彼岸，青色的身影，青色成了它的风帆，而我，假期像一条鱼，准时向我游来。

在窗口，湖畔就着一片青色下酒，波光粼粼，众神云集。

可是你，摇着羽扇纶巾，于湖深处。船，还是船，我的世界，我的温婉，我长发的 2002，柔软，仿佛青山湖大道的细腻，岸边是轻轻的殇，一阵风在长裙荡漾。

被冠以朴素的注意，我认定了，这是一个大森林的呼唤，我被几声鸟鸣迷惑，树木们张着奇异的眼神，我是爱它们的，它们一定从我眸子里的喜悦看出来了，是的，我是一支行走的植物，色黄，血红，与参天的大树相通，我想看见它们的喜怒哀乐，想看见成群的麋鹿，星星点点的薰衣草从异域飞来，为我，天啊，我也是紫了，我也是醉了。

这些秘密的青草，把我的灵魂侵占了，它们就匍匐在杜甫草堂，匍匐在手掌上的夕阳，多哉乎！

现在我把森林的诸神请来，主宰你。

现在我把蝴蝶梦的主角请到场，一场巨大的杨柳就是你的殇。

触摸青色的天空

青色，在一个下午将我覆盖。

我确信，这些青色是青草的衣服，它们此刻占领了我的整个时钟，“嘀嗒”，一个小声音，“嘀嗒”，一个小序曲！

我是它们的，此时。

它们把时间里的水分、营养、速度、文字全都虐了去，在我的褒义词里发酵，酿成青色的身影，骨子里透出高高低低的蒲公英，夏枯草，这么多的小植物，多像我的梦，多像我诗中的象形文字。

阳光开始烈起来，可我还是把杨梅呈现给你，杨梅的花是绝密的，从来没有人知道，这些红里透黑的小果实很甜，酸只是它的小女孩，附着在皮肤表面。哦，青草，你以怎样的姿势唤醒我，以怎样的心情和我探讨一个下午的玄机，杨梅我已经送你，那么你是否也有礼物赠送呢？

我一直在等你，等你的蔓延，等你的青出于蓝，等你的内心向我敞开；你一茬高过一茬的行进是否在向我一步步靠近，你仿佛在诉说，我能听懂，你的沉默，是光和热，是一面湖水的蓝色，哦。

我的血液开始感动，我的眸子比你闪烁，我不知道自己是什么颜色，可是你通体碧绿，从古至今，一颗杨梅就点缀了你的剑心，它是我们的信物，杨梅也快要谢了，只有我们，青草和我，是六月里的美丽风景。

对吗？

青草，你让我睫毛增长，嘴角微微上扬，心情像你一样在天空中奔跑，我还想找一个人，她是你那个朝代的清照，她的词让一个女孩子留在青梅的家乡，门槛上一直留着她的微笑，嗯，你听见了？

多么神秘啊，这只有我们知晓，在你的大房子里，桃花岛、桃花坞、桃花潭，全是青色的，桃红的；石榴裙是诗做的，菩提子是丫鬟们提着的，赶来的云彩和小羊一起朗诵，多浪漫啊，所有的青春都是青色的。

所有的风雨都是绿色的，

所有的事物都有一把钥匙，

我开启它们，一头小象驮走所有的锈迹！

（原载《山东文学》2017年第4期下半月刊）

只许你看［组章］

庄　剑

心之锁

云朵之下。风筝之下。

阳光之上，草地之上。

我们飘着淡淡苦味的笑声浮在之间，浮在梦幻与现实永不能相交的空隙之间。

你赠我一把钥匙，我拥有一串刻骨铭心的密码，我打得开你心扉的暗锁。

然而，我不能走近去捅那个为我而设的锁孔。

我只能站在人群之外，远远地望……

一幕悲剧。残酷的美让人潸然落泪。

夜幕低垂。你转身而去。

留下冷冷的温柔和纤纤素手的余热。

然后，飘入星星。

在这一个时刻，我重新深刻地掂量你重门深锁的心扉，是为谁而锁？

心再次战栗。

这条大河在我旁边静卧。用它的水用它不停变幻姿态的水安慰我。

安慰置于波涛之上的心舟。

我便在情感的地震中幸存下来。

遥祝远方

无风无雨……

负重的情感

冥冥之中，爱情不可抗拒地来临。

这前世的姻缘啊，在今生今世悄然而至。

情感的负重也由此而生。

也许早有默契，只是不曾点破。

春的柔情蜜意刚刚款款而去，爱意竟在这初夏的热烈里燃烧得如火如荼。

烧得去世俗褊狭的目光吗？

烧得去传统坚固的栅栏吗？

在幸福与痛苦交织的一刻，我们必须面对负重的情感做出抉择。

坐在黄昏，坐在历史裸露的树根上，面对燃烧得美丽而缤纷的夕阳。我们童话般幻想的摇篮仍然如此天真。

像孩提河岸边数水中星星的岁月。

没有刻意的装饰，负重的心此刻静如止水。

你的歌声仍然如此柔情似水，我的目光仍然如此如痴如醉。

可当启明星无情地拨亮东方，我们幽怨的眼神仿佛都在互诉：

也许终不能相许，也许永不会如期，但情感的重负啊，今生今世却永不能卸下。

失眠之夜

失眠之夜没有音乐。

只有那些关于我们的情节在独对的墙上错落有致地播放，像播放一部意识流影片。

早期的无声电影竟是那么的古朴自然。

黑白画面很有层次。

失眠之夜，寂寞蜂拥而上。

婉约派那些催人泪下的句子在这个时刻尤为动人。

唐诗宋词纷纷登台，充当导演，使你成为它们每一个平仄的最佳注脚。

不知不觉中，腮边的清泪把你扮成古典言情片的主角。

倚门而立……

举手之劳……

过尽千帆皆不是……

最终人比黄花瘦……

失眠之夜主题鲜明，但却把故事的结局放在了未知的明天。

明天就成了一部连续剧中不可缺少的一集。

黎明就成了一个重要的不容忽视的情节。

那失眠之夜呢？黎明之前的失眠之夜呢？

是否让人觉得很寂寞也很幸福？很浪漫也很清醒？

留一个青苹果给你

留一个青苹果给你。

不要让它红，不要让它熟透。

让它真实地存放在果盘中，郑重其事地作我们爱情的见证。

留一个青苹果给你。

不要伤害它，更不要用锋利的刀刃去碰它的肌肤。

让它真实地存放在思想中，成为你安宁生活中必不可少的静物。

这幅静物无须标题。

留一个青苹果给你。

好好照顾它，好好珍惜它青色的意义。

让它不知不觉地潜入你的心中，留给你最后一个永不能熟透的美丽。

（原载《海燕》2017 年第 6 期）

刘海潮散文诗

刘海潮

最后一滴雨

我一直在写雨，写雨打在铜器上，发出夜的回声。

我与雨，究竟有何种默契，让我在凌晨四点的开封，独自谛听、默念。

仿佛这雨就是为我一个人而来，仿佛右眼跳就是雨的因果。

佛说，不可说。

那就不说，另一扇窗已经打开。

夜色，窗外，风景微露，海妖的歌声在雨中绽放。

对　抗

用水对抗石头，用光对抗夜，用空气对抗移动的山峦。

用家园对抗流浪，用炊烟对抗律动，用村东头的大槐树对抗玫瑰与口红。

封闭的宅，凝固的疼痛，瞬间绽放的鸟鸣，一字排开，伫立归途。

无力改变的花朵开在楼梯拐角处，蓝色的血液涌来，木质的纹路不知何方。

坎的高度，始终高出一厘米，高到睫毛以上，横亘于眼前。

而我，最终选择了屈服！

暴　雨

有点儿后怕！

温顺的背后是什么？

整个城市和乡村都移植、错位。

没住膝盖的路，雨水洗净，净水洗脏。

藏在水下的魔瞪大了眼睛，漏电，窨井，如花的生命瞬间凋零。

出发的原点徘徊，目光所及，家就在雨滴的尽头。

暴雨改变的，不仅仅是人！

梦里杭州

打开一滴水，打开一滴汴河水，打开水里的三秋桂子，打开桂子边上的烟柳画桥。

打开一轮月，打开一轮州桥月，打开月下的铁马秋风，打开秋风吹落的映日荷花。

千年以前，我就是这样，和满朝文武，画工巧匠，蚕丝玉帛，沿汴河，渡淮水，过江陵，流经瓜州古渡，流向十万人家。

从此，清明上河，东京梦华，都随着夜深灯火的矾楼，融化平仄之中，沉溺宋词深处；

从此，杨柳岸的春花秋月，凭栏处的潇潇雨歇，都止步朱仙古镇，凝成宣和瘦金。

千年以后，我独步宋都御街。

四味菜

始终是心头的一缕炊烟。

空白的日子，就沿城墙透迤。

四味菜冒着热气，丸子、肉块、面筋、黄花菜，秩序和顺序依次排列。

勺子高高扬起，轻轻落下，扩散的波纹消融在肉汤。

香菜、味精、辣椒。

坚硬的锅盔硬过柔软的水。

最好还是烙馍，薄如纸，筋如皮，香如醇。泡在汤里，酥软，厚实。

四味菜，始终是平淡中的亮色，一如美景，美色，美味！

菊

银子的光芒碾碎，搅动秋。

从此，我就在埙与吉他之间，在月亮和溪水的交汇处，长出嫩芽，长成苍茫。

不可逆转。

忍让是唯一的救赎。

绽放，或者凋零；开，或者封；红，或者黄。

过程诠释出季节的力量。

锋利的叶脉切割过往，截断出路，

我只能匍匐在你出嫁的路上！

头　伏

头伏第一天，气温有点儿凉。陡变的风瞬间转向，从北往南，横扫豫东平原。

达摩克利斯之剑高悬，始终没有落下。欲望之都蛰伏，膨胀的囊不敢造次。

狗忠诚地卧在视线之外，随时召唤又忘记初衷。

很多东西就是这样，到了极致，反而释然。不再胆怯，不再望着头上的剑，手心流汗。

（原载《山东文学》2017 年第 2 期下半月刊）

鲁南，遍地乡愁［组章］

刘向民

一声牛哞，从父亲胸腔吼出

大雪里，风发出低沉的啸声。雪纷纷，一片一片击打着天空。

父亲与牛正从田地里归来，一步一步走在季节深处，与雪碰撞的感受，异常清爽和富有激情。

渐渐冷却的泥土，沾满父亲的鞋底，以及牛蹄。冷却之后总要体现坚硬的本质。

遥望天空，雪片迷茫了眼睛，父亲和牛都情不自禁地高亢。

那一声，真真切切地从胸腔吼出。

牛，如一座山却摔倒了

一块块土地被耕翻，遍地庄稼，遍地繁荣，遍地苍茫。

在一个黄昏，夕阳喷发着血色，大地庄严而庄重。

正在耕作的黄牛，却在一阵粗长的喘气之后，在父亲的眼前一下子摔倒了。

像一座山一样，一下子轰塌了。父亲双膝跪地，抚摩着老牛，号啕大哭。

真的，父亲心中的一座山，顷刻倒塌了，失去了精神支柱和相濡如命的老牛，父亲心底只有疼痛和委屈。

在血色的大地之上，父亲喋喋不休地念叨着，始终泪流满面。

命　运

谁能与父亲的命运始终相连？

劳苦了一辈子的父亲，始终记着牛，刻骨铭心的情感，已经深入骨子。

父亲说，我就是牛，牛是我的魂。

牛奔腾在父亲鲜红的血液里，让鲜红的血液更加沸腾。

他说有时候，感到无路可走时，就要与牛行走在天地之间，让自己做一次牛，让鞭子抽打着自己。让疼痛遍布全身。

对自己更苛刻一些，才能理解自己的无助。牛才是唯一的知己。

耕犁倚在墙根很久了

耕犁已经歇息很久了，生着锈。锈迹斑斑。

一直靠在屋墙下，发出陈旧与暗淡的叹息。

老牛已经逝去。父亲也老态龙钟，无法扶犁耕种了。

疲惫的神经一旦松弛，就再也无法激昂，父亲的确老了。

他总是倚在耕犁上，在阳光下遐思，眯缝的眼里，是不是还在回想起一场农事?

泥土，散发着春天的气息

牛在前，向前倾着身子，时刻绷紧粗糙的耕绳。

父亲在后，弓着身，扶犁。

简而又简的劳动场景，在晨光里格外简明和庄重。

天依然寒冷，牛喘着气，喷出一道白雾。越过面颊和额头在头顶弥漫。

父亲高一声低一声地吆喝，沉稳而雄浑，在原野里异常高昂。

刚刚犁开的土地，鲜活，湿润，积蓄了一冬的力量，在阳光下散发勃勃的气息。

这是初春的一个早晨，大地的温暖正渐渐升高。

坚　守

风起。云涌。

丛丛的草，一直漫延到天边。茫茫。

我看见那些曾经泛滥的青春，渐渐变得稳重，在风中从容地起伏着。风肯定潜伏在草的根部，草或者被风折服，喋喋不休地诉说着。

我知道，草一直坚守着土地，该疯狂时疯狂，该开花时开花，该结籽时结籽，从不矜持，始终坚守着。

（原载《星星·散文诗》2017年第6期）

时光，掠过九月的黄昏［组章］

三　月

三月的形象，起始于三月的一个早晨。

一滴露珠，在一枚尖尖的草尖上发出晶莹的亮。

一朵花苞已经饱满，在日渐温暖的风中慢慢膨胀。我已经预测，在下一个时刻会灿烂开放。

一群羊嗅着青草的气息，沿着往年的路径，穿行着尘世的光环。

乍寒还暖的日子，种子爆裂的声音和鸟鸣此起彼伏。

再说一说羊，抬起头，那么入神，张望着命运。

杏　花

春雨，清凉的雨，飘洒天空。

颤颤的蕊，粉粉的瓣，在短暂的黎明里开放。

时光从额头上滑过，我不愿再去想什么，与一朵杏花对视是想更多地了解花朵盛开的含义。

一位叫作杏花的姑娘，涨红的脸膛是那么俏丽，坐在门槛上失神。

我却在一转身听到细微的声响，盛开的杏花孕育了一枚晶莹的果实。

蚕

我仔细地听着，蚕吞食桑叶的声音。

声音如丝，细细地就开始吐丝了。

纤细而温馨的缠绵，默默地表达着旷世的柔软和坚韧，以及未来的温暖。

蚕吞下去碧绿的叶子，为了纯真洁白的未来，甘愿作茧，将自己缭绕。

这该是多么艰难的抉择，生命又一次轮回，宁愿舍弃曾经的生命，让灵魂重生。

向往是又一次追求，信念是又一次疼痛。

把自己置于又一次死亡，其实是又一次新生。

时光

腊梅花盛开的时候，雪花正飞。在之后的一个中午，鸟鸣便嘹亮了。

对着日子说一些伤感的话，是很必然的事情。一转身，忧伤以及烦恼，便隐藏在一树缤纷灿烂的桃花里。

微笑从一滴清亮的雨泛起，在阳光里闪闪发光，明亮的眼睛，闪烁灵魂深处的渴望。

寻找更广阔的天空，一阵滚雷之后，一切都归于安静，却是不安的萌动，一地青纱帐里疯狂地泛滥。

经年的妄想，总是在一阵又一阵热风之后，成为现实。汗水滚圆，贴在猩红的皮肤上。麦芒锋利，直指天空，从黑夜里经久不息的呼喊，已经成为饱满的麦粒，一地金黄色的安静。

其实，一年的时光很快，一瞬间之后就成为记忆，还有一些疼痛，也已经陈旧，穿过一些风和水，穿过一些烟与火，我要把它刻在坚硬的瓷器上，借助瓷的手段，让时光始终熠熠。

墓志铭

这些春秋式的句子，一行竖着排下来。

姓名之后就是很多赞誉的词语。

曾经的无奈已经隐去，包括疼痛，以及很多的不安已荡然无存。

写给人们看的，写给今人和后人，却都是匆匆的过客。

读过就读过了，一瞬之后，湮没在黑夜和一场风雨里，便是又一片茫然。

黄　昏

让最后一抹金色，染红天空。

劲风刮过，也浸染着光芒。

锋芒毕露，刺穿。让一枚又一枚树叶，甚至岩石，都澎湃着血。

与我比肩的，就是这么一些生活的细节，像慢吞吞的话语，留着深深的印痕。

之后，便是星星与月亮，一次又一次地，涌上头顶。

这一时刻，最适宜思考和回忆。

（原载《中国诗人》2017 年第 1 期）

出租屋［外二章］

吴开展

房子很小，几乎容不下一个灵魂在里面大喝一声。

房子很小，几乎容不下一个灵魂在里面大喝一声。

每天依然把自己情人一般约见，做自己的王，书是美人，笔指江山，不管，不顾，内心皓月长空，镜子里那个佯装强大的男人，脸上不易察觉的阴影，是内心真正的死角。

以至于从不敢熄灯，我知道，生活的泪珠与真相都在暗处挣扎，会生成病根。也常在亮堂堂的灯光下自我慰藉，掏空肉身。

这些静默的毁灭，并不使我懊丧和感到羞耻，我习惯把自己一再抱紧，抱成一根针、一罐蜜、一辆轰鸣的火车，抱成高山，抱成一个亲亲的人儿。

只是不知，一个人要住多少出租屋才能找回故乡，一只鹰要穿过多少逆流才能安息在高原上。

过长江

此刻的车窗外，它千年的雄性多么柔美，夕阳给以桥相握的两岸镶起金边，像是大地的一条束腰。

亘古不变的风姿伟岸，浩渺狂奔，一种慷慨的悲壮，一遍遍荡涤着尘世浑浊，两岸的高楼耸起新的价值观，安慰了你遥远的心，字迹漶漫。

长江啊，你从天而来，又向天而去，江南江北是你的手心手背，平原与大海之间的思念，以你相牵，开枝散叶。

可我过了江北，将一去千里，多少次回眸就有多少次依恋。

乡愁是一种瘾

南来北往，思念总被泪水浸泡，一天天发芽。

习惯坐在那个临窗位置，掏出这些文字的火焰，这些血液中奔突的姓氏和母语，点燃一个又一个流浪的中秋，以及一生的怀念。歌唱，或者哭泣。

故乡，再远，也没有远出我的心窝窝。我欠你太多的夜晚和春暖花开。我能把荣誉卸下，也能把生命安然地卸下，就是卸不下乡愁。

故乡，请允许我邀来千年的月光，在烛照八千里黄土时，也温暖我巴掌大小的村庄。让隔世的粮食，种进荒芜已久的来路。

（原载《伊犁晚报》2017 年 4 月 24 日）

乡愁老字号

张雪松

老　井

是一只深情凝望大地深处的眼。又向苍天，捧起一滴永不干涸的岁月之泪。

夜色如墨，只有白杨树立于风中，笔直地书写。在记忆或者虚构的缝隙，有月光，一滴、一滴……漏出。

洒落成高处的星星、低处的灯火。整个村庄隐于一幅黑暗的画中。

那时，你的世界是一面清澈的镜子。而我，只有头上的三尺天空。

轳辘转动，一圈一圈卷起年轮的涟漪，荡漾，荡漾——一次次旋紧心中的命运。

大路朝天。爷爷背着父亲，父亲背着我，我背着你。晨昏之间，我们一次次绷紧湿漉漉的绳索，与时间拔河。

苦日子和穷日子是一双草鞋，穿在旧历的脚上；而一双盛开茧花的手掌，却沾满你的清纯和甘甜。

那时，你白天出没于方言，夜晚安睡在梦中。你有水做的骨肉、菩萨的心肠；我有流淌的银河，像一副木质的扁担。

春天的木桶清波涌动。你洗净我最小的妹妹，嫁给四月。喇叭吹响，盖住母亲的哭泣。田野像一床柔软的棉被。你滋润着，根又深一尺。返青的枝条上挤满欢喜的花蕾。

一只鸟，一粒会飞的种子。我把它的鸣叫埋向高天的蓝，寂静藏在树叶下面，伺机捕捉一个个属于成长的句子。

夏日一滴雨。秋日一粒霜。冬日一片雪。

天启，仿佛总是来自高处。在赤裸的乌云中，我分娩于雷霆与闪电锻造的大地之子。从蛙到娃，声母和韵母构成我乡音无改的乳名，一生热爱，并坚守。

酒美歌飞的日子。稻花香诱我又一次跳出你的水面，一鸣胜于长叹。我看见你怀中远走的四季。月影乱颤，星光缭乱。

老　屋

透过月光和桂枝掩映的云烟，我依稀望见老家房子，在五月麦子青涩的芒上摇曳。

坯，一株生于乡土的植物，在泥泞中挺起老屋坚硬的骨骼。根悄悄延伸，扎疼远方游子的心。思念，在生命漫流的平原上日夜疯长。

秋天，黄泥上墙，遮风；春天，碱土抹顶，挡雨。老屋，回望你干草寥落的泥土之躯，多少风雨已经平息。在你尚未腐朽的大梁上，先长出两只蘑菇，又长出两只燕子。

燕窝，是寄居在梁上听梦的耳朵。我发现它们的儿女，不是生于卵，而是娩于子夜母亲那疲惫的鼾声。燕子啊，一对恩爱的小夫妻，是最爱人间烟火的邻居，更是我安于贫穷的血亲。

怀念老屋的一块玻璃。落日的余晖静静涂抹着霜画的窗花。深吸一口气，吹出一条路。多少憧憬，自此而入。童年的马蹄踢踏，倏然消逝于林海雪莽。

老屋的影子，坐在绵羊白色的背上，驮着雪花一起回家。那时，你有母亲一样柔软的眼神。你把我的第一声啼哭埋于呜咽，种进田野，让所有当牛做马的岁月，都围绕着你转动。而你更喜欢看着我，像一个温暖的词，独立于冰雪，痛苦和快乐，都鸣响在你寻常巷陌寂静的弦上。

老屋的墙壁，贴满了早年的报纸。我从中找出“家”是一个会意字。目光，顺着笔画深入。祖先，在山洞里点灯；星星，在石头里飘雪。

雪中的老屋犹如临风玉树。檐下红灯笼，难道不是老屋跳动的心？除了寒冷、饥饿与病痛，难道不是我血泪飞溅的藏身之所？

如今，我走在城市的街道上，时常想起老屋苍老的背影，犹如父亲。来自故乡的朔风，轻轻吹过，一瞬间，撂倒我身边多少高楼大厦的巍峨与喧嚣。

老屋。两个字紧紧抵住一首诗轰然倒塌的废墟。今夜，从你身上剥落的墙皮、麦芽、鸟鸣、月光，统统砸到我的心上。

老　马

今夜，一匹醉卧于根雕的老马，终于卸下生活全部的重量，轻飘飘地，跃到我的书架上。

我坚信它就是我家的那匹老马。现在，老马站在我面前，像父亲一样沉默，眼神里弥漫着深沉的暮色。

我坚信它就是西游取经路上白龙变成的那匹老马。而在生命汹涌的大地上，老马的气质更接近于一条奔腾的河流，如果它不停地扬起四只蹄子。

借助一盏马灯，我曾闯入过老马真实的梦境。那是一片又嫩又绿的青草。

它奔跑的身影，不仅越过了树梢，而且碰伤了月亮。雪地里的老马，更像是一团颤动的火焰。

在我的现实中，老马既不属于高山，也不属于草原。老马把自己一生的风景都套牢在车辕上，一根根缰绳，一条条鞭影，一道道血痕……老马只忠诚于田野，把所有的力气都披挂在一块无名的土地上。

那个秋天，命运安排老马开始它一生之中唯一的远行。它抖鬃振脊，昂首奋蹄——却轰然倒下。

那个秋夜，满天的星斗都向着天空的东南角缓缓倾斜，直至鱼肚白渐渐托举起一片血色的嘶鸣。

而遥远的地平线，一场席卷大地和心灵的风暴，正喷薄而来。

（原载《散文诗》2017 年 4 月）

马头琴吟唱草原的故事［外二章］

刘佩枫

木扎尔特草原的万物刚熬过冬天，萌发的草，还柔嫩得挺不起腰来，我却已经走进了草原的深处。

柔和的春风吹着我的长发，就如同吹拂着根的梦想。

我的心中有一片草海，荡漾在风里，每一棵小草都是水珠，每颗水珠都那么茸茸的让牧人心痒。

我喜欢畅游这片经常掀起风浪的草海，它饱受太阳恩泽，是六畜赖以生存的水乡，那汗水般咸咸的水珠，润过食道，生活安康。

木扎尔特草原的春天很短暂，靠近山边的草还来不及把叶再染绿一点，游牧人的秋天，却已经早早地到来。

游牧人忙于寻找美好家园，常常把蓝天当作家乡的屋顶。

一头老牛在迁徙途中浑身涂满夕阳的光辉，嘴里慢慢反刍着生活的疾苦。

死亡是前路，不是退路，是新生命的开始。

春夏秋冬是一面镜子映照着游牧人的生活，煨着牛粪火取暖就是命运。

草原狼的骨头噎过食道，骆驼负重穿越内心的地狱和沙漠，饥饿的公牛藏在健壮的外壳里，马、女人和草原是生活的基本表情。

游牧人对于马的敬畏是很久的事。一匹汗血马说到世界史，说到牧人流动的家，说到马毕生以嘶鸣和驰骋保持东方的阳刚。一旦失去了长途跋涉的力量，它就悄然离群，直至死去。

从小，我亲近骏马。伊昭公路边上，有一匹天马的雕像。不知是我先发现它，还是它先发现我，抑或是我们同时发现，目光一旦邂逅就怦然心动，难舍难弃了。那是一匹白马，它以简单线条把自己从恒河沙数一般的马群中脱颖出来，神情告诉我痛苦，步态告诉我愤怒，遍体白色告诉我它从太阳深处走来，来自工业时代。

永远驻足路边，是为了在这条生命驿路等待骑士吗？求求上苍给我一把毒草和一杯伊犁河水酿造的烈酒，让我焚烧那些爱情和理想吧。我心中的骏马和南北天山草原已经随着工业时代的太阳远去。

南天山北天山，精神死在这里，肉体死在这里，我也将死在这里，我的草原是唯一的生命葬地。

远方依旧遥远，而那秋风吹荒的原野，游牧人依然低着头挤着乳汁，依然挥舞鞭子放牧风云。

他们两头不见太阳，因为他们怕被那叛逆的火焰沸腾血液。昨日，天上的云彩忽然失火，燃烧了一群奔腾不止的马群，它们披散着火焰般的长鬃，往万里长城的方向跑得异常愤怒。

今天，新的也是旧的太阳再一次升起的时候，娜仁托娅老额吉脸上依然重新挂上笑容。

孩子，我们蒙古人是如此地热爱长生天，又是那样倾心死亡。蒙古人是草原的孩子，我们追逐着太阳的足迹，豪气地喝干了整个亚欧大陆的水呀。

我们的孩子铁木真骑着那匹叫“巴特尔”的马高高起飞，跨过那幽暗的山谷和辽阔的草原，去追赶耀眼的太阳，在征途之中“道渴而死”。

我的孩子，看看我们那满面的皱纹，像厚重的书页一样翻不开岁月。

我们都是草原的孩子，真正的蒙古人都是草原的孩子。长满鲜花和华丽的地方瞧不起我们的出生，只有那辽阔的草原和驰骋的骏马，它们为你开放野性，为你赞美。

正如激越的伊犁河一样，那是乌孙人、匈奴人、大月氏人、突厥人、蒙古人、哈萨克人的烈酒和火焰，它们燃烧了游牧民族的心，燃烧了骑士的眼睛，灼伤永远不会得到安抚。

铁木真，稚嫩的双手紧紧握住一根细细的马缰绳。

那匹叫“巴特尔”的骏马稳稳站在大地上，它的四蹄生出了根须向四面八方延伸，成为元朝那段历史最冷酷的黄金分割线。

正如水草丰美的木扎尔特草原，被人类的贪婪分割成一块块最后的生命绿洲。

如果这分割都是理由和借口，那请长生天告诉我是苟延残喘，还是从容燃烧。

我是草原孩子，骑着那匹叫“巴特尔”的马儿穿过人群的嫉妒之火。

那马儿停在汗腾格里峰下。它累死在那里，被满天的烟尘和工业时代的利器给杀伤，它高昂的头骨被做成一把琴，用来吟唱一个草原民族逝去的辉煌。

草原精灵

九月鹰飞，木扎尔特大草原秋风肃杀，黄褐色的衰草如浪涛般一起一伏，铺天盖地地涌向远方。

大霜小霜，在太阳初升时分，凝固了一个健壮的厄鲁特蒙古汉子踏着白草，向东方眺望的身影。在春去秋来的日子里，厄鲁特蒙古人所经历的一切鲜活苦难，竟如落叶般在时光中褪色，陈旧得像年代久远的石刻壁画。厄鲁特蒙古人的生命是柔韧的，就像风中的牧草。

那噘着嘴唇，额头很高，头发披散的乌恩其妹妹，你在哪儿？你回到自己的木扎尔特草原了吗？那个帮你支起毡房柱子的厄鲁特蒙古汉子是谁？在空寂的那林果勒河畔，你独自哭泣着决定生命的方向，在温暖的篝火堆旁，谁抹去你的泪水？那一绺用刀子割下的乌黑长发，埋在潮湿的泥土下，指引着牧人的灵魂回归，听得见那林果勒河水咆哮，看得见骏马嘶鸣的坡马高地炊烟缭绕。头发是很难腐烂的，这些编织着爱和恨的头发，就像一只渴望自由的鸟，将受伤的翅膀埋在地下。那披散着长发的乌恩其呢，那像鸟儿一样飞翔的乌恩其呢？

乌恩其就像一朵云或一缕烟一样漫不经心，充满遗忘。她高兴的是那些消逝在空中的鸟。她不喜欢骏马和健牛。她爱的是那些没有内容，马上就要消失的东西。她喜欢风、云和烟。一缕青色的炊烟对她来说比什么都重要。在遥远的秋天尽头生起的那些青色的炊烟。有炊烟的地方才充满了生气。她甚至没有看到炊烟下面的火。她喜欢的是那些变幻不定的，不可捉摸、不可辨认的类似风吹过来的那种爱情呼吸。她只在这种呼吸拂动的时候存在。她就像一个草原精灵，没有人不爱她，就像没有人不热爱草原，尤其是这些游牧的厄鲁特蒙古汉子。

游牧人的生活是艰苦的，每一次迁徙都有痛苦掺杂其中。游牧人走到了疯狂的边缘，骑着马把梦想撞碎在悬崖上。我遇见了草原精灵。这是木扎尔特草原上的蒙古人给她取的名字。后来她照顾着我。往一口大锅内扔进各种野菜。有时用草搅拌奶来喂养着我的胃。

草原精灵，就在这漫长的草原漂泊的路上，我为你写了多少诗歌啊。直到黎明来临。头顶的星星只剩下几颗在天际，像是被秋风打尽果实的枯干的大树，还有最后几个希望。等待起飞的草原精灵，渴望回家，回家成为一个民族的秘密。

那回家的日子，属于乌恩其的长发，是在春天和秋天的道路上一朝一夕长成的，预示着草原四季的变化。那明亮的眼睛，只看守过青烟、云朵和我，小羊羔和牧鞭属于她的手，道路和雨雪属于她的脚，河水和泉水属于她的嘴唇，嘴唇属于她的歌声。云朵和我属于她的眼睛，除了过眼烟云，还有谁能守在她心中？

我们在木扎尔特草原储存了不少诗篇和粮食，我们要养育后代，就像一岁一枯荣的草。

回归草原

时光如水，这亿万年冰川融化的水，滋润了辽阔的木扎尔特草原。这春风鼓荡的草原，盛开着美丽的花，让生命劫数难逃。对年轻的巴郎子而言，这些美丽的花，悄悄打开了影响生命成长的潘多拉魔盒。

生命的自由是自得于天地间的，是大自然的一种呼吸，生命在自然界的地位和风雨雷电晨光夕照是平等的，只是风雨雷电晨光夕照是无意识无思想无悲无喜的，生命是肉体和心灵健全的一种存在，快乐了会撒欢，疼痛了会咆哮；生命的表现是自然的、不矫饰的、不考虑文明枷锁的、不考虑长官意志的、不考虑青史留名永垂棺盖的。那在马蹄下翻滚着、沸腾着的辽阔的木扎尔特草海，也许在一瞬间，汹涌着一个浪头，就能让我走完短暂的生命之路。

我无法察觉时光在慢慢地从身旁流过，多想张开双臂抓住这一丝丝的滋润。我想象如那些伸展翅膀的苍鹰一样，抓住了所有的自由的风，永远飞翔在这片无际的草海上，风会永远抚摩着我的黑色羽毛，草海会永远倒映着我的模糊影子，一直到翅膀在风中折断的那一瞬间。

我轻轻闭上眼睛坠入永夜安眠的梦乡，全身覆盖着霜白的月光，我相信朝阳明天还会照耀到脸庞。我似乎看到了自己的身体像猛禽伸展着两翼在天空狩猎，下面奔跑着惊慌乱窜的畜群。我的梦，是日复一日的跋涉之梦，在草原上多留一些脚印，与生命同步，沉默跋涉。只有那些被黑夜深埋的身影，永远也走不进草原的阳光地带。

我把心脏留给草原，因为它饥饿了，便要吞噬一切；我把语言留给苍天，因为它沉默着，从来没有为生命说过一句怜悯的话；我把希望留给母亲，因为她为生命奉献着，没有留下任何属于自己的东西。草原上的骏马依然迈开急促的步伐不知会走向何方，生命奔跑着不知在何方就会消失。太阳已经回归，我闭上眼睛，一同回归草原，回归……

这一次壮烈的回归仪式。生命的旅途，走出了母亲的视野，走进了脚下草原的核心，以及草丛中深埋的历史，无穷无尽的生命，无穷无尽的往事，匆忙的脚步印证了作为游牧人对草原的信仰和崇拜，或者可以进一步说，游牧人欲以自己的脚步，为生命连接草原探索一条充满荆棘的时光隧道。

为什么人只有一次回归？同样是两个来自宇宙的物体，一个是太阳，一个是肉体。太阳的回归，是生生不息的草原；肉体的回归，是勃勃跳动的心脏。

欧洲，或者亚洲草原，无论是成吉思汗的世界草原，还是汗腾格里峰下我的思想草原，它们都是：孕育着和平和情欲的草原；曾经无比苍茫、一岁一枯荣的草原；九月的天空上鸿雁飞过的草原；已经沦于沉默孤独的草原；产生过格萨尔王的草原；诞生出诗人怀抱着汉唐盛世的草原；可以称为母亲父亲的草原；风雨吹打和白雪覆盖的草原；总深藏着细君公主和天马的草原；创造历史辉煌篇章的草原；会复活也会死亡的草原……

也许，草原发生过的一切，野火烧不尽的一切，都已属不朽。那曾经发生过的繁荣与辉煌，都尘封在衰草深处，永不会真正地在草原消失，它们如草种子深埋历史大地的土壤中，总会在合适的季节，在“新的融合”的腹中重新萌生。于是，历史深处的回忆，来自远方汉土唐疆的风，对未来的憧憬，一阵阵地吹过这辽阔的草原，有一阵新鲜，有一阵久远。于是，我的心就像毡房和炊烟，在重新孕育着六畜兴旺的希望，新的草原之子，如天空滴落的春雨，降生于这片草原之上。

木扎尔特草原，这是中华民族的古老黄土，这是汉武帝埋藏着财富的草原，这是罗马皇帝恺撒向往过，盛唐诗人李白吟唱过的草原，这是诸子百家争论过，多少丝绸之路传奇故事沉埋过的草原，这是我们所有中华儿女的草原。五千年的时光散成碎片，如雪花般轻轻飞舞，层层覆盖木扎尔特大草原。

（原载《散文诗世界》2017 年 1 月）

我和绿的亲密关系

雪 漪

一

着一袭绿裙离开昨天，飘着绿的风情，让我的灵魂洒脱地去远走他乡，实践雨的践约。我不谙世事地托着腮，以愿意停留的心情赞美绿，已经把过往忧伤全部格式化，想滔滔不绝就仿佛无人。

一个女子以绿的姿态缱绻，远方，是一匹马的思绪，驾驭着神往，柔软到不能再柔软时，让形容词和动词纠缠在一起，发出优美的千古绝唱。

这一刻，我是真的远离喧嚣，绿得明媚而饱满，它在情不自禁地叙述里说出我生命的锦绣。原来，我一直在一条铺满绿的道路上走，踩着生命本质的音律，有大把大把的希望无可抗拒。

绿垂身后，以永恒的青春摇摆，我心无旁骛，听一曲绿的颂词，必将被绿颠覆。这让人沉静的背景，这让人善良的颜色。

多么深远的一帘幽梦！

打开绿的经卷，继承千金散尽留下的遗产，留一个优美的背影给绿欣赏，永恒地写下：我的内心没有荒芜。

因为绿，学会了苍茫地转身；

因为绿，学会了优雅地告别。

二

始终笔直地记着，自己作为一棵树，一棵脚踩大地、手招苍宇的树，无论骨骼还是血肉，都带着与生俱来的深入，上下求索。

搭上太阳这张船票，被阳光滋润的绿，就在我的头顶灿烂。时光的手抚摩着我，我相信，只有被绿色拯救，才有辽阔的出路。

仅仅是春天一句又一句的语言，而我听了之后，却豁然敞亮，一颗心浮想联翩，紧紧跟随着走远。

绿一次次打开我向南的思路，哪怕一颗张翅的心浪迹江湖，哪怕一双灵魂的脚仗剑天涯，都是为了一场与生俱来的迎接。

绿，什么也不说，也代表着思念；绿，悄悄走了，也代表着永远。大地之上，新的时光，旧的时光，都是绿的给养。翻来覆去的绿，致使许多内容成为可能。

即使秋来，根也会绿着，根绿，心也会绿着，这是生命最本质的语境。

秋高气爽，绿让思绪中大面积的灵感忽闪忽闪，给我旷世的倾倒、玲珑的妖娆、疯狂的沉醉。

于是，反复听《隐形的翅膀》，在来来回回中了悟，绿不会逼任何一段真情走上绝路。

让我告诉未来：

真正长久的爱，与根同生，与绿同在。

自己作为一棵树，把一切杂想都放在大地上，让未来的天空来完成无限想象。

三

秋的路口，行期把往事推远。

绿能抵达的地方注定了纯粹、干净、美好。于是，我不可更改地因为绿把自己托付。绿，让我一生葳蕤地充满热爱。

一生，不在乎在哪儿，只要有绿这块朴素的版图，让我忍不住为了一段又一段涌动的热望动情地朗诵，每一次朗诵，都想达到一种理想的高度。

着墨属于自己的绝版人生，多少次前行，学会为自己回首，只要看见绿对绿的追逐，热爱就不会成为过去。看着走来走去的文字，终于明白，不需要再去对有些物是人非的内容进行无厘头追忆。

我和绿来自一个源头，信念染指，盈握生长的魅力，谁能揣着最初的青春邂逅最后一场绿的深情?

花开过后，我和自己走得更近。一寸一寸，就走过秋的路口，情托的锦书寄给大片大片的绿草，年复一年投入重生。看到，看不到，该生长的都要生长。

明天，迎面而来，我将继续沿着绿，款款一个人前行。

四

有时候，想到绿色，思想会从第一眼绿开始幸福地燃烧。

穿透幽静的下午，突然想到的是纯情在十七岁的枝头流盼。

那时，没有俗世的羁绊。尘缘散去，身后是整齐的思绪，依然以绿的姿态揣想，曾经是怎样把世间最美的温情畅谈。

整理完自己，把那些戴着枷锁和宿命的内容重新装进抽屉，从此，让意识的身后只留下一把锁的空白。不但是视觉，还有不能虚拟的感受，全部采用白描封锁。

我终于回过神儿来，意气风发地放飞心翱翔。

当我想到绿，我联想，我在动用无数的文字，写一生延长绿色的信，我发现，生命，在绿色里行走得要更加缓慢。因为，我在爱，爱一切美好。

以散文诗形式，通过深浅不一的绿，说出自己一直在深深浅浅地读着的乡愁。能够用爱偿还爱，用心对接心，多么温暖地、畅快地交流!

从一片绿出发，到另一片绿，一路的苍翠一页一页把我委婉地翻开。

为幸福之后的痛苦来，为痛苦之后的幸福去。

（原载《散文诗》2017 年 4 月）

为一条河命名

——在白河源

张沫末

一

一条河有着比传说更长的历史与神韵，亦历经山迢路遥的坎坷与颠沛。

它比一个帝王出巡的场面要宏大，比一个朝代的存亡更多深邃与跌宕。

往小了想，也可以是一条鱼的快乐、一株水草的柔情。

或者是某个春色弥漫的三月，一对少年男女的情怀初涌。

三月，天上或人间有多少条龙，都不足以撼动白河之水的执着与清澈。

即使康熙大帝向天再借五百年，也长不过河流的使命。

从内蒙古高原倾斜南下的河水，曲折蜿蜒至大马群山的脚踝处。

亿万年之前的造山运动使得山石瞬间生离、错位。再靠近、再错位、再溶蚀。

如此往复，石头肌肉和骨骼硬生生地被磨蚀成滴滴泪珠。

在某一个春潮翻滚的夜里，喷出，爱的清泉。

二

三月末的白河源头，倒春寒与沿高原南下的朔风还在浮云间吹奏着冬日的哀歌。

从大马群山山的侧影望过去，时光里沉淀下的鹅卵石。正被渐柔的水草和浮藻淹没身姿。

一条河的走向与果敢远比一座山伟岸和坚毅。

滴水穿石的韧性，常常让一个内心虚弱的人，不堪面对潜藏在心灵河床里的阴郁。

此时已有星星点点的绿意在河岸两侧的山势上泛出。

风急急匆匆地行走——好似在这三月的春光中，丢弃了什么心爱的，要急于赶往下游寻找……

大片的粉红，正从独石孤寂的身体里复苏。

河流裹挟了杏花的香和独石的幽，随着急性子的风，一路南下。

河流是没有姓氏的，她是涌动于大地之上的爱之精灵，为爱生。为爱流淌，为爱川流不息。

烽烟与战火止于河的柔弱和无私供给。

嫌隙与纷争溶于一条河纳百川的胸襟。

三

这条河，是母性之河、脐带之河；这条河，是疆域之河，亦是流亡与防御之河。

河之东南，山势逶迤却趋于秀丽，经霞城，纳汤河之温润，敛黑河之气韵；入京津，孕天地之锐丽，润京都之华盛。

河之西北，山体直立突兀。若内蒙古高原奔驰而下的万匹骏马，在坝缘处凝固成岁月的雕像。

群山外，锡林郭勒草原霸道地将辽阔的绿色一直泼洒到天边。

草场深处，风吹草低，琴声呜咽婉转。

起伏的界壕如死亡的马匹的骨骼，在茫茫草原迂回、承转。

农耕文明的烟火与小调，游牧文化的宽广与粗粝在白河的水滴中汇聚、碰撞、融合。在奔突的九个龙头的泉水中，一条新的河流，由此生出。

河源处，农舍炊烟袅娜，泛着油光的成年的骏马，领着足月的孩子，在河岸湿地上悠闲踱步。

和平与宁静演绎出一幅新时代的静美画卷。

小桥流水人家，古道西风骏马。

四

这条河，亦是天神射入沽水大地的一支金箭。

历代有多少帝王在此往复逡巡。

筑长城，修庙宇，求天地日月，绵延神仙香火佑护一方百姓平安。

长风渐起的十月，万箭坠入处，大马群山层林尽染。

苍苍茫茫的望云驿道，已隐入时间的碑刻。

云烟漫卷处，时代的号角正在吹奏新丝绸之路上的凯歌。

战还是和？长城给出了最好的答案。

逶迤白河沿岸的古长城既是历史的回声，亦是民族融合的见证。

百姓拒绝战争，拒绝颠沛，渴望安宁的田园生活。

于是，便有了一块砖石与另一块砖石在中华大地上的相遇。

它们站出若干年和风细雨，站出中华几千年历史画卷里不朽的风姿。

站成一堵墙，站出一个名字——长城。

从此，山河更显硬骨，古道更显悠远，岁月更多诗韵……

一个生命最原始的愿望，原本只是一滴水，纯净，简单。在尽可能的空间里滋润另一个生命。

即使只是维系一株狗尾巴草的青春，即使，只能见证一只蚂蚁的苟活与幸福。

春之上，在白河源，多少烦恼，多少云烟，都被这纯净的流水捞了去。

河岸边静止驻足，在与一撮柔嫩与碧绿的水草的对视中，恍若这世间再没有争执和江湖。

我，只是我的春水……

（原载《散文诗》2017 年 9 月）

这些，你没有看见 [组章]

曹立光

风，吹动银河

其实，我已经没有什么可仰望的了，我只是想在浩瀚的夜空下，静静地听星星拨动银河的浪花声。

那些闪烁光芒的河水，有多少是相爱的人儿说出的悄悄话，有多少是孩子睡梦中的呓语，又有多少是历尽沧桑洗尽铅华的安宁与平和。

风，吹动银河。

我的一颗心啊，也随之轻轻摇曳。尘世中那么多经过的事物，仿佛都没有经历过，仿佛一切都没有发生。

风，吹动银河。

那些星星的浪花中，也有我一颗闪烁的心。不细小，不卑微，并坦然、自信、天真……

清晨，一群不速之客

被一阵嘈杂叫醒，原来阳台上来了一群不速之客。

很多年没见到它们了，它们容颜没有太多改变，装束简朴的作风依然坚持。

它们的语速还是那么快，底气还是那么足。

它们说着节气，说着收成，偶尔为某个不同观点，陷入沉默一小会儿。

听到它们的话，我就想起老家外出打工的亲戚们，他们都有一样的境遇。

抓一把小米，我想打开纱窗，请它们吃顿饱饭，而它们谁都不曾低下头去啄。

在尊严面前，怜悯是多么可笑。

当警笛由远而近驶来，它们背起行囊，呼呼啦啦地飞走。麻雀和老百姓一样，天生对那个声音敏感。

下午三点钟的纬二路

汽车引擎轰响，突突的声音如同刚刚飞过头顶的那只黑乌鸦扔下来的排泄物。

车来车往的街道，白色塑料袋吐着长舌头，游荡在车轮之间，像夹尾巴的丧家犬。

被抛出车窗外的矿泉水瓶，它翻滚着不喊疼，它还想站起身来给世界一个沾满尘土的笑脸。

120 呼啸着绝尘而去。商店的门永远敞开，买货的人还没有来。

手捧鲜花走出蛋糕店的那个男人，他脸上有青春的痘在生长，有奶油的憧憬在荡漾。

瓦工、改水、改电、电镐、钻眼、砸墙……站大岗的任师傅把他的新名片塞进我手中，羞涩的阳光，花白的头发。

仰望今天太阳

这个春天，天气是随机的。我在忙碌增添衣物之间揣度气温的厚度。

上班的人，等待昨天的通勤车，重复去年的故事。

拥有电脑、投影仪、中央空调的现代化教室，一群孩子在为造一个相同的句子而扬扬得意。格式化的学校，复制的都是相同的快乐，和悲哀。

仰望今天太阳，没有人想起昨天太阳的模样。历史总被忽视，而人们却总在越来越小的事物中沉迷。不能自拔。

当桃花如约盛开，丁香紫色的衣裙摇摆。我终于看见一个男人停下脚步，把脸深深埋进春天。

家在哪里

从办公楼中把自己提出来那刻，阳光，紧贴楼角，不紧不慢，跟着你，伺机在你不防备的时候，再咬你一口。

街上的人很多，有的接手机，有的玩游戏，有的手牵手走过，有的孤独的背影一枚，更多的是像你当年那样，没有方向，没有理想，没有信心，就连脚，下一刻落在何处都不得知。

一辆又一辆，车轮溅起的喧哗，冲刷尾气的耳蜗。

风吹红裙，风吹橱窗内塑料模特的灵魂。

醉酒的男人，扶着树，泪眼迷离中，嚷嚷，再干一杯，咱，咱，就……回家！

他突然哭了

西瓜忙着把塑料布披在自己身上。运货车吆喝着往库房里搬卸粮食。站牌底下等公交车的女子，捂住被风卷起的裙子。慌张的出租车拉着慌张的乘客。

远方天际，黑滚滚压上来的黑云，脓血中有沙子的尖叫。

呆坐五金商店门口的兄弟，他突然哭了。

他的号啕吓跑了走雷，他料峭的肩胛骨顶得城市一耸一耸。

一个真正的男人，太需要一场滂沱雨的倾诉。尤其是在，生活的刀子抵住喉管的时候。

在钻探机械厂

焊花飞溅，洗亮我失眠的眼睛；机器轰鸣，掏空我缺铁的胸膛。

沿一条汗珠打开的小路，我像被遮蔽的角钢，等待闪电光临骨头。

这沸腾的一切，和生活有关。痛苦需要修补，沉吟需要点亮。

歌声总是往高处飞翔，平淡的日子等待物质和工业喂养。

灵魂在沉沦之后获得上升，火焰在废墟和灰烬中获得内心赦免。

在钻探机械厂，我被一道道诗歌的光，点燃心房。

今天是个好天气

淡蓝的天空下，有一朵优雅的白云在梳妆。结伴飞行的燕子呢喃春光。这些发光的好心情，都给忙碌的人享用吧！

今天是个好天气，上学的风筝被风牵着小手，早班的露珠得到青草的赞誉。

婚礼的鞭炮点燃爱情，轮椅中打盹的毛毯沧桑中有淡定，如脚下的河水，绵延不息。

看得见的，看不见的世间万物：

因为温暖，我们拥抱，因为敬畏，我们感恩。

我路过的那一片草丛

我在辽阔的黄昏中看到了生命的欢乐。

蚂蚁端坐在蒿草叶上品尝阳光递过来的微风，金龟子为一场演出，忙着试穿礼服。蜜蜂没有闲心听蝈蝈为秋天创作的朗诵诗，它要在日落之前搬运最后一桶生活的蜜。

水泥甬道上的电线杆、站牌，和我一脸痴迷地倾听这最后的村落，最后的多音部合唱。

如果可能，我真的希望城市建设者们，放过这片土地，救救这些热爱生活的生命。

下班的尾气纠结着城市浮躁的欲望，被劣质水泥厚厚掩盖的人心，在红绿灯面前丧失了辨识方向的勇气。

只有这一片草丛保持着生命原始的旺盛，也只有隐藏在开发区灌木丛后的这一片草丛，明天被强拆。

酒好，好酒

时间在推杯换盏中流逝，夕阳下的那群汗淋淋的男人，躺在树荫底下说着女人，或坐在几块摞起来的红砖上面，议论着年成、岁数、酒的价钱。

临河的石头，看流水在谈笑风生里自西向东流去。

而醉倒的酒瓶，二三结对，三五成群，在四季发财，六六大顺的酒令里，干掉了工作中的苦恼烦忧。

情谊，像后劲十足的60度高粱烧。这等时刻，怎是几个公、侯、伯、子、男能有?

喝醉酒的男人走在回家的路上，他们在踉跄的脚步里，不知道是醉在酒中，还是醉在愉悦里。

他们在起伏不定的道路面前，不清楚哪一步是惆怅，哪一步是慰藉。他们只是在互道保重的时刻，嘴里还在喃喃地说：酒好，好酒。

红灯，是在为谁沉默

日子还热，生存却变凉。

断弦的雨吹灭了黄昏，掐断了写字楼乡愁的灯盏。

那些流淌在水泥地面上的光正闪动尘世的霓虹。

转动的车轮。倒退的站牌。路灯下的花伞。大型商超的打折促销。批发市场门前湿漉漉的韭菜。横穿马路的猫。

红灯，是在为谁沉默。

补习的孩子，除肉体之外，神给予你的，他随时会拿走。

阳光下吹口琴的老人

孩子向上疯长的头发是返青的土地。

三月的太阳想念四月的草长莺飞，五月的马兰花绊倒一个求职者的明天。

没有绳的欲望，红灯是摆件。

方向盘能否给你温暖，一脚油门是否就是幸福！

没有李白、杜甫、白居易、陶渊明、王维的时代，诗意在远方，敬畏在巡航。

阳光下吹口琴的老人，他内心正在春又变冬，绿又变黄。

雨还在路上

没有生产厂家的风，被困在一座废弃工厂内。

断了肋骨的铁门，患白癜风的外墙，空空如也的仓库，那老鼠随便进出的总经理办公室破碎的玻璃尖牙犹在闪烁咄咄光芒。

生产条例还在。职工守则还在。被蜘蛛网笼罩的世界地图还在。只有公司领导责任制被人用烟头摁出一个大大的黑洞。

大大的黑洞。

这座曾经显赫一时的国营工厂，往日的喧哗和辉煌哪里去了，幸福像花儿一样快乐的工人哪里去了？

春天的阳光没有温度，褪去字迹的便笺纸在回忆中取暖。

乱石堆里有去年的荒草在返青，婆婆丁还不懂得珍惜。

挖菜的人走在路上。

雨没有下，还卡在一个人的喉管内，发炎。

它们喜欢沉默

炊烟还热，生活却变凉。

断弦的雨，吹灭了黄昏，掐断了野菊花返乡的灯盏。

那些水坑中的星光，闪动尘世的涟漪。

水缸上的瓢。圈中的猪。笼里的鸡。停止进食的牛。火炕上蜷着的猫。金黄的苞米粒子。长芽的土豆。漏风的墙。

它们都在沉默，它们喜欢沉默，它们在沉默里沉默。

（原载《散文诗》2017 年 9 月）

坐在水畔 [外一章]

施　云

以磐石之固，在水畔等你，像满河的鱼儿等满河荷花慢慢绽开。

静静地任流水潺潺地洗刷倒坐在水里的影子，有一种被自然赦免的幸福从我的脸上溢出，像桃花的嫣红里夹杂着几丝杏花的白。透过拘谨的表达，像透过诡秘的词语，它们把美置入另一种美，像把一窝蜂的甜蜜事业，置于所有人的未来，而我，依然坐在水边，静静地听着潺潺流水，像听着你来自梦境的称呼，幸福，像雪花般簌簌降临。

坐不成一尊佛。为何要坐成不识人间烟火的佛呢？有声音自我的灵魂深处，发出击石般的叩问，像来自苍穹，且附着莽莽的沉重而不是撕心裂肺的痛。淙淙的流水，浣纱般抚摩着我的静如止水，任涟漪之肤绽放水样年华，而我，终究沉默如石，以磐石之固，在水畔等你，像满河的鱼儿等满河荷花慢慢绽开。

浣墨溪

浣墨溪，一条独自成流的水，像流着乌蒙的胆汁，因浓墨的绿而布满文化的脂香，而我把握的词，远不如它沉积心底的石头圆润而光滑。

浣墨溪，一条没有传说的水，像我的故乡一样清贫，却因林荫的绿，染上了墨的烙印，因而被人们赋予了浣墨之名。我不知道给它命名的人在断章取义，还是它真的越浣越黑？但这已不重要，重要的是在游者眼里，它就是一条浣墨的溪，一条被沾满墨香的溪流。

浣墨溪，一条还很少有人逆流寻源的水，像我的故乡一样默默无闻，却因它墨染的绿，从乌蒙一路向东，奔流不息，直到进入牛栏江，并入金沙江，汇入长江。一条小小的溪流，始终含着墨香，把文化的脂香带到远方。

浣墨溪，一条我梦中奔流不息的水，像条舞动乌蒙的小小银河。它流得越来越远，离我却越来越近。它孵化我的梦，像孵化着一群群即将成蛙的墨色蝌蚪。浣墨溪，一条流淌文化脂香的溪，正源源不绝地用它的墨滋润着它的流域。

（原载《伊犁晚报》2017 年 3 月 27 日）

罂粟·印象［外三章］

香　奴

1

我没见过你的罪恶，就不信你的罪恶。

别人叫你恶之花，我只能更正我力所能及更正的一部分，我用凡·高的手法处理写实与印象。

我对你有偏爱。并不在乎群芳是否有妒意。

与你失散多年，我并未刻意寻找过你的种子。

你粉红着笑脸为何流淌白色的血液？这是我童年时就问过你的，你从不回答我，或许刀片正巧妙而娴熟地经过你的喉咙。

一种能给人类疗伤和止痛的植物，临终的时候刀疤累累，这让我长大后，从不停留在乐善好施的现场，我总是在激流中勇退，在盛景华年里低入尘埃。

你从不拷问人性，但我一直离群索居。

2

老祖母身材矮小，钻进隐蔽的罂粟园，就不见了踪影。

白杨林高大，柴垛夯实，密密麻麻的刺梅长成了篱笆墙。

众多的罂粟，老祖母调教有方，一片含着骨朵，一片已经结出硕果，我最喜欢的一片，那些纤细的腰身举着单薄而动人的花朵。

我说，你们这些被打入冷宫的娘娘啊！现在仍然找不到更好的比喻换掉那个孩子的想法。

罂粟，你在我的眼里，失血过多，营养不良。你的叶片是灰绿色的，毫无生气。

你是深山里祖母的医院。你是她的八个儿女的医生。

你医好过头痛、胃痛、肚子痛。

你治疗感冒、痢疾，你负责村妇的分娩，老人的临终。

在没有赤脚医生之前，你是村子里所有惊慌失措的主心骨。

是的，那贫穷落后的年月，你是村庄的魂魄。

这些都是偷偷的，悄悄的。

我问大人们，罂粟到底犯了什么错？

3

至今，我的画面不表露赞美和歌颂，这有点像为一个罪人的开脱。

我画你的红，你的粉，你饱满的不曾被割伤的头颅，你缺少阳光的叶片。你在步家街的夏天是美的。

你在步家街的夏天是无可替代的。

除此之外，我不想知道什么。

后来那些篱笆拆了。

后来杨树被砍伐一空。

后来祖母走了，老屋住进了另外一家人。

后来，种植罂粟成为违法之事。

后来，仍然无钱治病的人们要么死去，要么活着，忍着痛。

罂粟，在步家街早已绝种。

鸢尾兰·印象

1

路边、野外、城，或者乡。兰的身段放低，叶片变宽厚，和野草在一起。

千里单骑的铁蹄踏过，慢悠悠的牛羊踩过，狂风席卷过，沙土侵蚀过，甚至，贪生怕死的小虫都来欺凌过。

三月，准时开花。芳草能走多远，鸢尾兰就能走多远。

2

知己，何需一定红颜？

蓝紫的她，忧郁、宁静，刀光剑影也不能改变那深邃的眼神。

爱过那一瞥惊鸿的白衣少年，谁还能扬鞭策马地闯进来？如果夕阳无限的好里你的影子带着风，带着雨，带着惊喜和忐忑出现。

刹那的对望，那一定是久别重逢！

让啜泣亲吻啜泣吧，

让春寒拥抱春寒。

3

一棵草本不奢谈来生。

一棵草本更明白，春日苦短。蜂蝶流连的热闹里藏着针锋相对，东风十里上演香艳的争斗，她用冷色的高调，一笔抹去虚浮之云。

天空变高阔了，河流蔚蓝，让秋风鱼贯而入吧！

亲爱的，落花满地是我的全部祭献，这之后你走过的大地，都有我呼唤过你的回声。

请原谅我挥霍地怒放，只有这样，我才能有尊严地凋零。

而爱，早已穿越了时空。

向日葵·印象

1

想起社员，想起知青，想起父亲；

想起黄色海洋环绕着村庄；

想起我背着碎花布的书包，走在上学的路上。

向日葵的前半生是欢快的，蓬勃的，向上的；

向日葵的后半生是忧郁的，沉静的，低垂的。

向日葵的暮年，沉甸甸的，那已经卸去了花边儿的圆盘，托出自己春去秋来的所有。

拿去吧！播种之人，或者风。

2

那个向阳而生的年代，葵花是单纯的，是透明的，是头顶着晨曦和暮霭的。

父亲的十八岁。仰起初开的向日葵的笑脸，远离城市和父母不能说不舍，陷入深山和空谷不能说寂寞。

他被淹没在向日葵的阵法里，烈日拷问忠心，而流萤闪耀渺茫，他屈服于阳光的指引，因为他仍然个头矮小营养不良，他需要长高，需要骨中有钙，血中有铁。

我们是向日葵的孩子。我们是所有的庄稼里最容易被指挥最容易累弯腰最容易低下头颅的一部分。

我们是向日葵的孩子。我们执着、倔强，活得循规蹈矩；我们隐忍、坚贞，不违背一丝光芒。

但，这也许是一场悲剧。

当太阳也无法平息大地上的缭乱和纷争，当所有的种子被基因搞得面目全非，当万物都不约而同放弃了对阳光的信仰。

向日葵的孩子们，只剩整齐的割痕，谁来爱，这光阴里密布的疼痛?!

3

因为向日葵，我的人生被分成两段，一截在乡村，一截进了城；

因为向日葵，我的心境总是撤换背景，忽而山清水秀，忽而高楼林立；

因为向日葵，我的格调找不到归属，有时偏向淳朴敦厚，有时沉迷珠光宝气。

向日葵让我害了分裂症，而向日葵，让父亲对知青这个词又爱又恨，越到晚年越纠缠不清。

向日葵遍布天涯，每一颗发芽的种子都能长出我无法躲闪的故乡。

我对照她的碧绿，她的鹅黄，她的粗糙的手掌。

哦，向日葵，我的向日葵！

睡莲·印象

1

迟早我也会躺在这里。

和不曾苏醒的美人儿，说莲的语言，水底的秘密，两岸芦花的白很轻佻，微风一来就飞走，像红尘中的那些琐事。

污泥沉下去，清水不断涌入，忧郁的根源深藏，有多情的锦鲤出没，他们想打乱这一大片，单调的紫。

饮食黑暗，过滤阳光，佐以风雨。

谁能跟大梦初醒的睡莲比试慵懒和妖娆？

那暮色含烟的唇色，秋水长天里幽怨的眼神。

2

莫奈到底丢失了什么？需要几十年的光阴，在睡莲与睡莲之间寻找？

莫奈究竟想隐匿什么？动用天青和冷灰，遮住一朵紫，最美艳的一部分，他把远方的光明终结在池塘深处，画面因幽暗而神秘。

莫奈，让睡莲不朽。盛开的，将开的，开败的，都成了永恒。救不起来的风尘落满画布，在水面，在莲叶上，在水草深处。

还有我们，注视者。

在水底屏气凝神，准备借一枝新鲜的睡莲，重生。

（原载《散文诗世界》2017 年 1 月）

守望乡村

冉茂福

一束稻穗

我们穿行在时光的内部，在秋阳的爱抚下向往一束稻穗的爱情。

金黄的稻穗，我梦中的家园。一浪高过一浪的柔风，清新，混合野草的拔节，所有的果实都在颤动。

秋天，我听到稻穗流过时间的声音，那些沉默的镰刀、背篼、犁铧随季节而舞蹈。破土而出的阳光，在田埂的脊背灿灿生辉。

遥远的日子，是苦难的记忆。我的爱人，在苍茫的原野，用皲裂的手挥舞落叶，深沉的黄土地，斑驳而忧伤的皱纹。

如今，一束稻穗，在季节的高岗通体透明，炫目的质感，令人迷醉。我的爱人，羞红脸庞，埋进我的怀里。

在金黄的稻穗里，沉睡一个幸福的灵魂。

收割的田野

几羽轻鸿似的阳光，爬上山巅，我们的掌心沁满汗粒。

辽阔的大地一条小路延伸，忧郁的表情写在秋天的脸上。收割的田野荒凉，往昔的梦停留在时间的枝头，在秋的呼唤中，我们的心灵苍白。

我们在自由的游荡中寻找自由，寻找那一片记忆的梦境。

我们拨开云雾，避开那些熟悉而又陌生的面孔，去寻找那颗依旧完好的星。在颠沛流离的岁月，完成一次心灵的蜕变。

走走停停，我们在收割的田野，去寻求生命的皈依。

深秋的雨

秋后的第一场雨，下在了我的心上。

破碎的心灵，在时光的表象如磷火般燃烧。所有的事物包括沉甸甸的往事都随风飘散，雨的沁凉在我的心中流淌成河。

城市的胸膛容不下乡村孤寂的灵魂。水面散落的阳光打捞不起江底的记忆，我们在岸边数着零零星星的渔火。

真想躺下，让疲惫的心灵回归家园，让奋飞的鸟儿收拢受伤的翅膀，灵魂回归天堂。

而岁月的河流告诉我：你的生命属于大地和天空，那里有不尽的梦想。

月光下的玉米地

那是一种深层次的抚摩，在灵魂的呼唤里颤动，腾飞的鸟，留下了从春到秋的印痕。

月光下的玉米地，温软的体香吹拂我的脸，如打开情人的衣襟，深深浅浅的情节，露出斑驳的心灵。

站在高处，让风捎去思念，我只能在夜幕里透明地遥望。

此刻，乌云捎走了最后一片月光，在黎明的爱情里，我坚守秋天的收获。

无声的汗粒

如晶莹的露滑落母亲的皱纹，如一盏灯在远方明明灭灭。

在与阳光共舞的秋天，在距离乡村 78 公里的小城，月光浮满江面。张扬的涛声消逝了历史的烛光。我洞穿黑夜的鹰眼，直透虚伪的薄幕，在岩石的内部寻找乡村的真实。

一团地气在燃烧，一粒汗沿着河流游走，在时间的彼岸成熟。岁月的枝头，一些果实纷纷炸裂，泊满莹莹的期待。

黝黑的土地，揭示生存的哲学。

田野上的阳光

清纯、亮丽、混合野草的色彩。

田野上，那些微笑的阳光绽放，充满生命的张力。

浪漫的灰尘，漂浮。山楂树、杜鹃花，纯净灰蒙的天空。

野百合凋谢在山崖。

田野上，悬浮的生命，孤独地行吟。飞螟的卵巢正酝酿下个世纪的轮回。

我追逐乡村的田野，追逐乡村消逝的梦影。

最后的稻草人

季节在响，像沙子流动的声音，轻轻擦过岁月的边缘。

你的虔诚、你的坚守是源于对大地的思念，用一生的代价来装饰天空的风景，乡村的爱情点缀夕阳无边的山色。

让风牵动你的手，让花香温暖你的心，空旷的原野，我陪伴你的招摇，我不想让风在一夜之间粉碎。

孤独而漂泊的灵魂，行走在石头的内部，一束束磷火在奋力燃烧，逶迤而去。我的寂寞与忧伤，在乡村的山头开放。

我只想做你的稻草人，默默地守望。

被汗水浸泡的日子

燃烧的黄土地，一股紫焰升腾。

苦涩的汗水滑落，如向日葵扭转脖子，寻求阳光的声音。扇形般开放的日子在山村的肩头凝结，一头牛就这样在星光灿烂的夜晚，默默回嚼岁月。

柴门紧闭，春虫涌动。四十只羊紧挨身子取暖，唯狗在栏外坚守着生活。

但有喇叭花，根植于繁茂的土地，以时钟的速度泛滥。泛滥一片明艳的春水，让时光永恒。月明星稀，天无雨。

以时钟的速度泛滥一片明艳的春水。无风，人与地相拥相依。

一个被汗水浸泡的日子。

老屋·黄昏

如一位老人，在夕阳的坠落中崩溃。

外表坚强，实则内心脆弱的石头，游走在树叶的边缘。透过树叶的间隙，一些陌生抑或熟悉的面孔呈现，生命的暗流让他们变得沧桑。

而一群蚂蚁挥舞着彩旗，驶过村庄的内部，醉酒的风在草尖上酣睡。纯粹的光芒照耀，夜的根须伸展。面对如此的黄昏，犹如面对生活的图腾，我们只有敞开心灵的虔诚。

蛙声破碎，八卦重叠。老屋臆想的目光，在蝴蝶翅翼的震颤中幻化如丝如乐的声音，十里稻香土地般深沉和凝重。我们燃烧激情、我们燃烧青春、我们燃烧爱情以及朴质的岁月。老屋以及我们，渐渐走向时间的深处。

大地上，老屋是一尊塑像；

梦境里，老屋是一曲恋情；

黄昏中，老屋是一段记忆。

潮湿的风说来就来。老屋孤独，灵魂剥蚀只余一丝影子。

稻田上的月光

沉郁而苍凉，水波荡漾的光芒凝结，圆润的草尖上梦在溃散。星星点点，魅影般清冷的音乐逾过山岭，人间戏剧正拉开帷幕。

一朵朵花儿绽放，忧伤的、欢乐的、沉稳的、轻浮的竞相亮相。沟渠边，深绿的溪水里，一棵马苋草正奋力生长。广阔的田野，寂寞。曾经那身着紫色的姑娘呢？那随月光摇曳的爱情呢？

风无语，田埂无语。月光漫过的心房，挂满了沉甸甸的心事。

黑色的泥土流浪一曲歌谣。

（原载《散文诗》2017 年 4 月）

长白山的光芒

北　野

一

雨夹雪总是把夜色变得莹光闪闪，黎明时分，晨光推出了一片激流滚滚的石头，天池在哪里？春天在哪里？

我怀着惴惴不安的猜想，逆风北上，越过松江河、露水河……越来越黑的白桦林，融化在了天边的寂静里。你在山那边找到的城市，错过了我的目的地，而我遇到的美人松，却陷在了一千年可怕的时光里，从没有人想着把它覆盖，或放走。

乌鸦飞过头顶，嗅到了远处树林的气味。怀孕的母鹿为春风所拥戴，激越的兽腹翻出了大地上的沙粒和绿荫，而“在无忧无虑的森林深处”，我所有的行为都将被另一双目光所注视。

二

春天多么微妙，大地向一只雌鹿收回爱情，同时也使所有母兽的心灵变得不安和暧昧。阴雨连绵的长白山上方，浮动着一层一层的光，它广大的地面所积蓄的力量，正通过森林，向高处喷出闪闪发亮的云朵和涛声。

而入夜后的新月，像活在钟声里的人，正在唤回散失在密林中的麋鹿的新娘；而繁星之上游动的夜色，和落叶之间烟尘一样的芳香，并没有改变；上帝的思绪和山峰的思绪一样，露珠的诞生从来就无法追上闪电的消亡。

而我在词语间创造的幻境，像一棵沉睡的橡树，早已关闭了身体里危险的喧嚷。

三

蕨类选择黑暗，而不选择漂泊。在时间中离群索居，独自生活，它接受泥土、陈年的落叶、水和夜色，也接受整个生命的斜阳、潮湿和寂寞，如同山边一所孤独的房子。黑暗用光照亮其中熟睡的姑娘，而她的芳香和赤裸并不为黑暗所知，只为命运流露爱、凉意和苦涩。

当她真的在一道菜肴中出现，我的心里突然升起了一份迟疑和悲伤。

四

夜晚是繁星的穹顶，而营盘里却坐满了篝火的幽灵，当黑暗和长白山融为一体，我一个人，出现在明亮的悬崖上；密林并不因拥有浓荫而形成秘密，夜晚却因不丧失黑暗而成为世上的真理。

我相信虚空中的脚步正越来越快，从林蛙、蜥蜴到蛇，从鸟群和人参中的皂苷，以及整个山峰的影子，都在加快步伐；秃鹫在天空的葬礼，高于它山冈上的仪式，但低于流星和上帝的其他废墟。

只有我，在春天的山坡上，为一场厄运所迷惑，为更低的事情所吸引，当荆棘暴开，喊声聚集到深谷，大自然露出了它陡峭的根基。而赶山人，正从腰中取出石斧，跪倒在山脚下，接受心中神秘的洗礼。

五

长白山是否还另有向上的台阶？晨光中孤悬的王座，在白云中闪烁。它虚席以待，仿佛从神的家里派出的马车，它在路上会遇到一个神情黯然的流浪者？

寂静的天空上，他一个人低头在走，像一颗无人照看的流星。此时，我不关注他突然冒出的思想，我只担心他是否为此而生出了翅膀。如果他是一个毫无意义的空壳人，必然会在乱云飞渡的神话中，突然坠落到地上。

火山口证实了花岗岩的硬度，也证实了一方池塘的深浅，火山口还证实了一个多元的世界，在一万年之后，仍然不能脱离时间之手，仿佛一座山峰，谁能放任它在大地上自由奔走。

六

高大的柞木在山中游荡，当一条山脊从中耸起，一百万个黑木耳，填满了它的缝隙，还有巨大的寂静，总是无人注意，好像无法应付的震动。溪水把悬崖划开，也无法找到群山在暗中的回应。紫藤、木兰和无边的灌木，在天空滑过，沸腾的花海变得炫耀而严肃。

而爱情并不取决于其中理性的思考，爱情取决于偶然相遇。两个山头上的老虎，突然仰天长啸，它们嗅出了前世熟悉的味道。

如果我此时在山边经过，月光照临之下，我将是谁梦里曾经消失了的温暖的野兽？像一个落魄王子，怀抱着末日之思，一个人默默来到你空旷的内心？

七

这一夜，我不能转身，或倾斜，这个星球正在长出我所期待的景物。

溪流中，天鹅从内心射出了一圈圈的波纹。而月亮需要在梦中把自己缩小成一块水晶，一匹马喷出的白云移走了众多树冠，鹿回头的地方是否要用一座独木桥补上虚空？而香獐用膝盖敲打的山岭，又被狐狸用诡计敲打了一遍，渐渐接近积雪的地方需要留给风声。

岁月漫长，没有人在今夜孤身一人穿越深山，一座挂在山腰的白色寺庙，要让给幽灵去攀登。而我不能转身，我需要站在星空下仰望，一座蕴藏了矛盾和想象的巨大山脉，将安排谁在今夜的梦中和它突然相遇？

八

像眺望大海一样观察一座山——薄雾从石头里飘出，新叶在寂静中移动，银亮的白桦树所做的一切，我始终不能领悟，它皮肤里的泉水，发出海鸥一样的叫声。

一条羊肠小道突然消失在拐弯处，像海中的旋涡淹没了一盏鱼皮灯，还有许多林中的动物一闪而过。它们所在的位置，浪漫而又模糊，为我所不解，如同我始终困惑着自己的命运，但大地偏爱它们的身影，虚幻的春意，因此得以保留。

九

我一个人，站在山顶上，像卡在太阳的咽喉，水从低处升上来，已经够到了我的脚趾。慌乱中奔跑的小动物，像流星一样消失，而一条蛇穿过月亮安静的光环，赤裸、蜷曲，像花园中收拢的小径，它在等待跃上更高的山顶，而在明亮的水面上，我的身份已变得十分可疑，像洪水中的捕猎者，摇动双翅，把那些沉溺的泡沫一一救起……

群山轰响，整整一夜，我漂浮在海上。而天空多么狭窄，它仅是一只鹰飞翔的顶端，此时大地皆归属为一场迎宾仪式。盛开的百花，隐蔽了我的行踪，并且为一条明媚的蛇，在一瞬间让开了道路。

但我不知道，你在今夜，这么快就穿过我的梦境，到底有什么寓意？

十

那浩大的光泽，与春天的绿和夏天的阴谋，不可同日而语。一棵树，或另一棵树，从来没有名字。我发出的声音，如果再大一点就好了，寂静的光照着我，使我忧伤，无家可归。

此时没有其他东西可以相遇，只有喜爱和恐惧，只有埋在其中的愿望。

流水释放树冠，幽灵成群结队。荆棘并不宠爱新的命运，隐藏的鸟兽，也不制造沸腾的一幕。星星，已在暗中燃烧殆尽。往事深深，像沉睡的海，没有人能承受其中的岁月和回忆。

一缕轻烟仿佛太轻，我的身影只是漂浮的水晶，如果一天就要结束，我仍然可以忍受现在的憔悴，如果一生就要结束，我仍是一个向前飞翔的孤寂的人。

十一

岩羊在山顶吃败节草，但一头小野兽的贞节，依然高于盛开的百花，所以它乐于把一座山的荣誉，看成一件旧衣裳。它在春天剪掉一层皮肤，就卸掉了一层伪装，当它赤裸着站在高高的山冈之上，白云也完成了自己在大地上的游荡。

岩羊也许是另一朵白云吧，它的心或者正充满对天空寂静的冥想？而一头野兽心中的地理学，或许过分迷茫。此时，它正把自己的身体，隐藏在大地的夹缝之中，而我突然听到天空中，传来碎石流动的声音，也许那里正有一朵藏着闪电的白云在飞翔？

十二

与长白山浩瀚的林涛相比，白山市和抚松县，只是其中两只飘荡的渔船。在漫长的岁月里，他们所能捞起的仅是不歇的风声和蔚蓝的幻境。而实际的冶炼早已形成，那些像野鹿一样奔跑的山民，那些用鱼皮裹紧的身体，都累死在白雪茫茫的旅途中。

而天池的镜子所照出的面孔，既有树枝上的家园和山神的位置，也有传说中一只母熊捶胸顿足的痛苦，只是很短的一瞬，我说：我必须学习它的坚韧，当它脚步铿锵走回森林，我的心得到了时间的宽恕。

人参花开放的时候，要被无私者珍藏。灵芝草爬上树顶的一刻，月光要照亮少女的额头。俗人在世上生活，高人在山中隐居。我遇见的白桦木屋，已经住进了老把头洁白的子孙。

而当年沉沦于虚构的女强人，今天都洗净双手，笑盈盈坐在桌前，向我频频举起酒杯，而我必须严防死守，才能抵挡住她们波光闪闪的豪情。

十三

在我的心里，长白山如此浩大。一只豹子的生活，根本不需要插上木栅，如果它围着我，仅绕一个最小的圈，一百座山冈都会有它威武的步伐。

如果其中一座山冈，突然崩塌了，这只血性的豹子啊，要如何才能躲过一场灾难的捕获，一个人孤零零地冲上命运的悬崖？

当我四肢僵硬地站在长白山下，我心中的豹子，正出没在一幅画中，推动着一场暴风雪，向时间的顶端滚动。

而我，已经消失在它急切的脚下。我的耳畔，却一直回荡着枯木断裂和阳光降落的响声，仿佛有一个人，在远处，把我的身体打开，从中捧出了一片翻滚的沙漠。

十四

几个世纪的旷野，仍然飘着雪花，闪动着凛冽的光泽。时间不掩盖、也不重塑它的寒冷和美。

我身体里的碎片，是它多少年心灵的漂泊？像一个并不存在的女人，或画中的夜色，而我只在时间中走动、沉默，或梦见一片旷野，让自己再次成为遥远的幻觉。

十五

在一所房子里，我一住百年，才想：这是一个人的孤独啊，而你待在大地上是否感觉孤单？你的结局，要被谁最先看见？

我大概需要五十年，来冥想自己的生活。我大概还需要另外五十年，来改变未来的灾难；像把自己从一棵枯树，逼入另一棵枯树中间。

在我周围，时间是最不易觉察的东西，像大脑中的落叶，它总是无声地闪烁、飘落，像我要把自己的身体埋进命运的沟壑，直到它慢慢腐烂……

十六

其实造就一片森林，只用一棵百年柞树和一朵白云就够了。柞树在石头里要保持完美的气根，而白云要飞起来，在她的上方要有足够的寂静，而她的影子，要倒映出天空的蓝色和我零星的脚步……

而我，只是树冠下那个惆怅而无措的人，这样的岁月，仿佛千年一瞬，直到我的身影，成为巨大的浓荫。

十七

我小心翼翼地向你说起那片树冠，其实我在白天，从不谈论它的绿荫。我在黑夜，也从不谈论它的黑暗；它只是一个暗示，一双天空的眼，或者白日梦里虚无的誓言，通过它，我可以看到高处，仿佛眺望一个深不可测的谜团。

在我眼里，它其实只是一个囚井的盖子，压在我的头顶，好像已经几千年了，我掀不动它的白天，同样，我也无法掀动它的夜晚。

十八

燕子不太关心远处，燕子也不追逐我的目光。黎明，来到窗前，照着露水、发光的小溪和它们从夜里飞回的翅膀。遍地野花，安静、黯淡，像怀着梦中的伤郁。

我等待的人，正走在天边，她脸上的霞光，那跳荡的光啊，正照亮蓝莓和黑莓颤抖的绿荫和荡漾的浆果。直到一条河水流过山顶，直到一个路口上的行人，突然停住脚步，贴近了她心中秘密的波浪。

十九

一只蜜蜂在花朵上漫步。一只蜂箱带着整个树林在飞。而灰色的山冈上，风景快速变幻，花朵是唯一的钟声，它静静地在心中喧响。

而我能抓住的寂静，只是大地和草木在暗中积蓄的芳香。还有三种乐趣，将要遍布我走过的山冈，一棵又一棵的杉树、天空上的积雪和眼中无声的远方。如果我哭泣，有谁知道，那是一阵寂寥的风正吹动我脆弱的心脏?

二十

如果大雾并不停歇，而白云也一朵一朵直落天边，我的半面身体，如同彩虹，也被大地拉得向远方倾斜。“即使在一里之外，我也能数出云杉上新结的球果。”我也能摸到那片暗藏在云霓中的荧光，但这并不改变我的视野，也不改变我的爱慕和冥想。

山峦仍是去年的样子，只是雾气比过去变得更加迷茫，云彩中的鸟鸣，断断续续，似乎有一些是来自几百年前的低鸣；而我突然觉得自己的出现，是那么荒谬，如果沉默，反倒是此时最好的安慰。

二十一

橙色，是山橘子的光，我要用一百只山橘子，来比喻山中的太阳，我要用爱情一样甜涩的味道，来比喻它懒洋洋的果实和它坠落的影子；

而绿色是山野的光、湖泊的光，是幸福的大地奉献的孤独之光。昨日之光已是记忆中的回声，而今日之光正暖洋洋地照在身上；我虽然对此迷惑不解，仍醉心于其中的徜徉。

在我的视野里，只有细鳞鱼还独自生活在另一片画廊。它总是选择无人时刻突然跳出水面，露出我从未见过的银子的光亮和声响。

那被安排在周围的光，我都不能幸免——那隐身在远处的光，我都无法想象；而红色、粉色、蓝色、柠檬色……它们都是花朵的光，在我写过的山间窃窃私语、悄悄成长；它们每一次生死，都过于美好和短暂，尽管光从来也不暴露腐烂的迹象。

麻雀、乌鸦、蝙蝠和斑鸠，它们像黑闪电一样穿越山中，使一切安静的光，突然掀起了一阵一阵的波浪，尤其是薄暮时分，它们在我越写越少的词汇之中，突然就覆盖了寂寞的山冈。

而它们，是由谁派出的呢？它们用自己身体里的光，在一座山中，突然就驱逐了另一片光。

二十二

没有一条河流能分开月色，没有一面山坡能倾斜如幻觉。最先经过夜晚的人，像草莽中安睡的小路，突然被远方遮没。

此时，我坐在石头上，听见山冈上碎屑流动如风中落叶，当它们经过我的头顶之时，正是霜降时分，大地迷幻，长空皓月。而我却越缩越小，像一枚未孵化的卵石，在暗淡的树影里，星光一样微弱。

二十三

那个在山间垂钓的人，并未加重隐居者宴饮的墨色，也未让偶遇者的脚步突然停驻，仿佛来自钟磬的余音，仿佛沉睡未醒。

而黎明肯定是来自上游，一两声鸟鸣，在雾中慢慢洇开；溪水并不溢出镜面，垂钓人的眼睛，却要顺从其中的一两朵波纹。他的身躯却像岸边的石头，有一种腐朽而迷茫的美。

这样的事情好像已经很久远了，当我突然想起他，微风已经抹去了他的身影。

二十四

香麝在后半夜选择了一条岔路，只有月光才能捕捉到它闪烁的身影；它刚在我的梦中翻过一道山梁，露水照亮了那片白桦的树荫。

当阵阵松涛卷起远处的夜幕，月光正把山中的寂静倾泻我一身，如果你已经习惯了此时的虚无，那么请保守夜色甜美的气息，如果你已习惯了生活中偶然的幸福，那么请不要一个人离群索居。

而一只香麝的甜蜜生活，只有遥远的山野才能接受，并且愿意在黑暗中弓起脊背，让它凌空一跃，划出飞翔的幻影。

二十五

这个月，有我最爱的鲜花在山中盛开。紫苜蓿、走马芹、三叶草、蟹甲莲和火山岩上的雏菊，高海拔的那面山坡，像乐谱中的七个音阶，大自然不断重复着它的自由和时间，让她们一层一层地向上盛开。

而她们那些绚丽和散漫的光芒，一下子把我罩住，让我不知所措，热泪盈眶。

“让风吹我吧，我要说出末日之音。”“让盛开的百花收留我吧，我要在它的身边，发出一个人在盛世上的混乱之光”。

而整条山谷是安静的，这安静来得太久，像一片无人经历的死亡的广场……

（原载《散文诗世界》2017 年 7 月）

奔跑的铁轨［三章］

江　耶

奔跑的铁轨

一

作为路，从一开始，铁轨就在奔跑。

它们用身子作为脚步，像两个孪生的兄弟，同时迈出了第一步后，就平行地沿着别人划定的路线，一步不停地向远方奔跑。

它们引走我的目光，我的方向，直到我视线里的天涯尽头。

暮晚时分，光亮被大地和天空完全吸收，世界在黑压压的空气中无足轻重。

蹲在铁路的一侧，铁轨上钢铁气息通过黑暗抵达我，使我的呼吸变得艰难。

即使是别人划定的路线，既然有人走上来了，就要咬紧牙关，坚持下去，像身体一样坚硬。

命运的意义就在于此，往往并不在于前方会是什么，而在于状态，在于人们眼中为你设定好了的角色。你只要走上了舞台，你就必须走下去。

二

火车适时奔了过来，沉重的喘息，像是在透支一样过分地用力。

天地摇荡，我也在这巨大的震动中感觉到，有一个力量正在改变什么，拉动着整个世界向前奔跑。

火车一闪而过，眼前的黑暗比以前似乎更加浓重，那些雪白的光，那些沉重的声响，消失得干干净净。仿佛那列火车根本就没有来过。

我走上前去，趴在铁轨上，把半边脸贴上冰冷的铁。响动依然存在，似乎特别的沉闷。我知道，我无数的沉重正在它们的身上碾着。

它们不吭一声，却把这些沉重飞快地送走，送到遥远的地方。

我站起来，这时候，我的眼睛适应了这里的黑暗，我能够看到，从我的脚下出发，两根轨道并排着往前走，一直走下去，直到天边，成为一条线。

三

安静了下来，像存在里的大部分时间，守住一条路线，寂寞着，把理想伸向远处，也许不远的地方会有一个好运气。

两条轨道相互劝说，安抚，在寂静的时刻幽幽闪出光。只能相望相守而不能靠近。

没有人来关心它们，但它们甘苦自知，冷暖相恤。

不论走到了哪一步，不论是山高水长，穿江过海，作为真正的钢铁，它们不能让一条路失去方向，改变轨迹，走出正常的生活逻辑。

出轨是不可以的。它们就会一失足而坠成千古之恨，酿出一起重大的灾祸。

它们更像是一对恋人，它们在相爱，苦苦地相爱，爱得伟大、崇高、遥远，绝对地诗意而空灵。

它们在一个重要的意义里面，紧紧地绷着身子，不敢有丝毫的懈怠。

四

它们还是在奔跑。即使躺着不动，它们也带上自己和别人的想法，带着无数个变动和可能的情节，在无边无际中走向虚无缥缈。

宁静能否致远，铁轨在用自身的硬表达。一条路在思考：远方除了远方，什么都没有。

这是诗的精神，也是人生的道理，它在铁轨的一再延伸中，不停地用铁硬的事实说明。

安静是表面的，也是暂时的。轨道的心思从来没有安分。

当一道光芒向它们照临时，来自天上，来自火车头前的眼神，它们用已经被摩擦得雪亮的身子接住，再向前伸展，伸展。

它们与天地合一，浑然轰响。

它们终究要走到尽头。在自己的时间尽头，它们回过头，最终停下来，安静地靠近，甚至经历一次火。

两根相望一辈子的轨道终于可以抱紧在一起，融为一体。从这个时刻开始，它们结束了奔跑。

无声的雨

一

雨落下来，无边无际，我和我所在的建筑都在雨的包裹里。

我在高处，最高处，不胜寒冷的高处。

像是一个虚拟的天上，空空的，我什么都抓不住。世界被强行静默，我什么都听不见。

但我知道外面正在轰响，很多东西在滋生，同时也有很多东西在毁灭。我高高在上却又无能为力。

我接受了这雨，喜欢这雨，甚至享受着这雨。我需要与那些隔上一层，不是因为距离产生美，而是给自己留下一点空间，让所有的变化离我远远的。

二

我在雨外，却又在雨里，心思被雨水充分淋湿，我拎不动这慢慢积累起来的沉重，就让它带着我往下坠落，植入一片雨地了，被雨彻底淹没。

我学会了腹语，仅仅这一会儿，我在不停地和自己说话，却又好像早已无话可说，没有什么需要言说。

我把自己关闭了起来，这也是一种勇敢，为许多人所担心，为我所恐惧。

我闭上眼，不看雨。

三

我顺利从雨里走过，从这一次雨中，从这一辈子的雨中走过，从所有的前世、来生的雨里走过。

让雨尽情地下吧，下在我的外面，我们伸手可及，但永远够不到，像一场绝望的爱情，中间是万仞悬崖，我们一边一个，而且没有七月初七的那道鹊桥来度我们一次。

世间是有雨伞的，比如白娘子的那一把，爱情的道具，轻易地把一个可爱的许相公虏获。许多年以前，我也有一把雨伞，不大的半径，几乎遮不住我一个人。

两个人在伞下，时光变得模糊而漫不经心，外面的事物影影绰绰，显得无关紧要。

我们在雨中坚定地走，柔韧地走，没有目标地走，我们只知道走，一直走下去。这是我们的日子，日子中我们的世界。

风雨可以过来，但不能左右什么，它们是一些虚张声势的东西，终究会过去、走远，成为我们记忆中的一道风景，在后来的时空中得到回顾、流连。谁能想到，一把雨伞的功能如此强大。

我们相信爱情，相信一点点空间的伟大，相信共同撑起雨伞走过一段风雨后就可以走出任何困境，包括感情上的。

四

然而，阳光轻易撤去了雨的氛围连同在这个氛围中成长出来的东西。

我能够站在最高处，看下面的人匆匆而来，碌碌而去，人们在晴空下的生活竟比雨中更加不真实。

我还能说什么呢？

多少年来，孤单的思想穿过拥挤的人群，仿佛在茫茫戈壁上无尽地流浪。

多少年来，我把泪水储藏在心底深处，只有此刻，在可以摸到天幕的楼顶上，我才可以一个人痛哭一场。

哭吧，真实的雨，从我的高处落下。

幸福的人们在奔跑，他们要逃亡，逃离真实的感情。

然而，还有谁能逃脱？

满天都是我的泪，满地都是我的泪，所有的人都在尝食我的苦涩，在雨意里混乱生活。

听　月

一

光有脚，月有音，月光有了行程。

浅睡未眠，月光熙熙攘攘挤了进来，丝丝绵绵地向紧闭的眼睑渗透，甚至走进耳孔，抚摩耳膜，呵出轻微的气息，宛如一曲悠长古老的歌谣。

月，刺激了神经，赶走了睡意，把我从卧榻上拽起。

月，很有力，穿透了多少，远远地过来，一路上“叮叮咚咚”，遇到了很多人，经历了许多事，生出了太多的感慨，徘徊在我的屋内，不愿离去。

月，像我久久以来心仪的那个梦中女子，一袭长裙，薄如细纱，像一洁白的云，款款袅袅在眼前舞蹈，带着一抹浪漫的幻想，一直向外面漫去，牵着我的心思追逐过去。

二

站在月下，就有了月的心情。凝神之间，那不绝如缕的声音涛涛而来。奇了，月色之美，本是静景，而今夜，我居然听到了如此美妙的旋律。

抬眼揽顾，那月光华如水，潺潺不息，似不经意地流向人间。在这“潺潺”声中，月华哺育了多少个感人的故事。

冷月斜挂，月光如气，“滋滋”长吟，细分辨，月中仙娥似在幽幽叹息。嫦娥应悔偷灵药，传说里的神仙仍然不能太忘情，也在羡慕凡间的恩爱曲折。

登高望远，月下有不少人对月饮泣，是离人，是游子，是天涯一方的恋人，是弃至一边的无望怨情。千里婵娟相共，一宵情归两处，铅华淅沥，如雨点点落下，滋润愁绪在无边的月色里疯长。

回身时，月光里的后花园，正是浓浓情语密织。

三

月既出，美人来兮，所有的情歌都应该在这个夜中婉约唱起。在歌声里，鲜艳的花束朵朵绽放，“叭叭嗒嗒”地和着月色，和着情节，和着歌。

还有，灯火辉煌的屋子里笑语连连，应该是亲人团聚友人相逢。你听，那伯牙的琴声还在婉约奏起，那苏东坡、张怀民还在娓娓叙谈。

这月啊，也能这样善解人意。

举望觅月，月宫中的汉子挥斧不歇，“嘿哟嘿哟”的号子低沉浑厚。怕惊醒世人的睡梦，却种植着明天的希望。劳作如斯，是我的父兄，还在田头地间，趁一把月光，以为就能多一份收成。

我低头聆听，那月中的“滴答滴答”之声清晰传来。我感觉到了，这是最自然的天籁。

月在转，地在转，宇宙在转。旋转之际，生命在诞生、成长、衰老、消亡。我就在这“滴答滴答”之中走向已确定的那个点。

想到此，月声如雷，轰然而鸣，再不能止。

（原载《散文诗世界》2017 年 6 月）

荒原有雨［组章］

莳凌渡

桃花吟

一到春天，我的心就过敏。

因为桃花。

粉红的颜色，染透了半条江水。

在我有生之年所到之处的岸。桃花渡，林芝之水，赣南之溪，婺源之河，伊敏河之畔。

怀疑，我的骨头里对这些桃花妖域毫无抵抗之力。

我喜爱那些关于桃花的诗词歌赋，那么美。

我愿终老之年，隐居于桃花江岸，以桃花为媒，超度到桃花的国度，相约桃花仙。

此时，我站在一条春水的江岸，廊榭下。

水边的央金

在川西，无论你要找一朵云，一条山道，还是一个人，都得付出更多的艰辛与汗水，泪水与生命。

就如同我的川西之行，与心有关，与一首歌有关，与一个叫央金的女子有关。

山道是孤独的。在川西高原，与一个素不相识的人不期而遇在路上，和一朵云遇到另一朵云有些类似，轻轻望一眼，又走向另一个安静而漫长的孤独。

行走在川西，央金只是一个身着藏族服饰的普通女子，她从山上下到深谷的溪流中取水，她从水中照一照自己的样子，理一理鬓发，笑一笑，把一桶水背上山；再下山取水，在溪流边照一照自己的样子，再上山。

洁白的云朵，湛蓝的天空，深灰的川西高原，都是梦里的组成。

水边的央金，在我远去的画里，在我们谈论的关于川西的行程里。

多年以后，在一首诗里。

荒原有雨

一阵风吹向南方，无影无踪了。

芦苇，疯长。平原上，野草摇曳。

几条河流，流向渤海湾，蜿蜒曲折，勾勒着流年的图案，仿佛有万千不可捉摸的心思。三辆打鱼的车载着渔网，载着女人，载着满满的期许，沿着大路向东进发，消失在荒原的地平线上。大片大片的芦苇，大朵大朵的云开始聚拢而来。

天气预报说，今天有雨。

霞光逐渐淡去，像消失了的初恋。

风也劲道了，向南吹。那些刚刚萌芽的野草上，闪着晶莹的水珠。

那么大一个荒原，野性在驰骋，人类渺小。天空那么高，那么远，那么空。

河水的倒影像是看透了天空的企图，流速减慢，在一处转弯处，审视荒原和荒原之外的一切平静。

我不知道残冬还有多少白昼就要过去。

我一个人，站在大平原上，荒芜遥无尽头。而我也是荒原的一部分。

此情此景，我和天空一样，有想哭的冲动。

水 词

我一直敬畏水，像敬畏氧气。

在黄河入海口，放眼望去，一片水世界。

这水，养育了平原上蓊郁的芦苇、红柳、碱蓬草。这些野生的植物，养育了南飞而在此歇脚的候鸟，养育了黄河与渤海湾的诗情，养育了这片土地。

在黄河入海口，每一个物种都是平原上的一个词语，词语中蕴含了水的柔和与深沉。那种深沉，写就了水的历史与江湖。

站在黄河口平原上，向东，满目波光粼粼的天空之水。

刹那之间，错觉缥缈。这些水，是诗的一部分，是上苍馈赠给人类的最珍贵的物质，是上苍对诗人最好的情怀。

诚然，我始终敬畏水，敬畏水的容让。

只有水，才可以让一切，洗心革面。

春风吹

春风里，风从南方来，袭人；风从北方来，吹心。

大地上，骨子里萌动的枝丫，呼唤着春姑娘的名字。

惊蛰之后，心潮涌动。

春风吹。

寒冬里万千蛰伏的欲望，从风中跑出来。跑上大地，跑上枝头，跑上山峦，跑上天空。

春风吹，诗者在云朵上写诗。

写给光芒，写给流云，写给飞鸟。

写给大地，写给春水，写给伊人。

春天从风中跑出来，释放万物生灵。

（原载《青岛文学》2017 年 6 月）

科尔沁的晚秋，呼麦静默，马头琴忧伤［六章］

包玉平

冰河，留下活口……

大量的雨水，滞留在科尔沁北草原的
河流、湖泊、沟渠、洼地、芦苇的根部……这隆冬时节，
或许，已全部冬眠。

如果，我的头部没进水，或没被驴踢：这些抱着
寂静，酣睡的液体，再也带不走：我们的过往和未来，带不走
堤岸上觅食的白鸽子，老牧人缓慢落地的
脚步声，水鸟美妙的鸣叫以及三月的杏花，和蛙鼓。

然而，众生活灵活现的影子，却被水的尖利牙齿，当成猎物，咬住，已被它的假寐玩弄，被它发白骸骨的光芒，无意中，被强行拍照，留住
四处散落，并暴露在飞雪的寒风中，被一根针，吹拂——我们，不必贴紧
缺钙的冰面，细听，试探

——死亡，也是
透明的，洁净的，或含一些死去的水生物的尸骨。

——死亡，在凝固的液体上，裸露着，爆裂着，留下
一道道，弯曲闪电的裂隙，好像有意留出
一个个
活口，让你——逃生……

而此时，那些诡异的水，却用一把刀子的方式，
在脚下
打量着你：清冷、冻僵的面孔。你的手指，脚踝，通红，已麻木。此刻，虽然，没人让你在冰面的
一场雪上（像纸张）按下指纹，却留下了
被注射过，麻醉剂的
伤痛。

世界，在我掌心里裸露

我一直在
低头寻路……抬头间，雪花，不知是哪一朵先飘下来的，纷纷扬扬，弥漫着飘落了。

雪花，羽毛的姐妹，像梦幻，一枚轻盈的弧度，却
谁也没能，托住——
一朵雪花的，重。

草坪，忽然消失。

房子，坚挺着。

鸟雀，早已失踪。

路，似乎或许从未有过。

——人间，白茫茫的，干净得很恐怖的样子。树木，在旷野惊呆。树下，我独自

裸露着。过去的，好山好水，春夏秋冬，

污泥浊水……没等我分辨，都被

全部收回。整个世界，因一场突如其来的暴雪，

变成假象，被彻底

玩弄。

这时，在飘舞的雪花变幻出的

苍茫里，我渐渐恢复神志……原来，雪的用处，唯有覆盖，制造黑暗，远方，像一床被子，无论白天黑夜，将我死死盖住，把我的过往，爱恨情仇，不容分说地

掩盖，把浩大的白昼黑夜，统统

一网打尽。

此刻，渐次露出我的双眼，露出我纷繁的思绪，我，似乎已遭受

一场水灾……大水，白茫茫一片，冲毁了

城乡，冲毁了

所有的，和没有的……

这时，雪花，渐渐稀疏。此刻，我可以数出还有几朵，在飘。在飘。

最后，我看见：仅有一朵雪花，孤零零，决然
重重地、跌落在
我的手掌上，世界，渐渐，渐渐，从我掌心里
裸露出来。

杏花潮

雨滴，穿透幽深时空，将自己真正的
户籍名，献出来，春天的
底色，也就更浓了。

北方。科尔沁的四月，寒意料峭，巴特尔离开的日子，又抹上粉白粉白，白里透红。

让人不禁要落泪。

杏花，慢慢开来，还好！

这春天，是一匹野马，缰绳，却系错在脆弱的枝杈上。鸟鸣，将其沉重摇晃，透过斑驳的树荫，一枚憔悴的太阳，仍在鸟鸣上，悬挂着，颤动。

——人人都在孤独行走，谁也不言不语。
红尘中，拾起几枚马蹄印，
回眸，那人，却在黄昏的微醺中
闪烁，明灭，消隐。

昨夜花讯，依旧在记忆
一侧，与一丝甜蜜和青涩果味，涌来
涌去。日子，的确粉白粉白，白里透着
一滴血色——不说恐怖的，白和红，树下，却积累有

一场一场的雪。

马蹄窝的暗香，也逃不过一只蜜蜂，细密的复眼，穿梭的蜂群，无视任何暗伤，清理完眼部的花蜜，

依然，在伤口上，飞来飞去，目光所至，愈加——粉白粉白。

花树下，谁在残忍地将
一片花瓣，放置掌心，让你再看一眼
——花间人
渐次失血的心？

黄昏将至。似曾相识，每只蜜蜂，匆匆离去——
担心：铜锁心上，发白，淡淡的绿。

拾起街边一片忧思

七月，街边树荫下，蹲着
一排不存在的
老者。当然，果真更没听见他们用往常的低声，拉家常，问寒问暖。
而我在毒日下，分明看见他们，似乎正在那里：
眯着双眼，打盹。

我在他们身后路过时，想起储煤场运来的
一堆堆黑炭，已经或正在穿过漫长，苦味的炉膛，在燃烧过的
一些暗火旁，我断定：即将熄灭。

抬头望，闲云，在无罪的深蓝色中，悠哉游哉。

路面上，散落几颗超短，烫过手指的烟头，还在缭绕，喘息。树影斑驳，
撒落一地——却在晃动，晃动着，自始至终，没有归宿而焦灼的
一颗心。

从远处校园，传来孩子们的吵闹声，悠然划过头顶。低头看见，
一行蚂蚁，正在撕扯绿色叶片，匆忙
倒退，把整个夏天拖出足有
一米半……于是，我的眼眶有些湿润……仿佛又模糊听见：许多喧闹声。

科尔沁的晚秋，呼麦静谧，马头琴忧伤

透风。

不是毡房，而是在骨缝里，有一条冰冷蜿蜒小溪，像阴暗洞穴里的蛇，在游动，
在跳跃……缓慢地，在穿越，
不知它，要去何方？
……花朵，一定已跟随一只黑蝴蝶
回家。隐忍的花香呢？

我，似乎还在
家里，静默。暗夜里，一再恍惚看见自己的一副骨架，
一节一节的，正在被人
拆卸、组装。你看见那田野的尽头，堆起的玉米秸秆了吧！折断的声响像骨折，
在很远，很远的，寒风中……假如找到归宿，一枚枫叶，不会在枝条上，发亮，啼血。
母羊，离开羔羊，被牵走，被育肥，被找到了

木炭和火炉。

黄金玉米和青涩草捆，在广场舞的场地上，

暂且被时光，晾晒。

——该掉落的，均已

坠落，拾起来，便是——轻飘飘。一些叶子，还在带有感应电的枝条上，孤寂——这不是纠缠，而是在苦苦依恋，这只能让堆积在

一旁，日益失血的果实，战栗，悲鸣。

天空发蓝，呼麦静默，牛羊温顺，本分。

往日厚重的科尔沁北草原，被突降荒凉的重，

压扁，压碎，却更加肆意广阔，无际……我看见，羊群和云朵，拥在一起，宿命和宿命，拥在

一起，不知抗拒着寒冷，还是在取暖？

村庄和墓群

事隔多年，从远处哈日花河边望去：村庄依旧在——中间。

墓地，起伏着，散落在

周围。从村庄，到墓地，或许有几百米，或有几华里，最多也不过几公里。

——谁也不能走得太远，太久。穿着旧衣服的乡亲，恋恋不舍，都依恋着这个破旧的新村庄。

那时，父亲要走到墓地，那么短的路程，骑着一匹快马，赶着牧群，穿过风霜，雨雪，转了

一大圈，却整整走了

半个多世纪。

爷爷学着古人，腿脚还算勤快，走得飞快，牵着奶奶枯干的手，扛着一堆

农具，渔具，

瞬间抵达。

现在，我的孩子一直在耳边，提醒我，

于是，我始终在，匆匆赶路——也没坐上汽车，动车，更没乘飞机，却眨眼，就

来到了——墓群附近，回头看见：

村庄

远远的，已经在

变小，变模糊。

（原载《散文诗世界》2017 年 6 月）

有关白果村的家族史［十章］

陈平军

漫山遍野，肆意飞奔的白果，颗颗清泪般缓缓隐于大地，沉默在泥土深处，到底是哪一颗孕育的根系能牢牢抓紧大地的脉搏?

1768 年：炽万

从桐花遍地的桐柏，携妻系子，一路跋山涉水，任由悠长的号子响彻空谷，

抚摩安静得可怕的汉水。

累了吗?

那就停歇吧。你注定要告别曾经的辉煌，拥抱属于你的悲凉。

宿命，注定你要拿出未知的气魄，开拓无法预料的洪荒。

汝河磨沟小溪旁，依一片白果的清香，伐木支椽，上覆茅草，结棚栖身；饮山涧溪水，食花根树藤。

在峻岭、在沟壑的朴素里烧土取砖，筑成信念的堡垒。用锐利的目光斑驳村庄的岩层，遮挡凄风苦雨的天空。

盘腿而坐的是岁月的灯盏，打坐成原始的天井，所以我们只能把自己想象成一只蛙，再怎么跳跃，也翻不出你灵魂的巢穴。

1804 年: 伯高

在这个温馨的大年初四，你不想继续前行了?

眼望着开景，你的大儿子远行，去抓住另一条叫作目连沟的虚妄。目送着你的孙子翻山越岭，到达一个叫寨沟、月池沟的不远的远方，去安营扎寨，他们是你繁茂树干上的又一个枝丫，或者一束繁花。

扑不灭那火塘的篝火，再也不想接力这精彩的传说，再也不想考证开垦的艰难。

任由那响彻山谷的号子犹自飘荡，任由那火炮在凝聚希望的小木楼上空摇晃。

哪怕村庄黑青着脸，所有的表情铺在奋斗的表面，鱼鳞一般。

哪怕雨过天晴，阳光照射你严峻的表情，光线也能透过湿漉漉的心事缝隙，在你灵魂的居所投下一片片蒙蒙眬眬的鳞状光影，如梦如幻。

1858 年: 开基

或者叫你瑞云，穷其毕生，写得最生动的词，叫坚守。

屋前的白果树，早已在你的目光注视下，枝叶繁茂，硕果盈枝。

房后的山茶花，在这早春的二月，开满山冈，惨白的绽放你的人生。

阳光洒满土壤的每一个角落，燃烧着你挥洒的青春。

月光与书院的烛光媲美，翩跹在四书五经、唐诗宋词间的阳春白雪，疾步穿行于弱弱地白一地的洋芋花、微风中招摇于山冈的苞谷花粉，哪一个更潇洒?

邑庠生，乡饮介宾、例赠文林郎、举人，抑或是教谕，都不改你黝黑的朴实本色。

所以我最不能明白的是，你到底是农夫还是书生?

1928 年: 新墉

新墉、如墉，或者藩臣，多个名号，诠释的仍是一个万般皆下品唯有读书高的时代，十年寒窗，收获的不过是一个堂备、磨卷、补行、五品衔、州判，真正让世人感觉有点书卷气的不过是教员、视学员、孔庙奉祀官。

然而，让我记住你的真正的缘由不过是，至今依然躺在县志里的那篇简练的千字文，发黄的书卷散发的淡淡幽香，照亮磨沟那惨淡的小溪里悠然自得的游鱼。

犹如贫瘠的土地上，几颗干瘪的玉米、高粱、大豆，一篓盛不满欲望的洋芋、红薯，还有几颗在秋风中摇晃着知书礼仪的白果，这一切都是广种薄收的写照。

1864 年春到 1928 年冬，一段跨越两个世纪的爱恋，也许就是为人所不齿的初婚、继娶、复娶、又娶，可又有谁能体会所谓爱情的凄美，世事无常的悲欢?

1978 年: 李氏

腊月三十，大年夜，除夕，接下来是春节，1979 年的春节，跨越两个年份的夜晚，注定是那么不同凡响，一场不期而至的大雪下满整个村庄，漫天飞舞的思恋充斥整个山梁和沟壑，更重要的是逐渐远去的背影从此消失在昏暗的柴房，一沉再沉的怜爱，就此随着尘埃在大门前方深埋。

我一直不敢也无法轻轻说出你的名字——李氏，奶奶，不是我对祖辈不够崇敬，实在是他们离我有点太远，而你，是我真正能够感受到恩泽的背影啊，奶奶！

再也听不到，你要娶啥样的媳妇之类的逗乐，再也看不见你因为我逃学而发怒的高高举起又轻轻放下的竹篙。这还不是最主要的啊，奶奶，你不知道从这个春天开始，我们将拥有属于我们自己的土地，真正写下我们自己名字的土地，我想种下什么东西都可以，想收获的也都是我们自己。

尽管从此只能与你空荡荡的裤管卷起的清风为伍，从此只能与你三寸金莲敲击土味十足的穹音为伴，随风飘起的银发肆意地抽打我的想念，长出坚守在你日渐消瘦的骨骼边缘的一株艾叶，葱郁属于你最初的季节。但我还是能轻微感受到那么一丝欣喜。

1987年：太松

说出这个名字有点大不敬，可是我要提醒你，茶花争先恐后地挤出每一个跃跃欲试的山头，淡淡的幽香馥郁着这个正午。

破败的木板楼，正在人生的课堂上奋笔疾书的小生，心灵微微地颤动了一下，也许两下，他不知道一场阴谋正在发生。

他不知道他的父亲就是在这个正午或明或暗的阳光下离家出走的，其实并没有走多远，不过是一个趔趄的距离，就完成了与生俱来的挣扎式的冒险，从此就与冷月寒天为伴，感慨那瘦弱而歪歪斜斜的身影终究没能稳住颤抖的命运。

一个背影的瞬间隐去，造成的三代人的残缺也成了家谱言之不尽的不完备的章节。连老屋那老得不能再老的被我无所适从的目光啃食的残破门槛下，悄悄爬出的一只老鼠，也在继续啃食木头的温馨，还活泛着类似救世的目光。与之对应的是祭拜土坛下匆匆赶来的蚯蚓，胡乱蠕动着不平的土壑，找不到世事的入口，或者逃离死亡的出路。

1995 年: 振兴

我要怀着战战兢兢的心情告诉你，这个冬天有点冷，寒风、暴雪都来围攻单薄的白果村，围攻位于村庄中心地带的陈家三房老院子的曾经温暖的火炉坑，围攻长期靠信念坚守支撑的高大身躯的爷爷，信念刚刚萌芽还来不及猛烈地生长，一米八的大个瞬间就被意外袭击，蜷缩成一团火星。

微弱的火星子还是义无反顾地温暖着他亲手铸就的十三板高的老屋，尽管老屋已经浓缩成白果村的黑痣，或许包藏着别人的祸心，也许是我们都读不懂的解释子孙生存的密码，所以我们不必怀疑这有血缘的温度，也许这就是别人无法破译的族谱的秘密。

就不必怀疑了吧，谁叫他目不识丁，却做了生产队的会计，始终无法计算别人的阴谋或者算计，但还能记清别人的善良。

反正我是不会怀疑，因为我亲眼所见，并且感知，他倾其一生，栽培一园竹林，还扶正一片嫩笋，让我与其比肩，与其争相展示一段生命力的疯狂。

2000 年: 华茹

华茹，站在世纪之交的我的母亲，华丽的名字还是没有办法带给你一个华丽的转身。这些年，看着自己的丈夫、自己的公婆先后拉开了与自己相处的距离，漫无休止地与自己玩捉迷藏，你一个人像一只蹒跚的老母鸡独自带领一群叽叽喳喳的小鸡在低矮的庭院里游荡。

眼看着最大的那一只渐渐脱离了你的视线，在另一个栅栏里安营扎寨，复杂的目光里到底是欣慰、不舍，还是牵挂？无奈的时分只有偶尔扯动一下手中思念的红线，把亲情在黄昏时分抖一抖，看能激起多大的大波或者微澜。

看二儿子远离故土，紧握他乡的泥土，用向往彩礼的激情构筑故乡的棱角，在锤炼生活激情的砖窑里，挥洒青春的汗水。

还有小儿子在城市的脚手架上来回穿梭，用未知的迷茫为白果村的故事打结，他无法明白的是霓虹灯的精彩永远与他无关。

至于闺女，你的小心肝，早已飞离你的心窝，在另外的枝头上鸣叫，延续另类的精彩。

2010 年：二爷

还要说说我的二爷，具体叫啥名，我已经逐渐淡忘，仅有的记忆只是偶尔在我身旁闪过的那么一个匆匆的背影。

他有六个女儿，两个儿子。他甚至搞不清六个女儿诞生的次序，就像这个杂乱无比的乡村的凌乱的音符，不知音律的高低和没有节制的跌宕起伏，或者宛如路边被风轻摇的狗尾草草籽，一不小心就被随意刮来的风吹散，洒落在哪一个石缝里。

这些铜臭肆虐的阴谋，还是变幻莫测的欲望搅动的面孔无可奈何地点缀别人的故乡。

勉强有点印象的是他那两个宝贝疙瘩儿子，一个陨落在地平线以下八百米深处的希望深处，散乱而渴望的目光至今还在黑色的黄金中迷离，无法找到回家的路。另一个，他的理想在貌似坚硬的山野上空久久飘荡，与飘摇的炊烟背道而驰，绵延至远方的矿线牵引至梦想深处，不能自拔。

与之对称的是二爷被不知名的灌木和野草或者叫一个退耕还林的词逼迫得没有退路的影子，牵着一群寻找乳汁的小羊羔隐居至土地表面，游离在故乡的边缘，渐行渐远的背影在向天空发问：我们已经没有耕地，你说我们还是不是农民？

2014 年：母亲

清明，无雨，向往的心意纷纷。多少今逐渐清晰又逐渐模糊的面庞，一个个、一排排交错幻化成血缘依稀的坟墓，像目光猥琐的铜钱，更像白果村干瘪而凌乱的乳房，往事，在欲罢不能的记忆里抽丝剥茧，瘦削得只剩下几具残骸，怎么也填不满白果村日益增长的空虚。刚烧完的纸钱，被随意刮起的大风吹成漫天飞舞的黑蝴蝶，迎风闪动的飘摇是不是家谱里最生动的细节？

光怪陆离的斑驳时光中，如何描绘岁月的光鲜？何处安放我最初的家园？

看满山碧绿侵略最后的耕地，撤退于钢筋混凝土牢笼般的奋斗，满眼不舍与不甘，谁能用干瘪的爪子刨出深埋地下的根？

退居在城市的屋檐下，端坐在空荡荡的客厅中的母亲，坐在日渐消退的落日余晖中，坐在世事中央，到底能不能镇守住我的故乡？

（原载《散文诗世界》2017 年 5 月）

月光三十里

姜　桦

油菜花

月光三十里。站在五月初的田埂翘首回望，那一片环绕垛田的水什么时候软了？从哪一刻开始，那连成一片的圩子里的泥土隐隐发亮？

从小生长在乡村平原，我从来没注意过那些四月里盛开的油菜花是在什么时候落尽的。那沿着狭窄的田埂匆匆跑过的羊群，那顺着清冽的河水嘎嘎叫唤的鹅群。

月光三十里，谁能说得准季节的表情，说得出每一朵花的来历和去处？

但我能够肯定，那些花朵的凋谢只能是在暮春的某一段月光下，而不是落在那四月的某一场急迫的雨水中。

收菜籽的人

一张细长的嘴巴弯曲着打开，再打开，安静的田野上突然就传来了一记声响——

犹如天空中闪电的撕裂，缓慢，急切，巨大。那是平原上传来的菜籽荚炸裂的声音。

五月，麦子泛黄，长了整整一个春天的油菜籽就要成熟、收割。我看见那些提着镰刀的人，戴着草帽，小心翼翼地用脚尖拨开那些紧张炸裂的菜籽，再将身体送到油菜地的深处。

我一直没注意过在地里收割菜籽的人。五月，当他们在傍晚的夕阳里弯下腰去，将瘦弱的身体贴向有些潮湿的泥土，抬头，移步，轻轻收拢起自己的胳膊，他们抱着那些刚刚收割下的菜籽，就像抱着自己亲亲的小女儿。

风吹麦浪

石榴花开，布谷鸟和鹧鸪鸟在远方的槐树上欢鸣。天空下有谁在唱《风吹麦浪》：

风吹麦浪，风吹麦浪，麦浪的远处是我的家乡。

《风吹麦浪》，一首多么抒情、好听的歌。

布谷鸟、鹧鸪鸟和云雀的金嗓子。跟着它们，更多的鸟扑着翅膀飞向天空，“咕咕，咕咕咕；呱呱，呱呱呱；叽叽，叽叽叽”。声音在它们的喉咙里滚动，那首风中传来的歌，似乎没有一句歌词。

“风吹麦浪，风吹麦浪。”风怎么能够吹起麦浪呢？那么大的一块麦地，那么辽阔的一大片田野，除了阳光和月光，除了麦地里麦客们一身晶亮沉重的汗珠，谁能够将五月推动？

水草月亮

——给母亲八十寿辰

月亮下的树木和流水都是短暂的。春风之夜，花朵的香气回到它的本身。那一截缠满水草的木头、摇摇晃晃的露珠，那被父亲高举着的天空，我一次次说到母亲，哦，天塌下来，接住我的还将有这片大地。

走过无数次的道路多么陌生，五十年前的母亲是什么样的？四十年前的母亲是什么样的？

我只记得三十年前的那一张老照片，清晨，太阳升起来，花朵开过围墙。

一双香花的眼睛躲在背后，今晚，春风将夜空涂成一团巨大的草青色。

那河底下水草摇曳！慈祥的母亲白发摇动，笑得就像一个少女。

哦，让我用星光提前刻下她的姓名。

木枣花

早晨，露水锁住了一切植物的香气。

太阳在升起。那群蜜蜂似乎又是和往常一样准时张开翅膀，从某一片林子后面倾巢而出。

对于一切有意义的飞翔，天空都无所谓高低，但那蜜蜂的翅膀和歌声往往会一直保持在同一个高度。它们飞，一路不停地歌唱，即使直到目前，那个所谓的“前面”，还仅仅是一个不曾预设的“地点”。

太阳完全升上来了；

那蜜蜂的歌声在一棵树影前停下来了。

园中坡地，那一排木枣树意味神秘——那被露水锁住的香气何时被完全打开并且释放了出来？

顺　从

阳光并非刻意安排某个场景。

春天，杏花、桃花、梨花，田野和河水都是明亮的。沿着一阵阵温暖的风向，所有的草都会向西边倒去。

而现在，季节正是冬天，跟着北风，一片片雪花爬过河坡，围着一座房子，雪花，旋转……飞舞……

有几朵，最终停在花坛后边，有一些可怜，更多却美好。因为几声突然而来的鸟叫，今晚，在盛开的梅树下面，那些停下来的雪花，竟然可以如此美妙地睡上一觉。

北　风

一根树枝伸向寂静的夜空。

它并不能够到那屋顶上的新雪。

它先模仿一棵嫩芽，然后模仿一粒针尖。而一只手，握满破碎的棉絮和尘埃。

我狭窄的骨头缝里，谁挖开一个洞穴？又是谁，狠狠扯下一块血淋淋的皮肉？

梅花乱

夜深了，天上下起大雪。我在干净的雪地上写字。写着写着，那雪化成水，写着写着，手指头就掉了，枝头的梅花就冒出了烟。

雪天里的梅花多么香。雪地上的花香多么迷人。蜡梅树下谁叫我的名字？

那声音轻轻的，醒来发现，这中间，足足隔着两场雪。

时　光

一个人，她遥远的身影。从背面、侧面，到正面，要经过多少次呼唤、寻找？

眺望到回忆，仅仅一步之遥。

那一只青瓷杯盏里的茶汤，随着时间的推移渐渐变淡，独自重复那个下午的呓语，只让黑夜记得我们的相逢？

红　酒

我一直在目送你！黄昏颤动的夕照里，那鸟翅刮断的地平线！

我记得你走出门的样子，记得那拐弯处的街角，一只鸟的趔趄和悲伤。

下午的风吹过寂寞的巷口。一杯轻轻晃动的红酒，衣袖带走梅花的香息。以一首诗为曾经作结局，今晚的月光，一路恍惚，坑坑洼洼，高低不平。

祭春贴

春天的黄昏苍茫黯淡！巨大的鸟鸣一点点减弱。借着满园盛开的梅花的光亮，我在一块石头上寻找一个名字。

有星光曼舞，有明月照临，字迹模糊不清而石纹清晰可辨。

哦，你告诉我！这名字是被那雨水带走，还是被雾霾的云彩抽空？

月亮是一只倒空的木桶，留下那水波在天空荡漾。一路银霜沿着河岸铺开，它莫非是被那星星摇醒？

哦！我终于找到了你的名字！跟着你，爬上结满星星的屋檐，回旋的水流，没带走半点声音。

大地安静得只剩下落日的余晖。

月亮从楼顶上升起来，看上去有些病恹恹的。

先加入小剂量的川贝，再放入适当苦苦的蛇胆。那绿色的玛瑙一般的符咒伏在一棵慌乱的梅树跟前。半夜里和一个人擦肩而过，我记得她圣婴一般的脸庞。

那个女人已离开我许久了，我还不敢靠近那一只水缸，趴在那巨大的月亮的边缘，我依旧看见那干净的脸庞。

写满药方的纸片飘舞在空中，蓄满我身体的雷电瞬间爆发。整个二月发生过多少件事情，许多年后，我只记得一场咳嗽。

玉兰树以外的天空

天空多么蓝啊！我身后的窗子，窗外的玉兰树，玉兰树以外的天空。

天空多么蓝！啊，不因为白云、树叶，天上没有一点云彩，白玉兰花还没开放。

天空多么蓝啊！一群孩子在放风筝，却说是朝天空钉钉子——手中的铁锤响声密集。

天空多么蓝啊！我身后的窗子、窗外的玉兰树、玉兰树以外的天空。

蓝，仅仅是因为一声接一声的鸟叫，以及，一个人突如其来的梦呓！

鸣鸟记

午后三点。书房的窗外鸟儿欢鸣。它们叽叽喳喳，一只，努力要盖住另一只。

我听不出有多少鸟在歌唱，我只说我看得见的吧——

一只，跳在晾晒的花被面上，阳光下的花被面是侧立着的，鸟一叫，花朵就滑落下来；一只，跳在三层楼高的树枝，翅膀和羽毛被春风打开；另两只，趾爪细致有力，被那阳光涂得红红绿绿。

对面的楼上有人大声喊：“春天被一个人吵醒了！”他说的，显然应该是楼下那个每天练习歌唱的老人。

“春天被一个人吵醒了！”

楼下那个练习歌唱的老人。两棵玉兰树举着暗红花朵，一群鸟，从窗前噗噗飞过。

靠　近

靠近那头发，雕花祠堂的拱门前，你的发簪挑破梅花；

靠近那眼睛，我侧身而来，提着萤火虫的灯笼。

靠近那朱唇，一条来自海底的鱼，接近海滩的刹那，突然掉转身，腹部朝向水面，剩下这张嘴，吐着海水收藏的沙砾。

靠近脖颈，你的肩胛藏着星星尖锐闪亮的钢钉，你的腰部，你杧果般下垂的小腹，昨夜，生出一河带斑纹的星星。

靠近你的手，你细长的指甲，翻转过多少盛开的花朵？

你手指上的石头、那被压碎的心！

靠近那条小巷。今年的第一场雪！

我听见头顶的树梢不停滚落的碎片，僻静的拐角，雪花在一根绳上写字，再在冬天的早晨，拎出光滑的井沿。

流　浪

几片茶叶，轻轻地旋转，晃动，它无法撤回杯盏里的花纹。

那青瓷杯盏的花纹，和波浪一起绿起来的水的叹息和哈欠。接下来的……时间，接下来的……空间，接下来的……回忆！

几片茶叶在杯盏里旋转，旋转，晃动，遇见杯沿又转回来。

一本书，一个读者，一场爱情，两个人。

故事还没开始，远远地已有人——叫我的名字。

草　莓

一粒草莓有什么值得深究？它为什么只红到那条田埂？为什么只红过你狭

窄的右肩?

那一簇生长在泥土的植物、那个荼蘼的女人，整个下午，为什么一直盘腿坐在床上?

将春风压在舌根底下，那荡漾在舌尖的三月末的毒，窗外的二月兰开得多么缓慢?

我只能告诉你，因为你，所有的爱情都会是虚无的，我只为衰老而羞耻、沮丧。

我曾经无比热爱这样的春天。

而写诗，仅仅是为了保持我仅存的一点点爱的能力。

春 夜

春风一点一点轻拂在桃花的脸上。雨水落向海边的麦田。

我走过那片花圃。

月亮下面，那些花，它们开着，一声不响，四月的花粉布满鼻孔。

密集，又有些慌乱，狭窄的肩膀微微抖颤，桃花面色如土，从田埂，一直开过祖父低矮的坟茔。

绿油油的麦地里，我知道那墓碑是谁扳倒的。

月亮越来越低，它身边的油菜花，眼看着就要高过了我的头。

（原载《散文诗》2017 年 6 月）

组　章

吕政保

后山小妹

后山小妹比我穿裤子早，夏天洗澡被撞见，总会一个背身。这时月光很美。

后山小妹爱跟我一起捉泥鳅，我在前，她在后，哥哥，牵我的手，两只小手便在田间搭岁月的桥。

小妹常到我家借宿，披一袭月光，牵一个小小弟弟。我们家老鼠多。小妹便拉着我，给夜壮胆。

光着腚子洗泡泅。穿着短裙子的小妹便在岸上远远地看。分不清谁是谁眼里的风景。

小妹在收割后的田野放水鸭，等在我上学的路上，悄悄塞给我两只煮熟的鸭蛋，清澈的眸子储蓄渴望。

家乡的映山红满山遍野。小妹长成一朵灿烂的映山红后，进城了，多了身份：打工妹。

阔别多年，不再年轻，我和后山小妹相遇。我想好好读一次她的眼神。她躲闪。

我惆怅，不知道如何祭奠小妹的青春。

禾苗的惆怅

想当年，禾苗在农民的手中多么受宠，一蔸蔸地插，像美丽的少女绣心爱的花。

想当年，禾苗在农民的心中何等被呵护，烈日下，用手抓，禾苗行里根草不见。

禾苗是农民的孩子，感受着农民手和脚殷勤的体温。

禾苗很感动，结饱满的谷，回报农民鼻尖上滴下的汗水。

农民开始撒播了，动作潇洒，像仙女撒花，禾苗感到被爱撇远，盼不来脚的殷勤、手的灵动。

农民用除草药了，三下五除二，禾苗承受着一种不再亲近的冷落和被药毒的痛。

当年，禾苗身旁有少男少女的欢笑与靓身。如今，偶尔陪伴的是剩在乡村的孤寡老人。

禾苗依旧爱这块土地，依旧想结壮实的谷，农民啊，能否重返一个正面而非疏远的背影？

那口池塘

那口池塘，两山间，一条芳草相掩的径，很静，静出一块历史的镜。

池塘水清，有鱼。偶有少男少女来此垂钓，垂的是一款相依，钓的是一次幽会。

间或也有少妇来浣洗衣服。只图幽境中一次回味，回味月夜留门的心跳与甜蜜。

机器带来了铁轨，铁轨带来了火车，火车带来了人，人带来了喧嚣。

池塘小了，浅了，被垃圾侵占了安身的空间。

池塘水浊，无鱼。一口池塘诞生一句“水浊无鱼”的警言——鱼不喜水臭。

池塘在喧嚣中承受着勿忘我的伤害。

生命的轨道

一声啼哭，母亲用一块棉布包裹，襁褓是生命的第一舞台，我用啼哭拉开了生命的交响曲。

是光着腚子玩耍的，日后一直留恋，离泥土最近的亲。

中学的那位披肩发的前排女生，没等我嗅够她的馨香，便在时间的轨道上深隐人海，觅无踪。

我开始流浪，在浩瀚的戈壁饮古道西风瘦马；在边境线上掬水洗汗之际，跟界河里的鱼对视与呢喃。

四季轮回接力，把我推向岁月的高坡。我想下来，岁月不给路，只让你承受高处的孤寒。还在一如既往地把我往外推呀，要命！

我与四季作一次对话，能否把脚步放慢？

不懂世故、不理风月的四季，只按自己的节奏做自己的事。

母亲被岁月带进了坟墓。清明是与母亲见面的日子。母亲从天堂回来，还像以前那样抚摩我的头，只有这前三后七的日子，才通行前世今生的血脉亲情。

流浪是生命的态。流浪的终点是一座或塌陷或丰隆的坟茔。

从子宫里出来，开始奔命；到坟茔里休息，了结一个轮回。

地　铁

这座城市开建地铁了。地下的铁轨，是现代城市的一条筋。人是流在筋里的血液。

也可以这么讲，是人与车博弈后的一个结果：人给车让路。

更准确地说，是车把人赶进了地铁。

地铁是好人，希望以她的诞生，解决城市的肠梗阻。

车是没有理性的。车不实行计划生育。地铁最终会力不从心。城市还得修天轨。

人被车赶到地下，再被车挤到天上。

或许，这是城市的远景，这是城市人的宿命。

梦语楼兰

塞外楼兰，一场散而未尽的千古筵席。

看过去，才子携佳人，城池踱步，花间赏月，酥腰柔眉，卿我两相怜，不理城外狼奔豕突。

听过来，文武君臣，琴声筝语，舞榭歌台，揽盈盈水袖把酒酣欢，忘了帐前征幡风里寒。

刀光剑影，岁月悠悠梦悠悠。楼兰，在一片蛮荒的土地里生长金碧辉煌之耀，骏马奔腾之势。乾坤不顺，一朝倾之，葬身岁月风沙，陪驼铃迎风，听号角吹寒。

（原载《散文诗》2017 年 6 月）

向上的事物［外一章］

马雪花

向东，或者向西，走了这么久，千山万水，海角天涯，八千里路，依旧看不见尽头。

母腹的广阔里，有春天的第一朵花，有夏天最末的清凉，有微风里深深浅浅的秋黄。

冬日的午后，万物寂静，睫毛之间的光影里火焰升腾，草木和花果正一步一步接近泥土之下根须的生动。

隔着茫茫雪色，山一程，水一程，片片虚幻的蝶影栩栩如生。

慢下来，看东方渐醒，等待黄昏落幕，挑拣一些滚烫的词语烙满白的晴空。

远路不远，一切向上的事物，出发时攀附着动脉搏动，返回时循着静脉，让心缓慢重生。

一场又一场的雪，落在山野，落在额头，那么轻，那么白，那么远又那么近。

像隐在母腹温暖里的那些想念，随时起飞，随时纷纷。

河流向内的方向

记忆里，下雪的时候，在一些柔软里点燃火把，日子便彼此拥有了热量和光芒。

轻轻地，轻轻地放低所有的热情。季节失去了冷暖，牵挂失去了方向，生命失去了呼吸。

一切，都在分秒之间化作尘埃，然后，弥漫在夕阳里把更多沉寂已久的尘埃覆盖。

天空是蓝色的，穿透清凉白雪的蓝。血液是红色的，穿透稀疏白发的红。

一切都变软，变薄，变淡，变得深不可见，让时光返回永远，遥不可及，遥遥无期。

母亲，是个多么温暖的两个字啊，需要天空、土壤和白发来对抗寒冷，才能抵达完满。

再也无法抚摩窗前的阳光了，再也看不到冬夜里的灯光了，再也不需要漫漫长河来泅渡光阴了。

黑暗，隐藏着遮天蔽日的空茫和轻。沉默，隐喻，遁去，消失，替代了所有的山长水远，风影波澜。

离去是想念的开始，想念是另一种存在的结束。

如一些脆弱，如一些血脉中的空白，来自虚无，又返回虚无。

（原载《散文诗世界》2017 年 5 月）

我们都是奔跑者

鸽　子

来回奔跑的人

从此处跑到彼地，又从彼地跑回出发的地方。

从早晨跑到黄昏，又从黄昏跑回早晨。

从嫩叶的脉间跑到铜剑的锋刃，又从铜剑的锋刃跑回嫩叶的脉间。

来回奔跑，来来回回地奔跑。

在奔跑里，把自己的闪电和热量化成途中的一株树，庇荫之树。一口井，解渴之井。一个梦，点亮方向的梦。

谁都是这样一个奔跑者，谁都是这样一个逾过奔跑者再来回奔跑的人。

奔跑的目的地在哪儿，已不重要。

人们所有的奔跑，从出发到止步，都是为了寻找到自己。

打盹的人

像是醒着。又像是沉睡。打盹的人，在半梦半醒里漂流，在迷迷糊糊里飞翔。

似醒非醒，偶尔投出的眼光，像是看清了什么，又像是根本就没看什么。

打盹的人，垂着头，旁若无人，打着自己的盹。

坐在一个打盹的人旁边，是一件快乐的事。开始的时候，我小心翼翼，担心他散落的目光里带着刺。而事实上，有这样想法的我是多么可笑：打盹的人，完全把我当作一个可以信赖的人了。有时，他的头轻轻一歪，大大方方就靠在我的肩上。有时，他的手轻轻一松，就放在我的腿上。有时，他脸上的笑情不自禁就传染了我……

设防的是我，而不是打盹的人。

在这个渴望以心取暖、寻找信任的年代。有一段长长的路程，和一个打盹的人邻座。

也是一件莫大的幸福事。

骑墙的人

可以向左，也可以向右。

可以是白，也可以是黑。

我看见骑墙的人，一半脸笑，一半脸哭。

一手捧着玫瑰，一手拎着利刃。

骑墙的人那么多，所以墙才如此多。

许是墙那么多，骑墙的人才如此多。

种子死在从冬天去往春天的路上。雾霾把理想和荣光掩在幕后。

作为其中的一个。

我常常痛恨自己。并努力着把自己打碎，重新炼一个我。

——而我，却还骑在墙上，行走在人群之中。若无其事。

我还骑在墙上，不是左，也不是右。不是白，也不是黑。

我愈加地痛恨自己了。

照镜子的人

商店门口有一面镜子。

一面小小的镜子里有着丰富的风景。

来来往往经过的人，无论进不进店，无论愿不愿意，都避不开镜子审视的目光。

我发现照镜子的人表情各不相同：有人匆匆而过，有人借机整妆；有人面带微笑，有人一脸严肃；有人闪闪躲躲，有人偷偷摸摸；有人慌忙逃离，有人主动靠近……

只有镜子面色平静，恍如秋水。

我不明白：照镜子的人，可否真正看清自己。但可以肯定的是，他们都被镜子一一照穿了。

作为一个旁观者。我同样，逃离不开镜子的目光。我同样，在镜子的光芒里现出真正的原形！

丢了梦想的人

蚂蚱跳着跳着，就不见了。

萤火虫飞着飞着，灯盏就熄灭了。

蝉叫着叫着，就悄无声息了。

一条河跑着跑着，浪花就折断了欢笑声。

一个人走着走着，就把自己走丢了。

难道，我是一个丢了梦想的人？

就像河流在某个地方突然拐了个大弯，回过头时，身后空空荡荡，那些指点江山激扬文字的追随者呢？

一直都以为，有一个我走在我前面，有一个我会紧追不舍跟在我后面。

回过头时，我找不到我。

抬起头时，我也找不到我。

我被谁捡走了？我被遗失在何处了？

难道，我真的是一个丢了梦想的人？

灯还在亮着。风还在吹着。

蚂蚁的大军已把秋天搬回洞穴。谷穗的芒尖顶起了燃烧的太阳。而桂花的黄金融进了纯粹的月色。保持爱与温度的风还在吹拂着灵魂！

脚下的路是一面巨大的镜子。只要倒置的我还能展翅飞翔，我就能找到高贵的梦想和闪光的目的地！

谁说，我是一个丢了梦想的人？

幕后的人

一定有一个幕后的人在操控着我。让我说出的、做出的和想出的，都不是我真正想要说的、做的和想的。

一定有一个幕后的人让我成了现在的我。让我的笑、哭和怒，都不是我真实的笑脸、哭相和愤怒。

在镜子里，我找不到他。在影子里，我找不到他。在你圆圆的不解的眼睛里，我还是找不到他。

在阳光里，我找不到他。在月色下，我找不到他。在我焦灼奔跑的梦乡里，我依旧找不到他。

我的肯定其实是否定，我的赞美其实是诋毁，我的喜悦其实是伤悲，我的坚强其实是脆弱，我的年轻里有着深深的苍老。

现在，我读到皮萨尔尼克的诗句“我有过很多爱人——我说，然而最美丽的是我在镜子那边的爱人”，泪水突然在这个春夜迷蒙了我的眼。此时此刻的泪水，是真正的咸涩的泪水。而此情此景流泪的我，是真正的我。

幕后人，我们常常误以为是陌生的第三者，其实那个幕后人，一直都是另一个自己。

我们都渴望成为一个没有黑幕遮掩的真我，却又常常在幕后藏上另一个自己。

（原载《散文诗》2017 年 6 月）

光芒［十章］

姜　华

光　芒

从鸟的翅翼上滑下来，轻轻地，光芒像一只无形的手。

穿过平凡的尘世，白天或夜晚。

这些光芒温暖、悲悯、关怀，如萤火闪烁、飞舞、游走。

头顶青草的人，坐在荆棘之上，细细打量阳光伸过来的手势，把一些微弱的生命逐一扶起，让石头开口。

尘世的光芒，注视并聆听，来自低处的哭泣、诉说或歌唱。

站在高处的阳光，笑声浪漫而畅亮。

一只画眉在山间忧伤地歌唱，杜鹃花在山野，默默承受着开放的痛苦。

谁来照耀这些卑贱的生灵。

我的父亲母亲，早已被一堆黄土，掩埋了还未说完的亲情。

我的人生更加潦草，一边漂泊，一边写诗。把苦难熬制成鸡汤，痛并快乐着。

轻轻拭去生活中的失意，打开尘封的美好，纵然一生被苦难包围的人，也会被瞬间的欢乐击伤。

十字路口的灯光，点亮南来北往的眼睛。

光芒如此公平，上帝也是。

野　花

生命是平等的，尊严也是。

万物皆有生的权利，亦有死的自由。

多少年后，我发现，不论多么贫瘠的土地，都能养育顽强的信仰和生命。

那些叫不出名字的野花，竟然使一块不毛之地灿烂。

把生命的精彩高举，顽强、内敛，还有些悲壮。

在我的家乡秦巴山地，当年贫瘠的土地上，大雁也不愿收拢翅膀。

一块曾经苦难的地理版图，仍然有歌声在那里世代歌唱。

比自然还顽强的是生灵，比万物还缄默的是土地。

那些来自民间、抗争命运的和声，如天籁。把人们的欲望、欢乐和忧伤，一层层覆盖，又渐次打开。

山地再张狂的风，也高不过一株野草。

旺盛的生命如火焰，世代在血脉里回流、燃烧。

此消彼长。万物往生。

歌　声

歌声时而忧伤，时而呐喊，如细雨，似风暴，像海啸。

只有穷人的天堂，才会有这样的绝唱。

自由、沙哑、放肆的歌声，来自城市阴暗的棚户区。

在阳光不能抵达的地方，在雾霾的阴影中，生长着草根一样的生命。

棚户区歌声于中秋夜天籁一样传来，击中了一位异乡人的孤独。

那些歌声低沉、舒缓、忧伤，于夜幕下绽开，如白鸽飞翔。

一群异乡的打工者，在尘世最低处，站在生活利刃上，给命运歌唱。

把一车负重的生活拉上陡坡，用粗茶淡饭拓宽命运坦途。

一群面容模糊的人，把针尖般的幸福，在月光下成倍放大，再放大。

旅途上孤独的灯光，被那些音符依次点亮。

一个人的声音，被巨大的城市淹没。

我已陷入那些歌声里，不能自拔。

旅者人在江湖。暴风雨来了。

书　房

那些汉字，日夜在稿纸上疾走。

修辞疑似得道圣贤，神秘莫测。

书房坐南朝北，走向有些诡异。12 平方米空间，飞翔着沉重的翅膀。

起飞于夜晚，蛰伏于黎明。

窗外的阳光，总是在午后，或者更晚一些时候，偷窥一下简陋的书房，刚好与我的阴谋形成一个夹角。

斑驳的光线，忽明忽暗，把我的主张倒映墙上，像一张画皮，若隐若现。

汉语的一个意象，鬼魅般折磨、诅咒着我，让我不得安宁。

瞬间浮现的场景，似陷阱，常常引诱我一脚踩空。

有时阴影中的光芒，甚至比阳光下的黑暗更具威胁。

雕刻着锋芒的思想，往往把人灼伤。

文字似风暴，必将冲破牢笼的囚禁。

假　如

假如生命能够倒叙，或者从终点返回原点。

一片叶子被风吹落，就会有一个生命诞生、转世。

上帝收走了凡胎，灵魂有序飞翔。

有些人终生在丈量，新生到消亡的距离。

一个人假若死了，他的名声还能支撑多久。

凡心不泯的人，生与死都很沉重，有时，欲望会把生命压垮。

我看到。一对鸟儿为赛歌啼血而亡，一只贪食的豹钻进猎人的陷阱。

尘世的拼杀消匿了多少声音。

生命漫长而又短暂，误伤自残，引力失控，星辰陨落。

坠入尘埃的生命，又有几个功德圆满。

生死并没有十分清晰的界限。有的人死了，却还活着。

有的人活着，已经死了。

佛说：欲望越大，苦恼越多。

佛说：万物皆空。

蓝

拥有羽毛，谁不想飞翔。高处的蓝多么诱人。

自从多年前一场雷雨折断翅膀，高处的蓝，远处的绿，尘世的红，皆成为我今生的仰望。

多少次，我试图抬起沉重的头颅，多么艰难、无奈、忧伤。

心中有一方蓝，总是在春天，或寂静的夜晚，不可阻挡，郁郁葱葱萌发。

还有爱情、亲情和友情，纷纷远行，高贵、忧伤而迷茫。

那位带着一口方言，离我而去的女人，她只是爱得太苦。

我现在多么期待，一场风，把我卑微的梦想劫持。

扬起倾斜头颅，仰望天空那一片蓝，像火焰，在燃烧。

诗和远方，仍在前方招手。

骨头、盐和火种，日夜在我体内暴动。

光　线

一场风暴过后。所有的锋芒隐蔽起来。

果实隐身在叶子后面，阳光隐身在黑夜后面，阴谋隐身在证据后面，生命隐身在死亡后面。

那些斑驳的光线，隐身在我的影子后面，偷偷地笑。

我将在何处隐身。

风吹来一片叶子，也许是杀人利器。曼妙的表情里，蓄谋了多少陷阱。

夜鸟死亡，也许源于飞翔。蚂蚁结队逃亡，昭示着什么？

钻进坟墓的人，带走了多少快乐，爱恨和情仇。

那些强大的，甚至微弱的光线，仍在努力，它在试图照亮什么。

我只是世俗里的一块老年斑，曝光在阳光下。

一块在风浪中翻滚的石头，外表光滑，内藏锋芒。

光线有毒，易让人误伤。

拥　有

历经半生风雨磨砺，还有什么能够让我放弃。

清晨推开窗子，第一缕光线照进来，那些阳光是我的。

楼下白玉兰花开了，枝丫上有翠鸟在叫，鸟鸣声是我的。

稿纸上的文字，水流一样奔跑，那些文字是我的。

厨房里香味飘过来，妻子与儿子在欢笑。他们的快乐，也是我的。

那些甜蜜的、忧伤的、若隐若现的欲望和秘密，爬山虎一样往上蹿。还是我的。

辽阔的尘世，掩埋了多少苦难和欢笑，那些苦难是我的，欢笑也是我的。

一棵树在风暴中折腰，疼痛是我的。一个人在夜色里奔波，孤独是我的。

还有父亲的咳嗽，母亲的叹息，和妻子人到中年的唠叨，正在消退的生命，也是我的。

还有漂泊在异乡，那些草根一样的生命，还是我的。

最后仅剩下死亡。死亡也是我的。

低　处

我正在练习，努力改变行走的习惯。

在夜色中赶路，尽量把脚步放轻，让那些苦难的动物、植物和流浪的灵魂，做一个好梦。

在生存的压迫下，我学会了辨认风向、语言和脸色。

过多的仰望、期待，已经摧毁了我仅存的坚强。

从现在起，我要压低自己的声音和欲望，低下去，做一块沉默的石头。

可是，体内仍然有欲望之火，燃烧，攀升，蓄谋燎原之势。

我看到一只苍鹰被雷雨击伤，站在悬崖上，湿淋淋梦想仍在翅膀上抖动。

还有那只蜜蜂，对那些有毒的花，射出了唯一的锋芒。

我经常自勉，不要在势利面前折腰。我怕今生蹲下去，再也站不起来。

有一天，我梦见体内长出一根竹子。

再大的风，也不会刮走我的头颅。

声　音

中年之后，我开始学习倾听。

东南风过来的时候，我倾听雨水与庄稼的声音。

西北风过来的时候，我倾听民间与尘世的声音。

这些声音，或高昂，或低沉、细密而忧伤，撞击我的耳膜。

我惊讶这些近似宗教，尘世的方言和哑语。多少次，我试图接近它们，却一脚踏空。

多少年来，失语的我，只活在一种声音里。

抱紧一个细节，不停地敲打那些瓷器，直到发出光芒。

有爱喂养生活，这就够了。还有我苦难的诗歌，这就够了。

现在，我的天空经常布满乌云、泪水，和苍茫。

初春的阳光照过来，还有什么不能够让我放弃。

甚至生命，爱，和恨。

（原载《散文诗世界》2017 年 5 月）

水墨沿河

蒋 莉

南庄，旋转的空心李花

南庄，一个在我的梦寐里柔情了千年的名字。

山路盘旋着树的姿花的魅，晃动的香清冽、皎洁、芬芳、飘逸，恣意妄为明目张胆地亲吻我的面颊，煽动我的思念瞬间弥漫如同昨夜三月春光里突然而至的雪。

一曲天籁石破天惊，七弦琴抚遍高山流水。一千零一次的回眸，明晃晃地挂在树梢，灼烧。

我是这三万李花下的孑孑过客，我的孤独是独酌无相亲的月光，是皓腕凝霜雪的肌肤一点。

一树树素白的花，是谁的霓裳褪去铅华？是谁为谁的山盟海誓白了年华？是谁前世种植在月亮上的相思发了芽？

素衣一袭，玉指纤纤，便是一部《诗经》的蒹葭苍苍。我的爱人，此刻，你可在水的那一方？水袖轻转，便是一阕平平仄仄歧韵的疼痛，我的爱人，此刻，你可是独自把酒黄昏后？

穿越历史的烟尘，我窥见你过往的绝世容颜。梅花妆，梅妃的白玉笛惊鸿舞，十九年的宠爱终未敌过羽衣霓裳。一半素颜一半妆，徐妃的半面妆睥睨帝王爱恨，奈何了自己嘲弄了天。

我的妆又为谁容？看这青山如黛，只为你眉眼盈盈。看这繁花朵朵，只为你拾一瓣贴于我的额，许我一生一世双生人的承诺。

你不来，只我一人读这花间集，落英纷纷，一地雪白的花瓣是我的泪零落成殇。

摘一朵李花，占卜我的爱情，是否已在三生石刻下回忆。摘一朵李花，酿酒，唤醒醉了的时光，还我倾世的温柔。

祈愿我的爱情是绕树三匝，栖于树梢的鸟巢，红尘紫陌，风烟安然岁月静好。

我知道，这三万李花是观世音的微笑拈花，普度了南庄的芸芸众生，一百六十四户人家。

什么时候，你来泅我渡过今生这场相遇的劫？

乌江，野性的烟雨空蒙

乌江，洇染一尘水墨，闯进我的灵魂。

裁一片晨雾掩面，你成就我眼中的闭月羞花。桥洞挨着桥洞，站成一道相亲相爱的风景。牛郎来牵织女的手，山伯来揽英台的腰，影子是桥的另一半，一段花好月圆正在上演。一片树叶挨着一片树叶，一朵浪花挨着一朵浪花，一块礁石挨着一块礁石，爱情在春天盎然勃发。

风挟持着风，搅得一江春水波光粼粼，碎玉飞花。若我着一素色旗袍，莲步轻摇，你是否愿意撑一油纸伞，陪在我身旁护我一世安好？

乌江，初相遇，你的温柔是这江面上的一碧万顷轻烟脉脉水悠悠。

而当我踏上一艘抵达你的游轮，你立刻翻手为云覆手为雨，你收起你的柔情，用刀子一样的风割离我的长发蹂躏我的皮肤。

是嘹亮的汽笛，唤醒你沉睡的粗犷血气方刚吗？

汽笛一声一声敲击我的耳膜，我走进你的心脏，我看见你的血液沸腾怒吼剑拔弩张，我看见索道上纤夫有担当的脊梁顶天立地。我看见一个古铜色肌肤的汉子铮铮铁骨的呐喊！

你呐喊了一千个日夜，我却是在一千零一夜才听懂你如此跌宕起伏的表白。你对我的爱情是如此地撼天动地撕心裂肺。

你失去对世界的耐心，彻底愤怒，撕扯出一路的惊涛骇浪，颠簸出一船的心惊胆战。我知道生命需要足够坚韧，如同礁石，必经岁月冲击，才能站成永恒。

站在凛冽风中，吼一曲四面楚歌，楚霸王的骄傲是愿赌服输！

站在凛冽风中，听一程乌江号子，我的骄傲是风雨同舟不离不弃！

我要在这条河流上溯流而上触摸爱情伤痛的表情。

我要在这条河流上倾听彼岸花开的声音。

我要在这条河流上解读生命的伟岸与绵延。

我要在这条河流上追问人类生生不息的悲欢离合意义何在。

思渠，悄然逝去的故乡

结束一段颠沛流离，抵达思渠的水岸。

两只船儿躲在油菜花下私语，笑看这满世繁华。

蝴蝶的翅膀在花丛里翩翩起舞，一圈圈春天的气息，旋转。

枇杷亭亭如盖是古代才子不思量自难忘的文字，一片片疼痛的思念，弥漫。

汤汤江水容纳下白云所有的顾影自怜，沉沦水底的胭脂鱼为爱情死不瞑目，沙地上的鸳鸯是努力靠近的幻觉。

你的目光拂过七弦琴千转百回，阅尽这世间所有雪月风花。

思渠的码头，一只只船儿正在离去。

码头上的乡场，生活的闹腾刚刚开幕。

一抹穿越唐宋的阳光与一段三十级石梯狭路相逢。左手码头右手乡场。

石臼里的糍粑承受着生命的重击，一捶再一捶，土家汉子手不留情，纵然面目全非，木槌终捶不尽藏在心底的相思绵长。

油炸粑在油锅里滋滋作响，是牧童一支词不达意的歌谣。

土家女人敲打麻糖，支离破碎，是我口中咀嚼不尽的乐府篇章。

一只黑狗飞跑过去，一只花猫尖锐鸣叫。

锄头、镰刀、牛脖颈间的铃铛，这些埋葬在童年记忆里的意象一一复活。

你和我，站在风里摇摆成咫尺天涯。无论沧海桑田如何轮回，我都在你的世界之外。看得穿三生石上的记忆，看不透虚伪的惆怅。不如，仍做那只洞房花烛夜逃离的狐，随同故乡随同宿命一起悄然逝去。

（原载《乌江》2017 年 1 月）

编后记

编完这本年选，忽就想到，2018年已经近在眼前。对于散文诗来说，它是一个非常的年份呢！如果说散文诗这种文体是从1918年肇始，那么，很快就是它的百年华诞了。

最初的散文诗，广泛借鉴了外国现代散文诗的做法，在白描中融入意象，简约而直白，尽可能发挥散淡自由的特长，使之脱离旧体诗歌写作的樊篱，成为一种彰显现代气息的新体。

二十世纪初期，新文化思潮泛起，很多国外的东西被引进来。刘半农成为中国第一个译介外国散文诗的译者，他在1915年前后，翻译了不少屠格涅夫、泰戈尔的散文诗。

有说中国散文诗的开端，以1918年1月15日《新青年》第四卷第一期为标志。这一期首次刊登了胡适、沈尹默、刘半农创作的白话诗。其中大都含有散文诗自由散漫的痕迹，见出他们自觉地接受了外国散文诗创作的影响。其中有代表性的是沈尹默的《月夜》，大致创作于1917年的冬季，有人认为可以作为中国第一首散文诗。此后发表于1918年8月的沈尹默的《三弦》和刘半农的《晓》，标志着中国散文诗的文体进入了完全自觉的时代。鲁迅创作散文诗的时间大致是1919年前后，他在《国民公报》上发表了《自言自语》，这是一个组章。此后郭沫若在1920年12月20日的《时事新报》副刊《学灯》上发表了《我的散文诗》，是一组四题诗。

散文诗从1922年到1926年前后，差不多有了第一次高潮。那个时候有了散文诗的理论《论散文诗》（郑振铎），鲁迅《野草》中的篇章也在这一时间陆续刊出，至1927年结集出版，成为最早的一部散文诗集。直至今天，鲁迅先生的《野草》仍为中国散文诗之翘楚。由此说来，当时的散文诗创作，一些受中国古典文学影响较深，其以沈尹默为代表，一些受外国散文诗影响较重，其以刘半农为代表，而以鲁迅为代表的作家则是兼容了本土文学和外国文化思想。这样三种创作形态一直延续至今。

一百年，对一种文体而言不能算长，但这个文体诞生之后坚持并影响下来，产生了代表性作家、代表性团体和代表性刊物，意义就深远了。散文诗在不断地发声，文学方面很多的表达和表现需要散文诗来承担。以前说起来还有些处境尴尬，不知道是依附诗歌还是散文，现在散文诗早已独立门户，成家另过了。

当然，不奇怪的是，说起散文诗还有人不知为文学何物，有人知道却会显出不屑。但是可否一试？真正私下操练一回，不一定不累得筋疲骨痛。什么事情都是弄不好容易，弄好不容易。散文诗就在这不容易中让人刮目。

尽管散文诗日渐兴旺是近几十年的事，那么，再有一百年折腾，就更加不一般了。

一百年，还是有许多话要说、许多事该做的，因为确实值得庆贺庆贺，那么，2017年的这个选本，到2018年初出来，也算是一份贺礼吧。

王剑冰于2017年岁末

图书在版编目（CIP）数据

2017中国年度散文诗 / 王剑冰选编 .
—桂林：漓江出版社，2018.1
ISBN 978-7-5407-8363-1
Ⅰ. ① 2… Ⅱ. ①王… Ⅲ. ①散文诗—诗集—中国—当代
Ⅳ. ① I227
中国版本图书馆 CIP 数据核字 (2017) 第 301803 号

2017 ZHONGGUO NIANDU SANWENSHI
2017中国年度散文诗
王剑冰　选编

责任编辑：张　谦
助理编辑：谢青芸
书籍设计：石绍康
责任监印：杨　东

出版人：刘迪才
漓江出版社有限公司出版发行
广西桂林市南环路22号　邮政编码：541002
网址：http://www.lijiangbook.com
全国新华书店经销
发行电话：0773-2583322　010-85893190
北京大运河印刷有限责任公司印刷
[北京市通州区潞城镇大营工业区　邮政编码：101117]
开本：690mm×1000mm　1/16
印张：20　字数：273千字
2018年1月第1版　2018年1月第1次印刷
定价：45.00元

如发现印装质量问题，影响阅读，请与承印单位联系调换
[电话：010-80584262]